Boeken van Günter Grass bij Meulenhoff

De blikken trommel. Roman
Kat en muis. Novelle
Hondenjaren. Roman
Plaatselijk verdoofd. Roman
Uit het dagboek van een slak. Roman
Kopgeboorte of De Duitsers sterven uit. Roman
De bot. Roman
Ach bot, je sprookje loopt slecht af. Gedichten en grafiek
Trefpunt Telgte. Een vertelling
Linkshandig. Verhalen
De rattin. Roman
Tongen van schaamte. Een reiziger in India
Schuldenlast. Over de Duitse eenheid
Onheilspad. Roman
Van horen zeggen. Een keuze uit de poëzie
Een gebied zonder eind. Roman
Mijn eeuw. Verhalen
In krabbengang. Novelle

Günter Grass
In krabbengang

Uit het Duits vertaald door Jan Gielkens

Meulenhoff Amsterdam

Oorspronkelijke titel *Im Krebsgang*

Vormgeving omslag Zeno
Afbeelding voorzijde omslag Günter Grass
Foto achterzijde omslag Chris van Houts
Vormgeving binnenwerk Steven Boland

Meulenhoff Editie 1954
www.meulenhoff.nl
ISBN 90 290 7167 2 / NUR 302

in memoriam

1

'Waarom nu pas?' zei iemand, die niet ik ben. Omdat moeder me steeds weer... Omdat ik, net als toen, toen de schreeuw boven het water hing, wilde schreeuwen, maar het niet kon... Omdat de waarheid niet veel meer dan drie regels... Omdat nu pas...

De woorden hebben nog problemen met mij. Iemand die geen smoezen duldt houdt me aan mijn beroep. Als jong knulletje al, zei hij, had ik, handig met woorden, als volontair bij een Springer-krant gewerkt, al snel snapte ik hoe het werkte, later leverde ik voor de *Tageszeitung* stukken tegen Springer, vervolgens hield ik het als huurling van persagentschappen kort en jarenlang vatte ik als vrijeberoepsbeoefenaar bondig samen wat vers werd opgediend: elke dag iets nieuws. Het nieuws van de dag.

Dat kan best wezen, zei ik. Maar iemand als ik heeft niets anders geleerd. Als ik nu moet beginnen mezelf af te wikkelen zal alles wat me niet is gelukt onlosmakelijk verbonden blijven met de ondergang van een schip, want ik leef, want mijn moeder was hoogzwanger toen, want ik leef eigenlijk slechts bij toeval.

En nu ben ik dus weer iemand van dienst, maar ik mag

wat er rest van mijn ik nog even buiten beschouwing laten, want dit verhaal begint lang vóór mij, meer dan honderd jaar geleden, en wel in de residentiestad Schwerin in Mecklenburg, die zich tussen zeven meren uitstrekt, die op ansichtkaarten beschikt over de wijk Schelfstadt en over een kasteel met veel torens en die door de oorlogen heen voor het oog ongeschonden bleef.

In het begin dacht ik niet dat een door de geschiedenis allang afgehandeld provinciegat ook maar iemand, behalve toeristen, zou kunnen lokken, maar toen werd de vertrekplaats van mijn verhaal plotseling nieuws op het internet. Een naamloos iemand verstrekte met data, straatnamen en schoolrapporten informatie over personen en wilde voor een historiekramer zoals ik per se een goudmijn blootleggen.

Meteen toen die dingen op de markt kwamen, kocht ik een Mac met een modem. In mijn beroep moet ik de wereldwijd vagebonderende informatie kunnen opvragen. Ik leerde redelijk met mijn pc omgaan. Al snel waren woorden als browser en hyperlink geen Chinees meer voor me. Met een klik van de muis haalde ik info om te gebruiken of om weg te gooien binnen, ik begon als ik er zin in had of als ik nergens zin in had van de ene chatbox naar de andere te hoppen en op de achterlijkste junkmail te reageren, was ook even op twee, drie pornosites en stuitte na doelloos gesurf ten slotte op homepages waarop oudbakken maar ook heel verse nazi's hun stompzinnigheid op haatpagina's de vrije loop lieten. En opeens – met een scheepsnaam als zoekwoord – had ik het goede adres aangeklikt: 'www.blutzeuge.de'. Met gotische letters blies een groepering 'Bent Schwerin' hoog en fors van de toren. Allemaal belegen gezwets. Eerder om te lachen dan om te kotsen.

Sindsdien staat vast wiens bloed moet getuigen. Maar ik weet nog niet of, zoals ik het heb geleerd, eerst het een, dan het ander en daarna deze of gene levensloop moet worden afgespoeld of dat ik de tijd liever zijlings dwars zal zitten, ongeveer zoals de krabben doen, die zijwaarts stappend doen alsof ze achteruitlopen maar tamelijk snel vooruitkomen. Eén ding staat vast: de natuur, of preciezer gezegd de Oostzee, heeft tegen alles wat hier ter sprake zal komen al meer dan een halve eeuw geleden ja en amen gezegd.

Eerst is iemand aan de beurt wiens grafsteen in puin werd geslagen. Na zijn eindexamen – mulo – begon hij een opleiding voor bankemployé, die hij onopvallend afsloot. Op internet was daarover niets te vinden. Daar werd alleen, op een speciaal aan hem gewijde website, de in 1895 in Schwerin geboren Wilhelm Gustloff als 'bloedgetuige' vereerd. Ook ontbraken verwijzingen naar het aangetaste strottenhoofd, de chronische longkwaal die hem verhinderde dapper te zijn tijdens de Eerste Wereldoorlog. Terwijl Hans Castorp, een jongeman uit een hanzeatische familie, op bevel van zijn bedenker de Toverberg moest verlaten om op bladzijde 931 van de gelijknamige roman in Vlaanderen als oorlogsvrijwilliger te sneuvelen of in de literaire onduidelijkheid te ontsnappen, stuurde de Schweriner Lebensversicherungsbank haar capabele medewerker in het jaar zeventien zorgzaam naar Zwitserland, waar hij in Davos van zijn kwaal moest genezen, waarna hij in die speciale lucht zo gezond werd dat er alleen met een ander soort dood vat op hem te krijgen was. Naar Schwerin, naar het Noord-Duitse klimaat, wilde hij voorlopig niet terug.

Als hulpkracht vond Wilhelm Gustloff werk in een observatorium. Zodra deze onderzoeksinstelling een eedgenootschappelijke stichting werd, klom hij op tot secretaris van het observatorium, die daarnaast nog tijd over had om als reizend vertegenwoordiger van een maatschappij voor inboedelverzekeringen iets bij te verdienen. Zo leerde hij in zijn bijbetrekking de kantons van Zwitserland kennen. Tegelijkertijd was zijn vrouw Hedwig vlijtig: als secretaresse assisteerde ze, zonder dat ze daar vanwege haar volksnationale gezindheid problemen mee had, bij een advocaat genaamd Moses Silberroth.

Tot nu toe leveren de feiten het beeld op van een gevestigd burgerlijk echtpaar, dat echter, zoals zal blijken, zijn aan de Zwitserse handelsgeest aangepaste leefwijze slechts voorwendde. Want aanvankelijk in het verborgene, later openlijk – en lang geduld door zijn werkgever – benutte de observatoriumsecretaris met succes zijn aangeboren organisatietalent: hij werd lid van de partij en wierf tot begin zesendertig onder de in Zwitserland wonende Rijksduitsers en Oostenrijkers ongeveer vijfduizend leden, die hij in het hele land in plaatselijke afdelingen organiseerde en de eed liet afleggen op iemand die de voorzienigheid als Leider had bedacht.

Maar tot landelijk voorzitter was hij benoemd door Gregor Strasser, die over de organisatie van de partij ging. Strasser, lid van de linkervleugel, werd, nadat hij in tweeëndertig uit protest tegen de nauwe contacten van zijn Leider met de grootindustrie al zijn functies had neergelegd, twee jaar later medeplichtig bevonden aan de Röhmputsch en door zijn eigen mensen geliquideerd. Zijn broer Otto vluchtte naar het buitenland. Gustloff moest toen een nieuw voorbeeld zoeken.

Toen een ambtenaar van de vreemdelingenpolitie naar aanleiding van een vraag in de Kleine Raad van Graubünden van hem wilde weten hoe hij in het eedgenootschap zijn functie als landelijk voorzitter van de NSDAP zag, schijnt hij te hebben geantwoord: ‘Het meeste op de wereld hou ik van mijn vrouw en mijn moeder. Als mijn Führer me zou bevelen hen te doden, zou ik hem gehoorzamen.’

Dit citaat werd op internet betwist. Dergelijke en andere leugens had de jood Emil Ludwig in zijn knoeiwerk verzonnen, werd er gezegd in de chatbox van de Bent Schwerin. De invloed van Gregor Strasser op de bloedgetuige was, zo werd gezegd, wel degelijk merkbaar gebleven. Steeds had Gustloff duidelijk gemaakt dat het socialistische van zijn wereldbeschouwing zwaarder woog dan het nationale. Al snel woedden vleugelgevechten tussen de chatters. Een virtuele nacht van de lange messen maakte slachtoffers.

Maar toen werden alle belangstellende surfers aan een datum herinnerd die moest bewijzen dat er een voorzienigheid bestond. Wat ik voor mezelf had proberen te verklaren als puur toeval plaatste de functionaris Gustloff in bovenaardse verbanden: op 30 januari 1945 begon, op de dag af vijftig jaar na de geboorte van de bloedgetuige, het naar hem genoemde schip te zinken en was aldus twaalf jaar na de machtsgreep, opnieuw op de dag nauwkeurig, een signaal voor de algemene ondergang.

Daar staat het als in spijkerschrift in graniet gehouwen. De vervloekte datum waarmee alles begon, moorddadiger werd, een hoogtepunt bereikte, eindigde. Ook ik ben, dankzij moeder, op de dag van het voortlevende ongeluk gedateerd. Maar zij leeft volgens een andere kalender en machtigt het toeval noch soortgelijke allesverklaarders.

'Ach welnee!' roept de vrouw die ik nooit inbezitnemend 'mijn' maar altijd alleen 'moeder' noem. ''t Schip had naar iedereen genoemd kunnen worden, 't zou toch verzopen zijn. Maar ik zou wel eens willen weten wat die Ivan dacht toen-ie 't bevel gaf die drie dingen op ons af te schieten...'

Zo mokt ze nog steeds, alsof niet sindsdien een hoop tijd is verdaan. Woorden uitgesponnen, zinnen in de mangel gevold. Ze noemt aardappels *Bulwen*, kwark *Glumse* en zegt *Pomuchel* wanneer ze dors in mosterdsaus kookt. Moeders ouders, August en Erna Pokriefke, kwamen uit de Koschneiderei en werden 'Koschnäwjer' genoemd. Maar zij groeide in Langfuhr op. Niet uit Danzig kwam ze, maar uit die langgerekte voorstad die zich steeds verder over de akkers uitbreidde, waar een straat Elsenstraße heette die voor het kind Ursula, dat Tulla werd genoemd, wereld genoeg moet zijn geweest, want wanneer zij, zoals moeder zegt, 'over heel vroeger' vertelt, gaat het wel vaak over badplezier op het nabijgelegen Oostzeestrand of om sleetjerijden in de bossen ten zuiden van de voorstad, maar meestal dwingt ze haar toehoorders naar de binnenplaats van de huurkazerne aan de Elsenstraße 19 en vandaar, langs de aan de ketting liggende herdershond Harras, naar een meubelmakerij waar het werklawaai werd bepaald door een cirkel- en een lintzaag, een frees, de schaafmachine en de dreunende vandiktebank. 'Als klein meisje al mocht ik in de pot met beenderlijm roeren...' En daarom hing om het kind Tulla, waar ze ook stond, lag of liep, rende of in een hoek gehurkt zat, die, zo wordt verteld, legendarische beenderlijmreuk.

Geen wonder dus dat moeder, toen we meteen na de oorlog in Schwerin werden ingekwartierd, in Schelfstadt het meubelmakersambacht leerde. Als 'evacué', zoals het in het Oosten heette, kreeg ze meteen een opleidingsplek bij een patroon toegewezen, wiens krot met vier schaafbanken en permanent pruttelende lijmpot als vanouds ingezeten gold. Vandaar was het niet ver naar de Lehmstraße, waar moeder en ik een dak van teervilt boven ons hoofd hadden. Maar wanneer we na het ongeluk niet in Kolberg aan land waren gegaan, wanneer de torpedoboot Löwe ons naar Travemünde of naar Kiel, naar het Westen dus, had gebracht, zou moeder als 'oostvluchteling', zoals het over de grens heette, vast en zeker ook meubelmakersleerling zijn geworden. Ik zeg toeval, terwijl zij vanaf de eerste dag de plek van onze gedwongen opname als voorbestemd beschouwde.

‘En wanneer precies was nou die Ivan jarig, die kapitein op die duikboot? Jij weet toch altijd alles zo pietjeprecies...’

Nee, zoals bij Wilhelm Gustloff – en zoals ik het van het internet heb geplukt – weet ik dat niet. Alleen zijn geboortejaar kon ik uitvogelen en voor de rest nog wat feiten en vermoedens, dat wat journalisten achtergrondmateriaal noemen.

Alexander Marinesko werd in 1913 geboren, en wel in de havenstad Odessa, gelegen aan de Zwarte Zee, een stad die eens schitterend moet zijn geweest, zoals in zwartwitopnamen de film *Potemkin* laat zien. Zijn moeder was afkomstig uit de Oekraïne. Zijn vader was Roemeen en ondertekende zijn paspoort nog met ‘Marinescu’ voordat hij vanwege muiterij ter dood werd veroordeeld maar op het laatste moment kon vluchten.

Zijn zoon Alexander groeide op in de havenwijk. En omdat in Odessa Russen, Oekraïners en Roemenen, Grieken en Bulgaren, Turken en Armeniërs, zigeuners en joden dicht op elkaar woonden, sprak hij een allegaartje van heel veel talen, maar binnen zijn jongensclub snapten ze hem. Hoezeer hij later ook zijn best deed om Russisch te spreken, nooit lukte het hem helemaal zijn met jiddische tussenvoegsels doorspekte Oekraïens te zuiveren van de Roemeense vloeken van zijn vader. Toen hij al bootsman op een koopvaardijschip was, lachten ze om zijn koeterwaals. Maar mettertijd zal velen het lachen zijn vergaan, hoe komisch de bevelen van de onderzeebootcommandant later ook geklonken zullen hebben.

Jaren teruggespoeld: de zevenjarige Alexander zag, zo wordt verteld, vanaf de overzeese kade hoe de overgebleven troepen van de ‘Witten’ en de uitgeputte rest van de Britse en Franse interventielegers overhaast Odessa verlieten. Kort daarna maakte hij de intocht van de ‘Roden’ mee. Zuiveringen vonden plaats. Toen was de burgeroorlog zo goed als voorbij. En toen enkele jaren later weer buitenlandse schepen in het havenbekken mochten aanmeren, schijnt de jongen met uithoudingsvermogen en al snel handig naar munten te hebben gedoken die door mooi geklede passagiers in het brakke water werden gegooid.

Het trio is niet compleet. Eén persoon ontbreekt nog. Zijn daad heeft iets in gang gezet dat een aanzuigend effect bleek te hebben en onstuitbaar was. Omdat hij, gewild en ongewild, de een, die uit Schwerin kwam, tot bloedgetuige van de beweging heeft gemaakt en de jongen uit Odessa tot held van de Baltische Rode-Vlagvloot, zit hij voor altijd vastgenageld op de beklaagdenbank. Dergelijke en soortgelijke beschuldigingen las ik, intussen gretig geworden, op steeds hetzelfde internetadres: 'Het was een jood die schoot...'

Minder duidelijk is, zoals ik intussen weet, de titel van een polemisch geschrift dat de partijkameraad en Rijksredenaar Wolfgang Diewerge bij uitgeverij Franz Eher in München in het jaar 1936 het licht deed zien. Maar toch wist de Bent Schwerin, volgens de kloppende logica van de waanzin, meer te verkondigen dan Diewerge zei te weten: 'Zonder de jood zou het op de mijnenvrij gemaakte route ter hoogte van Stolpmünde nooit tot de grootste scheepscatastrofe aller tijden zijn gekomen. De jood heeft... De jood is het schuld dat...'

In de chatbox waren uit het deels in het Duits, deels in het Engels gevoerde geklets toch nog een paar feiten te halen. De ene chatter wist dat Diewerge kort na het begin van de oorlog intendant van de Rijkszender Danzig was geweest, terwijl de ander kennis had van diens activiteiten na de oorlog: hij schijnt, verkompeld met andere topnazi's, bijvoorbeeld met de latere liberale parlementariër Achenbach, in de FDP in Noordrijn-Westfalen te zijn geïnfiltreerd. Ook had, voegde een derde persoon eraan toe, de voormalige nationaal-socialistische propaganda-expert in de jaren zeventig een geruisarme giftenwitwascentrale ten gunste van de FDP gerund, en wel in Neuwied am Rhein. Uiteindelijk verdrongen zich in de propvolle chatbox toch nog vragen over de dader van Davos, waar doeltreffende antwoorden een punt achter zetten.

Vier jaar ouder dan Marinesko en veertien jaar jonger dan Gustloff werd David Frankfurter in 1909 in de West-Slavonische stad Daruvar geboren als zoon van een rabbijn. Thuis werd Hebreeuws en Duits gesproken, op school leerde David Servisch spreken en schrijven, maar hij kreeg ook met de dagelijkse haat tegen de joden te maken. Als vermoeden slechts staat hier: ermee om te gaan probeerde hij tevergeefs, want zijn constitutie stond geen robuust verzet toe en handige aanpassing aan de verhoudingen stond hem tegen.

Met Wilhelm Gustloff had David Frankfurter alleen gemeen dat de een gehandicapt was vanwege zijn longziekte, terwijl de ander sinds zijn kinderjaren aan beenvreter leed. Maar terwijl Gustloff in Davos al snel van zijn kwaal was genezen en later als gezonde partijgenoot vlijtig werd, kon geen arts de zieke David helpen. Vergeefs moest hij vijf operaties doorstaan: een hopeloos geval.

Misschien ging hij vanwege zijn ziekte medicijnen studeren, op advies van familie in Duitsland, waar zijn vader en diens vader al hadden gestudeerd. Men zegt dat hij, omdat hij altijd ziekelijk was en zich daarom niet goed kon concentreren, voor zijn kandidaats en ook voor latere tentamens zakte. Maar op het internet beweerde partijkameraad Diewerge in tegenstelling tot de eveneens geciteerde schrijver Ludwig, door Diewerge steeds 'Emil Ludwig-Cohn' genoemd: de jood Frankfurter was niet alleen een zwakkeling geweest, maar ook een student die op de zak van zijn rabbi-vader leefde en even lui was als verboemeld, bovendien een fatterig geklede leegloper en kettingroker.

Toen begon – zoals onlangs op het internet gevierd – met een drievoudig vervloekte datum het jaar van de machtsovername. Datgene wat hem en andere studenten betrof beleefde de kettingroker David in Frankfurt am Main. Hij zag hoe de boeken van joodse schrijvers werden verbrand. Zijn plek in het laboratorium werd plotseling aangeduid met een davidster. Lichamelijk dichtbij kreeg hij met haat te maken. Met anderen werd hij uitgescholden door studenten die zich luidkeels tot lid van het Arische ras verklaarden. Daarmee kon hij niet omgaan. Dat hield hij niet uit. Daarom vluchtte hij naar Zwitserland en zette hij in Bern, op een plek die veilig leek, zijn studie voort, om opnieuw zijn tentamens niet te halen. Desondanks schreef hij aan zijn ouders opgewekt tot vrolijk gestemde, de hem onderhoudende vader bedonderende brieven. Toen een jaar later zijn moeder stierf onderbrak hij zijn studie. Misschien om steun te zoeken bij familie waagde hij nog een keer een reis naar het Rijk, waar hij in Berlijn lijdzaam toezag hoe zijn oom, die net als zijn vader rabbijn was, door een jongeman die luid 'Jude, hepp hepp!' schreeuwde aan de rossige baard werd getrokken.

Zo ongeveer staat het in het romanachtige geschrift *Mord in Davos* van Emil Ludwig, dat de succesvolle auteur in 1936 bij de emigrantenuitgeverij Querido in Amsterdam liet verschijnen. Opnieuw wist de Bent Schwerin op haar website het niet beter maar anders: ze geloofden andermaal partijgenoot Diewerge, omdat die de door Berlijnse politieagenten verhoorde rabbijn dr. Salomon Frankfurter in zijn relaas als getuige had geciteerd. 'Het is niet waar dat een of andere knaap me aan mijn baard (die overigens zwart is en niet rood) heeft getrokken en daarbij "Jude, hepp hepp!" heeft geroepen.'

Ik kon niet achterhalen of het twee jaar na de vermeende beschimping verordende politieverhoor onder dwang had plaatsgevonden. In elk geval keerde David Frankfurter naar Bern terug. Hij zal om allerlei redenen wanhopig zijn geweest. Enerzijds begon hij weer met zijn tot dan toe niet geslaagde studie, anderzijds leed hij, die lichamelijk gezien toch al permanent pijn had, onder de dood van zijn moeder. Bovendien leidde zijn Berlijnse bliksembezoek tot depressies zodra hij in binnen- en buitenlandse kranten berichten las over concentratiekampen in Oranienburg, Dachau en elders.

Waarschijnlijk is daarom tegen het eind van het jaar vijfendertig de gedachte aan zelfmoord ontstaan en telkens weer teruggekeerd. Later, bij het proces, stond in een door de verdediging besteld attest: 'Frankfurter kwam om innerlijke psychische redenen van persoonlijke aard terecht in een psychologisch onhoudbare situatie, waarvan hij zich moest bevrijden. Zijn depressie baarde de zelfmoordgedachte. Maar het bij iedereen immanente instinct tot zelfbehoud stuurde de kogel niet naar hemzelf maar naar een ander slachtoffer.'

Daarop werd op het internet geen spits commentaar geleverd. Desondanks begon ik steeds meer de verdenking te koesteren dat achter het schuiladres 'www.blutzeuge.de' geen kaalgeschoren meervoud als Bent Schwerin samenschoolde maar een alleen opererende slimmerik verborgen bleef. Iemand die net als ik dwarsig naar geursporen en eendere afscheidingen van de geschiedenis snuffelde.

Een verboemelde student? Was ik ook, toen ik de germanistiek oervervelend en de publicistiek aan het Otto-Suhr-Institut te theoretisch ging vinden.

In het begin, toen ik uit Schwerin vertrok en vervolgens met de S-Bahn van Oost- naar West-Berlijn ging, deed ik, zoals ik moeder bij het afscheid had beloofd, nog tamelijk mijn best en blokte als een streber. Ik was – even voordat de Muur werd gebouwd – zestienenhalf toen ik de vrijheid begon op te snuiven. Bij moeders schoolvriendin Jenny, met wie ze een hoop gekke zaken beweert te hebben meegemaakt, woonde ik in Schmargendorf bij de Roseneck. Ik had een eigen kamer met een daklicht. Eigenlijk was het een mooie tijd.

De zolderwoning van tante Jenny in de Karlsbader Straße zag eruit als een poppenkamer. Op tafeltjes, consoles, onder glazen stolpen stonden porseleinen figuurtjes. Meestal op hun spitzen staande danseressen met tutu's. Enkele in moeilijke houdingen, allemaal met kleine hoofdjes op een lange hals. Als jong meisje was tante Jenny ballerina geweest en tamelijk beroemd, tot bij een van de vele luchtaanvallen die de Rijkshoofdstad steeds platter maakten haar beide voeten werden verminkt, zodat ze me nu enerzijds hinkend en anderzijds met nog steeds gracieuze armbewegingen allerlei knabbels bij de middagthee serveerde. En net als bij de breekbare figurines in haar koddige mansarde stond op haar kleine en op een inmiddels magere hals bewegende hoofd steeds een glimlach die bevroren leek. Ook rilde ze vaak en dronk ze veel hete citroendrank.

Ik woonde met veel plezier bij haar. Ze verwende me. En wanneer ze over haar schoolvriendin praatte – 'Mijn lieve Tulla heeft me via slinkse wegen onlangs een briefje doen toekomen...' – had ik enkele minuten lang de neiging een beetje van moeder te gaan houden, dat vervloekt taaie loeder. Maar dan werkte ze me weer op de zenuwen. Haar vanuit Schwerin naar de Karlsbader Straße gesmokkelde boodschappen bevatten dicht op elkaar geschreven, met onderstrepingen steeds onvoorwaardelijker wordende vermaningen die mij, met een woord van moeder, moesten 'nijdassen': 'Leren moet-ie, leren! Daarvoor, alleen daarvoor heb ik die jongen naar 't Westen gestuurd, zodat-ie wat fatsoendelijks wordt...'

In haar nog steeds in mijn oor zittende letterlijkheid betekende dat: 'Ik leef d'r alleen nog maar voor dat m'n zoon op 'n dag z'n zegje zal doen.' En als de spreekbuis van haar vriendin vermaande tante Jenny me met zachte maar steeds het wezenlijke rakende stem. Ik kon niets anders doen dan ijverig te blokken.

Ik bezocht in die tijd met een horde leeftijdgenoten, mensen die eveneens de Republiek waren ontvlucht, een middelbare school. Wat rechtsstaat en democratie betrof moest ik een hoop inhalen. Behalve Engels kreeg ik Frans, daarvoor in de plaats geen Russisch meer. Ook hoe het kapitalisme functioneert – dankzij gestuurde werkloosheid – begon ik te snappen. Ik was weliswaar geen geweldige leerling, maar ik haalde wat moeder van me wilde: het eindexamen.

Ook voor de rest deed ik het wat de meisjes betrof niet slecht en ik had ook behoorlijk wat te verteren, want moeder had me, toen ik met haar zegen naar de klassenvijand overliep, nog een ander adres in het Westen toegestopt: 'Dat is je vader, neem ik aan. Een neef van me. Die heeft me, vlak eer-ie 't leger in moest, dik gemaakt. In elk geval denktie dat. Schrijf 'm maar 'ns hoe 't met je gaat als je ginds bent...'

Vergelijken is niet goed. Maar wat het pecuniaire betrof verging het me al snel als David Frankfurter in Bern, die van zijn verre vader maandelijks een sommetje op een Zwitserse bankrekening kreeg. Moeders neef – hebbe zijn ziel – heette Harry Liebenau, was de zoon van de meubelmaker in de voormalige Elsenstraße, woonde sinds het eind van de jaren vijftig in Baden-Baden en stelde als redacteur cultuur van de Südwestfunk het nachtprogramma samen: poëzie tegen middernacht, wanneer alleen nog maar de sparren in het Zwarte Woud luisterden.

Omdat ik niet permanent op de zak van moeders schoolvriendin wilde leven heb ik hem in een op zich nette brief, vlak onder de slotformule 'Je onbekende zoon', mooi leesbaar mijn rekeningnummer laten weten. Omdat hij blijkbaar te goed getrouwd was schreef hij weliswaar niet terug, maar dokte elke maand stipt veel meer dan het laagste alimentatietarief, tweehonderd mark namelijk, wat toen een hele hoop geld was. Daar wist tante Jenny niets van, maar ze heeft moeders neef Harry, zij het vluchtig, gekend, zoals ze me met een vage blos op haar poppengezicht meer bekende dan vertelde.

Begin zevenenzestig, kort nadat ik uit de Karlsbader Straße was ontsnapt en naar Kreuzberg vertrokken, mijn studie daarna opgaf en bij de *Morgenpost* van Springer als volontair begon, hield de geldzegen op. Ik heb daarna mijn betaalvader nooit meer geschreven, hooguit een kerstkaart, meer niet. Waarom zou ik. Via een omweg liet moeder me op een gesmokkeld briefje weten: 'Die vent hoef je niet uitgebreid te bedanken. Die weet wel waarom-ie moet bloeden...'

Openlijk kon ze me in die tijd niet schrijven, want ze leidde intussen in een groot staatsbedrijf een meubelmakersbrigade die slaapkamermeubels produceerde. Als partijlid mocht ze geen contacten met het Westen hebben en zeker niet met haar gevluchte zoon, die in de kapitalistische propagandapers aanvankelijk korte, later langere artikelen tegen het Muur- en prikkeldraadcommunisme schreef, waar ze moeilijkheden genoeg mee kreeg.

Ik veronderstelde dat moeders neef niet meer wilde betalen omdat ik, in plaats van te studeren, voor de ophitserige bladen van Springer schreef. Eigenlijk had hij wel gelijk op zijn klootzakkerig liberale manier. Ik ging dan ook vlak na de aanslag op Rudi Dutschke weg bij Springer. Sindsdien was ik tamelijk links. Ik schreef, omdat er toen tamelijk veel aan de hand was, voor een hoop min of meer progressieve bladen en kon me heel aardig redden, ook zonder drie keer zoveel als het laagste alimentatietarief. Die Liebenau was sowieso mijn vader niet. Moeder deed alleen maar alsof. Van haar weet ik dat de nachtredacteur eind jaren zeventig, nog vóór mijn huwelijk, aan een hartkwaal is gestorven. Hij was van moeders leeftijd, net in de vijftig.

Van haar kreeg ik ter vervanging de voornamen van andere mannen die, zoals zij zei, als vader in aanmerking kwamen. De een, die in de oorlog verdwenen is, schijnt Joachim of Jochen geheten te hebben, een andere, oudere, die volgens zeggen de kettinghond Harras had vergiftigd, Walter.

Nee, ik heb geen echte vader gehad, alleen maar verwisselbare fantomen. Dan waren de drie helden die ik nu belangrijk moet vinden beter af. In elk geval wist moeder zelf niet wie haar bezwangerd had toen ze met haar ouders op de ochtend van de 30e januari vijfenveertig op de kade van Gotenhafen-Oxhöft als zevenduizendzoveelste werd ingescheept. De man naar wie het schip was genoemd kon bogen op een koopman als vader, Hermann Gustloff. En de man die erin slaagde het overladen schip te laten zinken kreeg in Odessa, omdat hij als jongen lid was van een dievenbende die 'Blatnye' schijnt te hebben geheten, van vader Marinesko tamelijk vaak een pak slaag, hetgeen voelbare vaderlijke aandacht zal zijn geweest. En David Frankfurter, die er van Bern naar Davos reizend voor zorgde dat het schip naar een bloedgetuige genoemd kon worden, had zelfs een echte rabbijn als vader. Maar ook ik, de vaderloze, werd uiteindelijk vader.

Wat zou hij gerookt hebben? Juno, de spreekwoordelijk ronde sigaret? Of platte Turkse? Eventueel, volgens de mode, die met het gouden mondstuk? Er is van hem als roker geen afbeelding behalve een late krantenfoto, die hem eind jaren zestig tijdens zijn eindelijk toegekende korte verblijf in Zwitserland als oudere heer met stinkstok laat zien die zijn ambtenarencarrière spoedig achter de rug zal hebben. In elk geval pafte hij, net als ik, ononderbroken en daarom ging hij in een rokerscoupé van de Zwitserse spoorwegen zitten.

Allebei reisden ze per spoor. Rond de tijd dat David Frankfurter van Bern naar Davos onderweg was, bevond Wilhelm Gustloff zich op organisatiereis. In de loop daarvan bezocht hij een aantal lokale buitenlandse afdelingen van de NSDAP en richtte nieuwe steunpunten op van de Hitlerjugend en de Bund Deutscher Mädel, afgekort BdM. Omdat zijn reis eind januari plaatsvond, zal hij in Bern en Zürich, Glarus en Zug voor een gehoor van Rijksduitsers en Oostenrijkers ter gelegenheid van de derde verjaardag van de machtsovername een steeds weer meeslepende rede hebben gehouden. Omdat hij al het jaar daarvoor door zijn werkgever, het observatorium, op dringend verzoek van sociaal-democratische parlementariërs was ontslagen, kon hij vrij over zijn tijd beschikken. Er waren in Zwitserland vanwege de agitatieactiviteiten wel steeds weer protesten – in linkse kranten werd hij de 'dictator van Davos' genoemd en de volksvertegenwoordiger Bringolf eiste zijn uitwijzing –, maar zowel in het kanton Graubünden als in het hele land vond hij genoeg politici en ambtenaren die hem niet alleen financieel steunden. Van de kuuroorddirectie in Davos kreeg hij regelmatig de naamlijsten van gearriveerde kuurgasten, waarna hij de Rijksduitsers onder hen, zolang de kuur duurde, niet uitnodigde voor partijvergaderingen maar hen gewoon ontbood. Wegblijven zonder opgaaf van reden werd genoteerd en de namen werden vervolgens aan de verantwoordelijke instanties in het Rijk gemeld.

Rond de tijd van de treinreis van de rokende student, die in Bern een enkeltje, geen retourtje, had gekocht en terwijl de latere bloedgetuige in dienst van de partij zijn waarde bewees, was de bootsman Alexander Marinesko al van de koopvaardijvloot naar de Rode-Vlagvloot in de Zwarte Zee overgegaan, waar hij in de opleidingsdivisie aan een navigatiecursus deelnam en vervolgens tot stuurman van een onderzeeër werd opgeleid. Tegelijkertijd was hij lid van de jeugdorganisatie Komsomol en bleek hij – wat hij in dienst door prestaties weer goedmaakte – buiten dienst een drinkebroer. Aan boord van een schip nam hij nooit een slok. Al snel kreeg Marinesko als navigatieofficier een plek op een onderzeeër toegewezen, de 'Zsj 306 Pizsje'. Deze kort daarvoor in dienst genomen marine-eenheid liep in het begin van de oorlog, toen Marinesko al aan boord van een andere onderzeeër officier was, op een mijn en zonk met de hele bemanning.

Van Bern via Zürich, daarna langs allerlei meren. Partijkameraad Diewerge stond in zijn boek, dat de route van de reizende student medicijnen optekent, niet stil bij landschapsbeschrijvingen. En ook de zevendejaars kettingroker zal slechts weinig hebben waargenomen van de hem tegemoetkomende, uiteindelijk de horizon vernauwende bergketen, hooguit huis, boom en berg bedekkende sneeuw en de door ritten door tunnels veroorzaakte lichtwisselingen.

David Frankfurter reisde op 31 januari 1936. Hij las kranten en rookte. In de rubriek 'Gemengd nieuws' stond iets te lezen over de activiteiten van de landelijk voorzitter Gustloff. De dagbladen, waaronder de *Neue Zürcher Zeitung* en de *Basler Nationalzeitung*, droegen de bewuste datum en berichtten over alles wat terzelfder tijd gebeurde of zich als toekomstige gebeurtenis aankondigde. In het begin van het jaar dat als jaar van de Berlijnse Olympische Spelen de geschiedenis zou ingaan had het fascistische Italië het verre rijk van de Negus, Abessinië, nog niet bedwongen, en tekende zich in Spanje oorlogsgevaar af. In het Rijk maakte de bouw van de Reichsautobahn vorderingen en in Langfuhr was mijn moeder achtenhalf. Twee zomers eerder was haar broer Konrad, de doofstomme krullenbol, bij het zwemmen in de Oostzee verdronken. Hij was haar lievelingsbroer. Daarom moest zesenveertig jaar na zijn dood mijn zoon 'Konrad' worden gedoopt. Maar hij wordt altijd Konny genoemd, in brieven schrijft zijn vriendin Rosi 'Conny'.

Bij Diewerge staat dat de landelijk voorzitter op 3 februari, moe van de succesvolle reis door de kantons, weer thuis was gekomen. Frankfurter wist dat hij op de derde in Davos zou aankomen. Behalve de dagbladen las hij regelmatig het door Gustloff uitgegeven partijblad *Der Reichsdeutsche*, waarin de data werden aangekondigd. David wist bijna alles over zijn doelwit. Hij had zich inhalerend met hem volgezogen. Maar wist hij ook dat het echtpaar Gustloff een jaar eerder van zijn spaargeld een huis met klinkermuren in Schwerin had laten bouwen, uit voorzorg gemeubileerd vanwege de voorgenomen terugkeer naar het Rijk? En dat de twee zielsgraag een zoon wilden?

Toen de student medicijnen in Davos aankwam was er net verse sneeuw gevallen. Op de sneeuw scheen de zon en het kuuroord zag eruit als op ansichtkaarten. Hij had geen bagage bij zich, maar was vertrokken met een duidelijke bedoeling. Uit de *Basler Nationalzeitung* had hij een fotografische opname van Gustloff in uniform gescheurd: een lange man die ingespannen en gedecideerd keek en die vanwege haaruitval een te hoog voorhoofd had.

Frankfurter kwartierde zich in in hotel Löwe. Hij moest

tot dinsdag 4 februari wachten. Die dag van de week heet bij de joden 'Ki tov' en geldt als geluksdag, informatie die ik van internet heb gehaald. Op de nu vertrouwde homepage werd op die datum de bloedgetuige herdacht.

Bij zonneschijn rokend op bevroren sneeuw. Elke stap knerpte. Op maandag werd de stad bekeken. Telkens weer de kuurpromenade op en neer. Als toeschouwer tussen toeschouwers onopvallend bij een ijshockeywedstrijd. Ongedwongen gesprekken met kuurgasten. Wit stond de adem voor de mond. Je niet verdacht gedragen. Geen woord te veel. Geen haast. Alles was voorbereid. Met een probleemloos gekochte revolver had hij in de buurt van Bern op de schietbaan Ostermundingen geoefend, dat was toegestaan. Hoe ziek hij ook was, zijn hand bleek rustig.

Op dinsdag kwam hem, nu ter plekke, een weervast beschreven wegwijzer – 'Wilhelm Gustloff NSDAP' – te hulp: van de kuurpromenade boog de straat Am Kurpark af en leidde naar huis nummer drie. Een blauwselkleurig beraapt gebouw met een plat dak, aan de dakgoot hingen ijspegels. Een paar straatlantaarns beschenen de avondlijke duisternis. Het sneeuwde niet.

Tot zover wat er vanbuiten te zien was. Verdere details bleven zonder betekenis. Over het verloop van de daad konden later alleen de dader en de weduwe getuigen. Ik kon het interieur van het betreffende gedeelte van de woning op een foto zien die op de bewuste homepage de inspringende tekst moest illustreren. De foto was blijkbaar na de daad gemaakt, want drie verse ruikers op tafels en een commode en bovendien een bloeiende bloempot gaven de ruimte het aanzien van een gedenkkamer.

Na het aanbellen deed Hedwig Gustloff open. Een jongeman, over wie ze later verklaarde dat hij goede ogen had, verzocht om een onderhoud met de landelijk voorzitter. Die stond op de gang en telefoneerde met zijn partijgenoot dr. Habermann van het steunpunt Thun. Tijdens het langslopen beweerde Frankfurter het woord 'jodenzwijnen' te hebben opgevangen, hetgeen mevrouw Gustloff later ontkende: dit soort woorden gebruikte haar echtgenoot nooit, hoewel hij vond dat de oplossing van het jodenvraagstuk geen uitstel duldde.

Ze leidde de bezoeker naar de werkkamer van haar man en verzocht hem plaats te nemen. Geen verdenking. Regelmatig kwamen onaangemeld smekelingen langs, vaak sympathisanten van de partij die in moeilijkheden waren geraakt.

Vanuit de stoel zag de student medicijnen die daar in zijn jas en met zijn hoed op zijn knieën zat het bureau met daarop de klok met de licht gewelfde houten kast, erboven hing de eredolk van de SA. Boven en naast de dolk dienden losjes gegroepeerd verscheidene afbeeldingen van de Führer en rijkskanselier in zwart-wit en in kleur als kamerversiering. Een portret van de twee jaar daarvóór vermoorde mentor Gregor Strasser was niet te zien. Terzijde het model van een zeilschip, waarschijnlijk de Gorch Fock.

Verder had de wachtende bezoeker, die zich het roken ontzegde, op een naast het bureau staande commode het radiotoestel kunnen zien, daarnaast het borstbeeld van de Führer, in brons gegoten of van gips en beschilderd om het brons te laten lijken. De gefotografeerde snijbloemen op het bureau zouden al vóór de daad een vaas hebben kunnen vullen, liefdevol gearrangeerd door mevrouw Gustloff ter begroeting van haar man na een vermoeiende reis, bovendien als late verjaardagsgroet.

Op het bureau allerlei spulletjes en veel nonchalant geordend papier: misschien verslagen van lokale afdelingen in de kantons, vast en zeker correspondentie met instanties in het Rijk, waarschijnlijk een paar dreigbrieven, die de laatste tijd vaak per post waren gekomen. Maar Gustloff wilde geen politiebescherming.

Hij kwam de werkkamer binnen zonder zijn vrouw. Kloek en gezond, want sinds jaren vrij van tuberculose, liep hij in burger gekleed op de bezoeker af, die niet uit de stoel opstond maar zittend schoot zodra hij de revolver uit de zak van de winterjas had getrokken. Gerichte schoten maakten vier gaten in de borst, de hals, het hoofd van de landelijk voorzitter. Die viel zonder schreeuw neer voor de ingelijste portretten van zijn Führer. Meteen daarna stond zijn vrouw in de kamer, ze zag eerst de nog in de schietrichting vastgehouden revolver, vervolgens haar gevallen man, die, terwijl ze zich over hem heen boog, uit alle wondgaten begon dood te bloeden.

David Frankfurter, de reiziger zonder retourbiljet, zette zijn hoed op en verliet, zonder door de verstoorde medebewoners van het huis te worden gehinderd, de plek van zijn voorbedachte daad, hij dwaalde een tijdje rond in de sneeuw, viel daarbij diverse keren, had het alarmnummer in zijn hoofd, noemde zichzelf in een telefooncel als dader, vond uiteindelijk het dichtstbijzijnde wachtlokaal en gaf zichzelf aan bij de kantonnale politie.

De volgende verklaring gaf hij eerst tegenover de dienstdoende agent en herhaalde hij voor de rechtbank, zonder haar te variëren: ‘Ik heb geschoten omdat ik een jood ben. Ik ben me volkomen bewust van mijn daad en heb er geen enkele spijt van.’

Daarna werd er een hoop papier bedrukt. Wat bij Wolfgang Diewerge ‘een laffe moordaanslag’ heet werd bij de romanschrijver Emil Ludwig de ‘strijd van David tegen Goliath’. Bij deze tegenovergestelde waardering is het tot op de gedigitaliseerde dag van vandaag gebleven. Al snel liet alles wat daarna, inclusief het proces, gebeurde, de dader en het slachtoffer achter zich en kreeg betekenis. Tegenover de held van bijbels formaat, die met een simpel gemotiveerde daad zijn gepijnigde volk tot verzet wilde oproepen, stond de bloedgetuige van de nationaal-socialistische beweging. Allebei zouden ze meer dan levensgroot in het boek van de geschiedenis terechtkomen. De dader echter raakte snel in vergetelheid. Ook moeder hoorde, toen ze een kind was en Tulla werd genoemd, nooit iets over een moord en een moordenaar, wel sprookjesverhalen over een schip dat wit glom en beladen met vrolijke mensen lange en korte zeereizen maakte voor een organisatie die zich 'Kraft durch Freude' noemde.

2

Toen ik nog een gealimenteerde boemelstudent was, volgde ik op de TU colleges bij professor Höllerer. Met een indringende vogelstem enthousiasmeerde hij de overvolle zaal. Het ging over Kleist, Grabbe, Büchner, allemaal genieën op de vlucht. 'Tussen klassiek en modern' heette een van zijn colleges. Mij beviel het wel tussen jonge schrijvers en nog jongere boekverkoopsters in de Waitzkeller, waar onaffe teksten werden voorgelezen en stukgepraat. In de Carmerstraße nam ik zelfs deel aan een cursus naar Amerikaanse leest: '*Creative writing*'. Ruim een dozijn verwachtingen voor de toekomst, talent zat er ook bij. Bij mij niet voldoende, verzekerde een van de docenten, die ons beginnelingen met thema's als 'telefonische hulpdienst' tot een episch gebaar wilde verleiden. Een colportageroman, zei hij, zou voor mij het hoogst bereikbare zijn. Maar nu heeft hij mij toch weer boven water gehaald: de oorsprong van mijn mislukte bestaan, vond hij, was een uniek geval, exemplarisch en daarom het vertellen waard.

Enkele talenten van toen zijn al dood. Twee, drie mensen zijn bekend geworden. Mijn voormalige docent daarentegen schijnt leeggeschreven te zijn, anders had hij mij niet als ghostwriter in dienst genomen. Maar ik wil niet verder in krabbengang. Het zit vast, zei ik tegen hem, het is de moeite niet waard. Dat zijn toch alleen maar twee gekken, de een zowel als de ander. Hoezo: hij heeft zich opgeofferd om zijn volk een voorbeeld voor heldhaftig verzet te geven. Het ging de joden na de moord helemaal niet beter. Integendeel! De terreur was wet. En toen tweeënhalf jaar later de jood Herschel Grünspan in Parijs de diplomaat Ernst vom Rath doodschoot, was het antwoord de Reichskristallnacht. En wat heeft de nazi's, vraag ik me af, nóg een bloedgetuige opgeleverd? Oké, een schip werd naar hem vernoemd.

En weer ben ik op het goede spoor. Niet omdat die schrijver op leeftijd me op mijn nek zit, meer omdat moeder nooit heeft losgelaten. In Schwerin al, waar ik, als er iets werd ingewijd, met een halsdoek om en in een blauw hemd moest rondhuppelen, zeurde ze voortdurend aan mijn kop: 'Dat die zee ijskoud was en dat die kindertjes allemaal de diepte in zijn verdwenen, dat moet je opschrijven. Dat ben je ons verschuldigd, want jij had geluk en overleefde 't. Er komt 'n dag dat ik 't je vertel, al die beetjes, en dan schrijf jij 't op...'

Maar ik wilde niet. Dat wilde toch niemand horen, hier in het Westen niet en in het Oosten al helemaal niet. De Gustloff en haar vervloekte geschiedenis waren tientallen jaren lang taboe, in Duits-Duits overleg als het ware. Moeder hield desondanks niet op met het per koerierspost aan mijn kop zaniken. Toen ik mijn studie had opgegeven en tamelijk rechts voor Springer begon te schrijven, kreeg ik te lezen: 'Dat is een revanchist. Die zet zich in voor ons verdrevenen. Die publiceert dat ongetwijfeld in afleveringen, wekenlang...'

En later, toen de *Tageszeitung* en andere linkse turnoefeningen me op de zenuwen werkten, serveerde tante Jenny me, zodra ze me bij Habel aan de Roseneck met asperges en verse aardappels aan tafel had, moeders vermaningen als toetje: 'Mijn lieve vriendin Tulla koestert nog steeds grote verwachtingen van jou. Ze laat je zeggen dat het je plicht als zoon blijft eindelijk aan de hele wereld te melden...'

Maar ik bleef binnenhouden. Ik liet me niet dwingen. Al die jaren waarin ik freelance redelijk lange artikelen schreef voor natuurtijdschriften, over biodynamische groenteteelt en milieuschade in Duitse bossen bijvoorbeeld, ook bekentenissen over het thema 'Nooit meer Auschwitz', slaagde ik erin de omstandigheden van mijn geboorte weg te laten, totdat ik eind januari zesennegentig eerst de rechts-radicale 'Stormfront'-homepage had aangeklikt, vervolgens op enkele Gustloff-verwijzingen was gestuit en toen op de website 'www.blutzeuge.de' met de Bent Schwerin vertrouwd raakte.

Ik maakte mijn eerste notities. Ik verbaasde me, was verbluft. Ik wilde weten hoezo deze provinciale grootheid – en wel sinds de vier schoten in Davos – recentelijk in staat was surfers te lokken. En de homepage zat knap in elkaar. Ingemonteerde foto's van plekken in Schwerin. Daartussenin nette vraagzinnen: 'Willen jullie meer weten over onze bloedgetuige? Zullen we jullie zijn verhaal stukje bij beetje vertellen?'

Hoezo we? Hoezo 'Bent'? Ik had willen wedden dat daar iemand solo door het internet zwom. Voor dit poepbruin opkiemende zaad diende een en hetzelfde koppetje als broeibed. Wat die eikel over 'Kraft durch Freude' op het net zette zag er goed uit en was niet eens dom. Vakantiefoto's van lachende scheepspassagiers. Badplezier op de stranden van het eiland Rügen.

Daarover wist moeder natuurlijk niet veel. Zij noemde 'Kraft durch Freude' steeds afgekort 'Ka-dé-ef'. In de bioscoop in Langfuhr had ze als tienjarige in *Fox tönende Wo-*

chenschau het een en ander, maar ook 'ons Ka-dé-ef-schip' op zijn eerste reis gezien. Bovendien waren vader en moeder Pokriefke, hij als arbeider en partijlid, zij als lid van de nationaal-socialistische vrouwenbond, aan boord van de Gustloff geweest. Een kleine groep uit Danzig – toen nog Vrijstaat – mocht met een speciale toestemming voor 'Auslandsdeutsche' reizen, op het nippertje als het ware. Reisdoel waren midden augustus de fjorden van Noorwegen, te laat voor de toegift middernachtszon.

Toen ik een kind was verzekerde moeder me, zodra de altijddurende ondergang weer eens een zondags gespreksonderwerp was, met overgave op zijn Langfuhrs hoe geestdriftig haar papa had verteld over een Noorse klederdrachtgroep en haar volksdansen, die werden uitgevoerd op het zonnedek van het KdF-schip. 'En m'n moeder bleef maar enthousiast vertellen over dat zwembad met die tegeltjes met die bonte taferelen, waar later al die marinehelpsters dicht op mekaar moesten zitten tot die Ivan met z'n tweede torpedo precies al die jonge meiskes heeft fijngeprakt.'

Maar nog ligt de Gustloff niet op stapel, laat staan dat ze ervan afgelopen is. Bovendien moet ik even inhouden, want meteen na de dodelijke schoten begonnen de rechters, de aanklagers en de verdedigers in het kanton Graubünden het proces tegen David Frankfurter voor te bereiden. Het zou in Chur plaatsvinden. Omdat de dader bekend had, kon worden uitgegaan van een kort proces. Maar in Schwerin begon men plechtigheden te organiseren die door helemaal boven waren verordend, meteen na de overbrenging van het lijk moesten plaatsvinden en in het geheugen van de volksgemeenschap moesten blijven hangen.

Wat er niet allemaal op de been werd gebracht door gerichte schoten: marcherende SA-colonnes, erehagen, krans- en vaandeldragers, geüniformeerden met fakkels. Onder dof tromgeroffel trok de Wehrmacht langs in rouwpas, langs de weg stond in dichte rijen het volk van Schwerin verstard in droefenis of gewoon uit kijklust.

Daarvóór was het in Mecklenburg eigenlijk onbekende partijlid slechts een van de vele landelijk voorzitters van de buitenlandorganisatie van de NSDAP geweest, maar de dode Wilhelm Gustloff werd opgeblazen tot een figuur die enkele tribunesprekers hulpeloos leek te maken, want bij het zoeken naar een vergelijkbaar formaat schoot hun steeds slechts die opperbloedgetuige te binnen, die zijn naam aan een lied had gegeven dat bij officiële gelegenheden – er waren er veel – meteen na het Deutschlandlied werd gespeeld en gezongen: 'Die Fahne hoch...'

In Davos waren de feestelijkheden nog in het klein verlopen. De kerk van de protestantse kuurgemeente, eigenlijk een kapel, gaf de maat aan. Voor het altaar, bekleed met de hakenkruisvlag, stond de kist. Daarop lagen de eredolk, de mouwband en de SA-pet van de dode, geordend tot een stilleven. Ongeveer tweehonderd partijgenoten waren uit alle kantons gekomen. Bovendien gaven Zwitserse burgers vóór en in de kapel uiting aan hun gezindheid. Rondom de bergen.

Van de tamelijk eenvoudige rouwplechtigheid in het wereldberoemde longenkuuroord werden door de Duitse radio gedeelten uitgezonden, alle zenders in het Rijksgebied namen aan de uitzending deel. Sprekers verzochten de adem in te houden. Maar in geen enkel commentaar en in geen van de vele toespraken die later elders werden gehouden werd David Frankfurter bij naam genoemd. Hij heette voortaan en alleen maar 'de joodse sluipmoordenaar'. Pogingen van het andere kamp de zieke student medicijnen tot een held te maken door hem, vanwege zijn Servische afkomst, als 'Joegoslavische Wilhelm Tell' te presenteren, werden door Zwitserse patriotten in verontwaardigd

Hoogduits van de hand gewezen, maar ze versterkten de vraag naar de opdrachtgevers van de schietende jongeman. Al snel werden joodse organisaties als achter de schermen actief genoemd. Besteld had de 'laffe moord', zei men, het georganiseerde wereldjodendom.

Intussen stond in Davos de speciale trein voor de kist gereed. Bij het vertrek werden kerkklokken geluid. Van zondagochtend tot maandagavond was hij onderweg, hij stopte in Singen voor het eerst op Rijksduits gebied en deed vanwege plechtige korte oponthouden de steden Stuttgart, Würzburg, Erfurt, Halle, Magdeburg en Wittenberge aan, waar op de perrons zowel de verantwoordelijke gouwleiders als ereafvaardigingen van de partij het lijk in de kist de laatste eer 'betoonden'.

Dit woord uit het spreuken- en zangboek van de verhevenheid ontdekte ik op internet. Op de website werd in de formulering van de op het net gezette verslagen niet gewoon gegroet op de toen gebruikelijke en van de Italiaanse fascisten afgekeken manier, met de opgeheven rechterhand, maar men ontmoette elkaar op perrons en bij alle rouwblijken voor het 'betonen' van de laatste eer. Daarom werd de dode op 'www.blutzeuge.de' niet alleen herdacht met citaten uit de toespraak van de Führer en beschrijvingen van de rouwplechtigheden in de feesthal van Schwerin, hem werd ook vanuit de nieuwste, 'Cyberspace' genoemde dimensie de Duitse groet 'betoond'. Pas daarna vond de Bent Schwerin Beethovens *Eroica*, geïntoneerd door het lokale orkest, de moeite van het vermelden waard.

Maar toch viel te midden van deze wereldwijd verspreide apekool een kritische bijtoon op. Een chatter corrigeerde het in de geciteerde *Völkischer Beobachter* genoemde eresaluut van een afdeling van de Wehrmacht voor de frontsoldaat Wilhelm Gustloff met de opmerking dat de op die manier geëerde vanwege zijn longziekte niet aan de Eerste

Wereldoorlog had mogen deelnemen, zich aan het front niet dapper had mogen betonen en geen IJzeren Kruis Eerste of Tweede Klasse had mogen dragen.

Het leek een muggenzifter, die als eenzaam strijder de virtuele feestelijkheden verstoorde. Bovendien miste hij, nu betweterig, in de toespraak van de voor Mecklenburg verantwoordelijke gouwleider Hildebrandt een verwijzing naar de, zoals werd gezegd, 'nationaal-bolsjewistische invloeden' van Gregor Strasser op de bloedgetuige. Tenslotte had men van de voormalige landarbeider – die de adellijke grootgrondbezitters sinds zijn kinderdagen haatte en daarom na de machtsovername had gehoopt dat de Führer de riddergoederen rigoureus zou verkavelen – een eerherstel, al was het in bedekte termen, van de vermoorde Strasser kunnen verwachten. Zo ongeveer las ik het gezeur. Allemaal betweterijen, die in de chatbox tot onenigheid leidden.

Onbezorgd om de afloop ervan kwam, terug op de website, de met plaatjes verlevendigde rouwstoet in beweging. Bij wisselvallig weer ging het van de feesthal door de Gutenbergstraße en de Wismarsche Straße via de Totendamm en de Wallstraße naar het crematorium. Vier kilometer lang reed tussen een dubbele erehaag de kist, opgebaard op een affuit, tot men haar er onder tromgeroffel van af haalde en ter verassing en na de inzegening door een geestelijke in de vuurschacht liet zakken. Op commando werden aan beide zijden van de verdwijnende kist de vlaggen gestreken. Aangetreden colonnes hieven het lied van de dode kameraad aan en betoonden met geheven rechterhand de allerlaatste groet. Bovendien vuurde de Wehrmachtafdeling opnieuw salvo's af ter ere van een frontsoldaat die, zoals eerder onthuld, nooit de loopgravenoorlog had meegemaakt en wie het trommelvuur of het 'staalonweer', zoals Jünger het noemt, werden bespaard. Ach, was hij er bij Verdun maar bij geweest en was hij maar tijdig in een granaattrechter gecrepeerd!

Omdat ik in de stad tussen de zeven meren ben opgegroeid weet ik waar later op de zuidelijke oever van het Meer van Schwerin de urn in het fundament werd ingemetseld. Daarop stond een vier meter hoog blok graniet, waarop in runen gebeiteld een inscriptie sprak. Met de grafstenen van andere oud-strijders vormde het de eregalerij rond de speciaal gebouwde erehal. Ik herinner het me niet, maar moeder weet precies wanneer tijdens de eerste jaren na de oorlog, niet alleen op bevel van de bezettende Sovjetrussen, alles werd weggehaald wat de burgers van de stad aan de bloedgetuige had kunnen herinneren. Maar mijn met mij virtueel verbonden tegenspeler had er behoefte aan opnieuw en op dezelfde plek een monument op te richten. Hij noemde Schwerin hardnekkig de 'Wilhelm Gustloff-stad'.

Alles voorbij, verdwenen! Wie weet nu nog hoe toen de leider van het Deutsche Arbeitsfront heette? Tegenwoordig worden naast Hitler als eens almachtige grootheden Goebbels, Göring, Heß genoemd. Mocht er in een televisiequiz naar Himmler of Eichmann worden gevraagd, dan kun je rekenen op een deels correct antwoord, maar ook op een radeloze afstand tot de geschiedenis. En dan zou er voor de alerte quizmaster alle reden zijn het verlies van zo-en-zoveel duizend mark met een glimlachje te incasseren.

Maar wie behalve mijn op het net turnende webmaster kent vandaag de dag Robert Ley? Terwijl hij het was die meteen na de machtsovername alle vakbonden ophief, hun kassen leegmaakte, hun gebouwen met ontruimingscommando's bezette en hun leden – miljoenen waren het er – gedwongen in het Deutsche Arbeitsfront organiseerde. Hij, het maangezicht met de voorhoofdlok, had het idee om alle overheidsambtenaren, vervolgens alle leraren en scholieren, ten slotte de arbeiders van alle bedrijven de geheven hand en de kreet 'Heil Hitler' als dagelijkse groet op te dragen. En hij kreeg het idee ook de vakantie van arbeiders en beambten te organiseren en voor hen onder het motto 'Kracht door Plezier' goedkope reizen naar de Beierse Alpen en naar het Ertsgebergte, verblijven aan de Oostzeekust en aan de Waddenzee en niet in de laatste plaats korte en langere zeereizen mogelijk te maken.

Een man met daadkracht, want dat allemaal gebeurde onvermoeid en ongeremd, terwijl tegelijkertijd andere dingen gebeurden en lading na lading de concentratiekampen vol raakten. Begin 1934 charterde Ley voor de door hem voorziene KdF-vloot het passagiersmotorschip Monte Olivia en het vierduizend ton wegende stoomschip Dresden. Samen konden de twee schepen bijna drieduizend passagiers herbergen. Maar al tijdens de achtste KdF-zeevakantiereis, toen opnieuw de schoonheid van Noorse fjorden getoond zou worden, scheurde in de Karmsund een onder water gelegen blok graniet de scheepswand van de Dresden over dertig meter open, zodat ze begon te zinken. Weliswaar konden alle passagiers, op twee vrouwen na die aan een hartaanval stierven, worden gered, maar met het schip had tegelijkertijd het KdF-idee lek geslagen kunnen zijn.

Niet voor Ley. Een week later charterde hij nog vier passagiersschepen en hij beschikte nu over een voor uitbreiding vatbare vloot, die al in het jaar daarna honderdvijfendertigduizend vakantiegangers aan boord kon nemen, meestal voor vijfdaagse reizen naar Noorwegen, maar al snel voor tochten over de Atlantische Oceaan naar het populaire reisdoel Madeira. Slechts veertig rijksmark kostte het plezier door kracht en tien mark het speciale kaartje voor de treinreis naar de Hamburgse haven.

Als journalist vroeg ik me bij het doorkijken van het mij ter beschikking staande materiaal af: hoe slaagden de per volmacht totstandgekomen staat en de enige overgebleven partij er in zo'n korte tijd in, de in het Arbeitsfront georganiseerde arbeiders en beambten niet alleen ertoe te brengen hun mond te houden, maar ook mee te laten doen en al snel massaal mee te laten juichen bij georganiseerde gelegenheden? Een deelantwoord geven de activiteiten van de nationaal-socialistische vereniging 'Kraft durch Freude', waarmee veel overlevenden stiekem nog lang dweepten, moeder zelfs hardop: 'Dat werd nu allemaal anders dan vroeger. Mijn papa, die bij ons in de meubelmakerij slechts hulpkracht was en die eigenlijk in niets meer geloofde, die zag KdF helemaal zitten, want hij kon voor 't eerst in z'n hele leven met m'n mama op reis...'

Nu moet ik toegeven dat moeder altijd al het een en ander te hard en op het verkeerde moment heeft gezegd. Onverbiddelijk laat ze vallen of houdt ze vast. In maart drieënvijftig – ik was acht en lag met amandelontsteking, rodehond of mazelen in bed – zette ze op de dag dat de dood van Stalin bekend werd bij ons in de keuken kaarsen neer en huilde heftig. Nooit meer heb ik haar zo zien huilen. Toen jaren later Ulbricht van het toneel was verdwenen schijnt ze diens opvolger als 'gewoon maar een dakdekker' te hebben afgedaan. Zij, de verklaarde antifasciste, jammerde desondanks over de rond negentienvijftig verwoeste gedenksteen voor Wilhelm Gustloff en schold op de 'schofterige grafschennis'. Later, toen we in het Westen het terrorisme hadden, las ik in haar Schwerinse flessenpost dat 'Baadermeinhoff', die zij als één persoon beschouwde, in de strijd tegen het fascisme gesneuveld was. Ongrijpbaar bleef voor wie en tegen wie zij was. Maar haar vriendin Jenny glimlachte alleen maar als ze hoorde wat moeder allemaal te melden had: 'Zo was Tulla altijd al. Ze zegt wat anderen niet graag willen horen. En daarbij overdrijft ze af en toe een beetje...' Ze schijnt zichzelf bijvoorbeeld in haar bedrijfscollectief ten overstaan van alle partijgenoten 'Stalins laatste getrouwe' te hebben genoemd en in de daaropvolgende zin de klasseloze KdF-maatschappij als voorbeeld voor elk waar communisme te hebben geprezen.

Toen in januari zesendertig de Hamburgse scheepswerf Blohm & Voss de opdracht kreeg voor het Deutsche Arbeitsfront en haar onderorganisatie 'Kraft durch Freude' een passagiersmotorschip te bouwen waarvan de kosten op vijfentwintig miljoen rijksmark werden geraamd, vroeg niemand: waar komt dat vele geld vandaan? Met 25.484 brutoregisterton, 208 meter lengte en zes tot zeven meter diepgang stonden er eerst alleen maar getallen. Als topsnelheid moesten 15,5 knopen worden gehaald. Het schip moest behalve 417 bemanningsleden 1463 passagiers aan boord kunnen nemen. Dat waren, wat de gangbare scheepsbouw betreft, normale getallen, maar in tegenstelling tot andere passagiersschepen kreeg deze nieuwbouw de opdracht mee met slechts één enkele passagiersklasse alle klassenverschillen tijdelijk op te heffen, hetgeen, volgens de opdracht van Robert Ley, een voorbeeld moest worden voor de nagestreefde volksgemeenschap van alle Duitsers.

De bedoeling was dat het nieuwe schip bij de tewaterlating de naam van de Führer zou krijgen, maar toen de rijkskanselier bij die bewuste rouwplechtigheid naast de weduwe van de in Zwitserland vermoorde partijgenoot zat, nam hij het besluit het te bouwen KdF-schip te laten noemen naar de meest recente bloedgetuige van de beweging. Waarna er al snel na diens verassing overal in het Rijk pleinen, straten en scholen met zijn naam waren. Zelfs een fabriek voor wapens en ander militair materieel, Simson in Suhl, werd na de gedwongen arisering herdoopt, opdat de 'Wilhelm-Gustloff-Werke' de bewapening zouden dienen en vanaf tweeënveertig in het concentratiekamp Buchenwald een filiaal konden exploiteren.

Ik wil nu niet opsommen wat er verder nog zijn naam droeg – hooguit nog de Gustloffbrug in Neurenberg en het Gustloffhuis van de Duitse kolonie in het Braziliaanse Curitiba –, maar ik vraag me wel af en gooide die vraag ook op het net: 'Wat zou er gebeurd zijn wanneer het op 4 augustus 1936 in Hamburg op stapel gezette schip bij de tewaterlating toch nog de naam van de Führer had gekregen?'

Het antwoord kwam per omgaande: 'Nooit had de Adolf Hitler kunnen zinken, want de voorzienigheid...' enzovoort enzovoort. Waarna ik bedacht: Dan had ik dus niet als overlevende van een door de hele wereld vergeten ongeluk hoeven rond te lopen. Want dan zou ik heel normaal in Flensburg aan land zijn gekomen en pas daar door mijn moeder ter wereld zijn gebracht, dan zou ik geen exemplarisch geval zijn geweest en zou er nu geen reden zijn voor dit woordgesprokkel.

'Mijn Paultje is iets heel bijzonders!' Als kind al kreeg ik moeders standaardzin te horen. Pijnlijk werd het wanneer ze tegenover buren en zelfs in het bijzijn van het voltallige partijcollectief mijn bijzonderheid in breedsprakig Langfuhrs opdiste: 'Vanaf z'n geboorte wist ik dat die knul ooit echt beroemd zou worden...'

Laat me niet lachen! Ik ken mijn grenzen. Ik ben een middelmatig journalist die het op de korte afstand aardig doet. Vroeger was ik weliswaar goed in het maken van plannen – een nooit geschreven boek zou *Tussen Springer en Dutschke* heten – maar over het algemeen bleef het bij plannen. En toen Gabi in het geniep met de pil was opgehouden, ondubbelzinnig van mij zwanger was en me naar het stadhuis had gesleept, wist ik, zodra die schreeuwlelijk er was en de aankomend pedagoge weer studeerde, absoluut zeker: nu is alles afgelopen. Vanaf nu heb je alleen nog maar een taak als huisman bij het verschonen van luiers en het stofzuigen. Afgelopen met de grootspraak! Wie zich op zijn vijfendertigste en met beginnende kaalheid nog met een kind laat opzadelen, die is niet te redden. En hoezo liefde! Die bestaat op zijn vroegst weer na je zeventigste, als het toch allemaal over is.

Gabriele, die door iedereen Gabi werd genoemd, was weliswaar niet knap, maar ze was een goede versierster. Ze had iets meeslepends en dacht in het begin dat ze me uit mijn boemeltempo kon halen en tot wat grotere passen kon aanzetten, die wat meer zoden aan de dijk zetten: 'Probeer toch eens iets dat maatschappelijk relevant is, iets over de bewapening en de vredesbeweging.' En ik knutselde ook aan een lange preek over iets dergelijks: mijn artikel over Mutlangen, Pershing 2-raketten en zitblokkades werd zelfs in min of meer linkse kringen gewaardeerd. Maar toen zakte ik weer weg. En op zeker moment heeft ze me waarschijnlijk opgegeven.

Maar niet alleen Gabi, ook moeder vond mij de typische mislukkeling. Meteen na de geboorte van onze zoon en nadat ze ons per telegram haar naamwens – 'Kind moet Konrad heten' – had gedicteerd, schreef ze aan haar vriendin Jenny een tamelijk open brief: 'Wat een sufferd! Is hij daarvoor naar het Westen gegaan? Mij zo teleurstellen! Moet dat alles voorstellen wat hij tot stand kan brengen?'

Daar had ze natuurlijk gelijk in. Mijn dik tien jaar jongere vrouw bleef doelgericht, haalde elk examen, werd lerares op een gymnasium en kwam in vaste dienst. Ik bleef wat ik ben. Nog geen zeven jaar duurde dit vermoeiende grapje, toen was het uit tussen Gabi en mij. Ik mocht het oude appartement in Kreuzberg met zijn kachelverwarming en de door niets in beweging te krijgen Berlijnse muffe lucht houden, zij verhuisde met de kleine Konrad naar

West-Duitsland, waar ze in Mölln familie had en al snel een baan op een school kon krijgen.

Een aardig aan het meer gelegen stadje, dat er, rustig in het grensgebied gelegen, idyllisch uitzag. Hoogdravend noemt de landschappelijk gezien zeker niet onaardige streek zich 'Hertogdom Lauenburg'. Ouderwets gaat het er daar aan toe. Mölln wordt in reisgidsen als 'Uilenspiegelstad' vermeld. En omdat Gabi daar als kind had gewoond, voelde ze zich er al snel weer thuis.

Maar ik zakte steeds verder weg. Ik bleef aan Berlijn plakken, hield me in leven met werken voor persagentschappen. Daarnaast publiceerde ik af en toe reportages – 'Wat is er groen aan de Groene Week' en 'De Turken in Kreuzberg' – in het *Evangelisches Sonntagsblatt*. En voor de rest? Een paar nogal slopende relaties en bekeuringen voor foutparkeren. En natuurlijk een jaar na Gabi's vertrek: de scheiding.

Mijn zoon Konrad zag ik alleen als hij op bezoek kwam, zelden dus en onregelmatig. Een, vond ik, te snel gegroeide jongen met een bril die het, volgens zijn moeder, op school goed deed en als zeer begaafd en uiterst gevoelig gold. Maar toen in Berlijn de Muur viel en in Mustin, vlak achter Ratzeburg, het buurstadje van Mölln, de grens openstond, schijnt Konny er meteen bij mijn ex op te hebben aangedrongen met hem naar Schwerin te rijden – een dik uur met de auto – om daar zijn oma Tulla op te zoeken.

Zo noemde hij haar. Ik neem aan omdat zij dat zo wilde. Het bleef niet bij één bezoek – helaas, zeg ik nu. De twee konden het meteen goed met elkaar vinden. Toen al, als tienjarige, kletste Konny tamelijk neuswijs. Ik weet zeker dat moeder hem heeft volgepropt met haar verhalen, die zich immers niet alleen op de binnenplaats van de meubelmakerij in de Elsenstraße in Langfuhr afspeelden. Alles legde ze op tafel, zelfs haar avontuur als tramconductrice in het laatste oorlogsjaar. Als een spons moet de jongen haar gepraat hebben opgezogen. Natuurlijk heeft ze hem ook met het verhaal van het altijd zinkende schip gevoerd. Vanaf dat moment koesterde moeder grote verwachtingen van Konny, of 'Konradchen', zoals zij hem noemde.

In die tijd kwam ze vaak naar Berlijn. Intussen met pensioen was ze reislustig onderweg in haar Trabi. Maar moeder was alleen onderweg om haar vriendin Jenny op te zoeken, ik bleef bijzaak. Wat een weerzien! Of het nu in tante Jenny's poppenkamer of in mijn oude krot in Kreuzberg was, zij had het alleen maar over Konradchen en haar oudedagsgeluk. Hoe fijn het was dat ze zich om hem kon bekommeren nu ze het volkseigen 'Großtischlerei-Kombinat' hadden afgewikkeld – met haar hulp overigens. Ze hielp graag, zei ze, zodat het een beetje opschoot. Men wilde haar advies weer graag horen. En wat haar kleinzoon betrof zat ze volgens eigen zeggen vol plannen.

Tante Jenny kon om zoveel overtollige energie slechts op haar manier ijzig glimlachen. Ik kreeg te horen: 'M'n Konradchen zal 't geheid nog 'ns ver schoppen. Da's niet zo'n mislukkeling als jij...'

'Klopt,' antwoordde ik, 'ik ben niet echt geslaagd en het wordt ook niks meer. Maar zoals je ziet, moeder, ik ontwikkel me – als je dat ontwikkeling mag noemen – tot kettingroker.'

Net als die jood Frankfurter, voeg ik er nu aan toe, die net als ik de ene stinkstok met de volgende aanstak en over wie ik nu moet schrijven omdat de schoten hun doel hebben gevonden, omdat de bouw van het in Hamburg op stapel gezette schip vooruitgang boekte, omdat in de Zwarte Zee een navigatieofficier Marinesko op een in de buurt van de kust operationele onderzeeër dienstdeed en omdat op 9 december zesendertig voor de rechtbank van het Zwitserse kanton Graubünden het proces tegen de uit Joegoslavië afkomstige moordenaar van de Rijksduitser Wilhelm Gustloff begon.

In Chur stonden drie bewakers in burger voor de balie van de rechters en de bank van de aangeklaagde, die ingeklemd zat tussen twee politieagenten. Ze observeerden op bevel van de kantonnale politie permanent zowel het publiek als de binnen- en buitenlandse journalisten: men was bang voor een aanslag, van welke kant dan ook.

Vanwege de drukte vanuit het Rijk was het noodzakelijk geworden het proces van de kantonnale rechtbank naar de vergaderzaal van de Kleine Raad van Graubünden te verplaatsen. Een bedaagde heer met een witte sik, de advocaat Eugen Curti, had de verdediging op zich genomen. Als civiele partij werd de weduwe van de vermoorde vertegenwoordigd door de bekende hoogleraar Friedrich Grimm, die kort na de oorlog met zijn standaardwerk *Politische Justiz – die Krankheit unserer Zeit* commotie veroorzaakte, en daarom was ik niet verbaasd dat ik op het internet een nieuwe druk van het boek vond, verspreid door de Duits-Canadese rechts-extremist Ernst Zündel, maar het schijnt dat dit propagandageschrift intussen uitverkocht is.

Maar ik ben er tamelijk zeker van dat de webmaster uit Schwerin op tijd een exemplaar heeft aangeschaft, want zijn internetpagina's stonden vol met Grimm-citaten en polemische antwoorden op het – toegegeven – langademige pleidooi van de verdediger Curti. Het leek alsof het proces andermaal gevoerd moest worden, nu in het virtueel overvolle wereldtheater.

Later bleek uit mijn onderzoek dat mijn eenzame strijder met behulp van de *Völkischer Beobachter* aan zijn kennis was gekomen. Het eerder terloopse bericht bijvoorbeeld dat Hedwig Gustloff, toen ze op de tweede procesdag de rechtszaal in rouwzwart gekleed betrad, door de aanwezige Rijksduitsers, enkele Zwitserse sympathisanten en de uit het Rijk gekomen journalisten met staand betoonde Hitlergroet werd geëerd, was gekopieerd uit dit 'Strijdblad der nationaal-socialistische beweging voor Groot-Duitsland'. De VB was niet alleen tijdens de vier historisch te noemen procesdagen present, maar ook op het internet. De via het net verspreide citaten uit de brief van de strenge vader aan zijn verloren zoon waren eveneens uit het 'strijdblad' gehaald, want de brief van de rabbijn – 'Ik verwacht niets meer van je. Je schrijft niet. Nu hoef je ook niet meer te schrijven...' – werd tijdens het proces door de aanklager als bewijs van de harteloosheid van de aangeklaagde geciteerd. De kettingroker zal tijdens de zittingspauzes af en toe een sigaret hebben mogen roken.

Terwijl de duikbootofficier Marinesko op zee zat of in de Zwarte-Zeehaven Sebastopol aan het passagieren was en te vermoeden is dat hij daarom drie dagen lang stomdronken was, kreeg de in Hamburg op stapel gezette nieuwbouw vorm – klinkhamers gaven dag en nacht de toon aan – en zat of stond de aangeklaagde David Frankfurter tussen de twee kantonnale agenten. Gedienstig bekende hij. Op die manier nam hij de spanning uit het proces. Hij luisterde zittend en zei staand: ik besloot, kocht, oefende, reisde, wachtte, vond, ging binnen, zat, schoot vijf keer. Hij sprak zijn bekentenissen zonder omhaal en slechts af en toe haperend. Het vonnis nam hij voor kennisgeving aan, maar op het internet stond: 'Jammerend.'

Omdat in het kanton Graubünden de doodstraf niet was toegestaan, eiste professor Grimm met spijt de hoogste straf: levenslang. Tot de uitspraak – achttien jaar tuchthuis, daarna uitwijzing – zag dat er online allemaal erg partijdig ten gunste van de bloedgetuige uit, maar toen splitste mijn webmaster van de Bent Schwerin zich. Of had hij plotseling gezelschap gekregen? Drong die zeurkous en betweter zich weer op, die al een keer de chatbox had bezet? Hoe dan ook: er begon een strijdbaar rollenspel.

Het vanaf nu steeds weer oplevende dispuut werd met voornamen gevoerd: een Wilhelm gaf de vermoorde voorzitter een stem en een David speelde de rol van verhinderde zelfmoordenaar.

Het was alsof dit woordgevecht zich in het hiernamaals afspeelde. Terwijl het er aards aan toeging. Bij het rendezvous van moordenaar en vermoorde werden steeds weer de daad en het motief ervoor herkauwd. Terwijl de een propagandistisch uitweidde, bijvoorbeeld meldde dat er in het Rijk ten tijde van het proces achthonderdduizend minder werklozen waren dan het jaar ervoor en daarover enthousiast werd: 'Dat is allemaal alleen aan de Führer te danken,' somde de ander klagend op hoeveel joodse artsen en patiënten uit ziekenhuizen en kuuroorden waren verdreven en dat het nazi-regime al op 1 april drieëndertig tot een boycot van de joden had opgeroepen, waarna de etalages van joodse winkels van de opruiende kreet 'Juda verrecke!' waren voorzien. Zo ging het heen en weer. Als Wilhelm ter ondersteuning van zijn stelling van de noodzaak van het zuiver houden van het Arische ras en het Duitse bloed Führer-citaten uit *Mein Kampf* op het net zette, antwoordde David met stukken uit *Die Moorsoldaten*, een relaas dat een voormalige concentratiekampgevangene bij de Schweizer Spiegel Verlag had gepubliceerd.

Bloedserieus was de ruzie, verbeten. Maar plotseling werd de toon losser. In de chatbox werd gekeuveld. Als Wilhelm vroeg: 'Zeg eens, waarom heb je vijf keer op me geschoten?' antwoordde David: 'Sorry, de eerste deed niks. Er waren maar vier gaten.' Wilhelm weer: 'Klopt. Maar van wie heb je de revolver gekregen?' David: 'Gekocht heb ik hem. En wel voor maar tien Zwitserse frankjes.' – 'Tamelijk goedkoop voor een wapen waar je toch zeker vijftig franken voor had moeten dokken.' – 'Ik snap het. Daarmee wil je zeggen dat iemand me dat ding cadeau heeft gedaan. Toch?' – 'Ik ben er zelfs zeker van dat je in opdracht hebt geschoten.' – 'Maar natuurlijk! Op bevel van het Wereldjodendom.'

Zo verliep hun internetdialoog ook de dagen daarna. Zodra ze elkaar hadden afgemaakt werden ze jolig, alsof vrienden een grap uithalen. Voordat ze de chatbox verlieten zeiden ze: 'Tabee, gekloond nazi-zwijn dat je bent!' en 'Houdoe, joodje!' Maar zodra iemand probeerde als surfer vanaf de Balearen of uit Oslo tussen hun tweegesprek te komen, joegen ze hem eruit: 'Maak dat je wegkomt!' of 'Probeer het later nog maar eens!'

Allebei speelden ze blijkbaar tafeltennis, want ze waren enthousiast over de Duitse pingpongtopper Jörg Roßkopf, die, zei David, zelfs een Chinese kampioen had verslagen. Allebei verzekerden ze dat ze vóór fair play waren. En allebei lieten ze zien dat ze goed op de hoogte waren en prezen ze elkaars nieuw gevonden kennis: 'Geweldig! Waar heb je dat Gregor Strasser-citaat vandaan?' of 'Dat wist ik niet, David, dat Hildebrandt vanwege linkse sympathieën door de Führer aan de kant werd gezet maar vervolgens op verzoek van de brave Mecklenburgers weer als gouwleider werd aangesteld.'

Je had kunnen denken dat het vrienden waren, hoezeer ze ook hun best deden hun haat jegens elkaar als een verplicht nummer af te werken. Wilhelms in de chatbox gestelde vraag: 'Zou je, als de Führer mij in het leven zou terugroepen, opnieuw op mij schieten?' beantwoordde David per omgaande: 'Nee, de volgende keer mag jij míj neerknallen.'

Ik kreeg een vermoeden. En meteen nam ik afscheid van het idee dat één enkele webmaster handig en spookachtig met een rollenspel bezig was. Ik werd bij de neus genomen door twee grappenmakers, die het bloedserieus meenden.

Later, toen iedereen die erbij betrokken was deed alsof zijn neus bloedde en alsof hij geschokt was, zei ik tegen moeder: 'Ik vond dat van meet af aan vreemd. Waarom, vroeg ik me af, zijn jonge mensen van nu zo gek op die Gustloff en al die dingen die verder met hem te maken hebben? Want dat dat geen oude knarren waren die zich online zaten te vervelen, van die terugdenkers als jij bedoel ik, dat wist ik meteen al...'

Moeder antwoordde daar niet op. Ze zette, zoals altijd wanneer er iets te dichtbij kwam, haar ik-ben-niet-thuis-gezicht op, dat wil zeggen, ze verdraaide haar oogappels tot het niet meer verder kon. Zij vond hoe dan ook dat zoiets alleen maar kon gebeuren omdat tientallen jaren lang 'over de Gustloff niet gepraat mocht worden. Bij ons in 't Oosten sowieso niet. En bij jou in 't Westen hadden ze 't, als ze al over vroeger praten, alleen over andere erge zaken, over Auschwitz en zo. Mijn god! Wat wonden ze zich bij ons in 't partijcollectief op toen ik 'ns wat positiefs over Ka-dé-ef-schepen zei, dat namelijk de Gustloff een klasseloos schip was...'

En meteen was ze weer bij mama en papa, die onderweg waren naar Noorwegen. 'Mijn mama kwam helemaal niet meer bij, want alle vakantiegangers zaten in de eetzaal door mekaar, eenvoudige arbeiders als m'n papa, maar ook ambtenaren en partijbonzen zelfs. 't Was bijna zoals bij ons in de DDR, maar dan nog mooier...'

Dat met dat klasseloze schip was werkelijk een groot succes. Ik neem aan dat daarom de werfarbeiders als gekken juichten toen op 5 mei zevenendertig de nieuwbouw, acht verdiepingen hoog, van stapel liep. De schoorsteen, het brug- en het seindek ontbraken nog. Heel Hamburg was op de been, tienduizenden. Maar voor de scheepsdoop stonden dichtbij slechts tienduizend volksgenoten, uitgenodigd door Ley persoonlijk.

Hitlers speciale trein reed om tien uur 's ochtends het Dammtorstation binnen. Vervolgens ging het in een open Mercedes, soms met gestrekte, soms met gebogen arm groetend, door de straten van Hamburg, omjubeld, dat spreekt. Vanaf de aanlegsteigers bracht een barkas hem naar de werf. Alle in de haven liggende schepen, ook de buitenlandse, vlagden. En de gehele uit charterschepen bestaande KdF-vloot, van de Sierra Cordoba tot de St. Louis, lag met de topvlaggen gehesen voor anker.

Ik wil nu niet opsommen wat er allemaal in colonnes was aangetreden, wie er ter begroeting met zijn hakken klakte. Onder de doopkansel verdrongen de werfarbeiders zich groetend toen hij de trap besteeg. Bij de laatste vrije verkiezing, nog maar vier jaar geleden, hadden de meesten van hen op de socialisten of de communisten gestemd. Nu was er nog slechts die ene partij. En in levenden lijve stond daar de Führer.

Pas op de doopkansel ontmoette hij de weduwe. Hij kende Hedwig Gustloff uit de heel vroege partijtijd. Voordat in drieëntwintig de mars naar de Feldherrnhalle in München bloedig mislukte, was ze zijn secretaresse geweest. Later, toen hij in Landsberg zijn vestingstraf uitzat, zocht ze in Zwitserland werk en vond haar man.

Wie mocht er nog meer op de kansel? De bedrijfsleider van de werf, staatssecretaris Blohm, en de voorzitter van de partijcel van het bedrijf, Pauly. Natuurlijk stond Robert Ley aan zijn zijde. Maar ook andere partijgrootheden. De Hamburgse gouwleider Kaufmann en die van Schwerin-Mecklenburg, Hildebrandt, mochten erbij zijn. De oorlogsmarine was door admiraal Raeder vertegenwoordigd.

En vanuit Davos had de lokale partijleider van de NSDAP, Böhme, de lange reis niet geschuwd.

Er werden toespraken gehouden. Deze keer deed hij het rustig aan. Na Kaufmann sprak de bedrijfsleider van de werf Blohm & Voss: 'Mijn Führer, ik meld u in naam van de werf: het vakantieschip, bouwnummer 511, is gereed voor de tewaterlating!'

Al het andere geschrapt. Maar misschien moet ik wat krenten uit de dooprede van Robert Ley halen. Hij was zo vrij aldus te beginnen: 'Duitse mensen!' En toen prees hij breedvoerig zijn volksverzorgend idee 'Kraft durch Freude', om ten slotte zijn aanstichter te noemen: 'De Führer gaf me indertijd het bevel: "Zorgt u ervoor dat de Duitse arbeider zijn vakantie krijgt, zodat hij zijn zenuwen in bedwang houdt. Want ik zou kunnen doen en laten wat ik wilde, het zou nutteloos zijn als het Duitse volk zijn zenuwen niet in bedwang zou hebben. Het is wezenlijk dat de Duitse massa's, de Duitse arbeider sterk genoeg is om mijn gedachten te begrijpen."'

Toen de weduwe even later de doop met de woorden 'Ik doop je Wilhelm Gustloff' voltrok, overstemde het gejuich van de zenuwsterke massa het gerinkel van de sektfles tegen de boeg van het schip. Beide liederen werden gezongen, terwijl de nieuwbouw zich losmaakte van de helling... Maar voor mij, de overlevende van de Gustloff, komt bij elke tewaterlating waar ik als journalist bij aanwezig moet zijn of die ik op de televisie meemaak de ondergang van het bij mooi meiweer gedoopte en van stapel gelopen schip in beeld.

Ongeveer rond deze tijd, toen David Frankfurter al in de Sennhofgevangenis in Chur zat en in Hamburg de sektfles aan scherven ging, bevond Alexander Marinesko zich in Leningrad of in Kronstadt op commandantencursus. In elk geval was hij overgeplaatst van de Zwarte Zee naar de oostelijke rand van de Oostzee. Al in de zomer, en terwijl de door Stalin verordende zuiveringsprocessen de admiraliteit van de Baltische vloot niet ontzagen, werd hij commandant van een onderzeeër.

De M 96 behoorde tot een oudere scheepsklasse en was geschikt voor vaarten en militaire acties in kustwateren. Ik lees in de informatie die mij ter beschikking staat dat de M 96 met tweehonderdvijftig ton waterverplaatsing en vijfenveertig meter lengte een tamelijk klein vaartuig was met achttien mensen aan boord. Lang bleef Marinesko commandant van deze tot in de Finse Golf opererende, met slechts twee torpedobuizen uitgeruste scheepseenheid. Ik neem aan dat hij in de buurt van de kust steeds weer de aanval boven water en daarna het steile duiken oefende.

3

Terwijl het interieur van het onderste, het E-dek, tot het zonnedek, de schoorsteen, de commandobrug en het zendstation werd afgebouwd en er langs de Baltische kust duikoefeningen plaatsvonden, gingen in Chur de eerste elf maanden van de gevangenisstraf voorbij. Toen pas kon het schip los van de afbouwkade en een proefvaart maken, de Elbe af en de Noordzee op. Dus wacht ik, tot na dit secondeverlies de verteltijd weer kan worden afgespoeld. Of moet ik intussen een ruzie riskeren met iemand wiens gemopper niet te negeren is?

Hij wil duidelijke herinneringen. Hij wil weten hoe ik moeder en kind ongeveer vanaf mijn derde levensjaar heb gezien, geroken, aangeraakt. Hij zegt: ‘De eerste indrukken zijn bepalend voor het verdere leven.’ Ik zeg: ‘Er is niets om te herinneren. Toen ik drie was, was ze net klaar met haar meubelmakersopleiding. Oké, de schaafkrullen en houtblokjes die zij voor mij uit de werkplaats meebracht zie ik langgelokt en opgestapeld ineenstortend voor me. Ik speelde met spanen en blokken. En voor de rest? Moeder rook naar beenderlijm. Overal waar ze had gestaan, gezeten, gelegen – mijn god, haar bed! – bleef die geur hangen. Maar ik werd, omdat er nog geen crèche was, eerst bij een buurvrouw, daarna op een kleuterschool geparkeerd. Zo ging dat nu eenmaal bij werkende moeders overal in de Arbeiders- en Boerenstaat, niet alleen in Schwerin. Ik herinner me dikke en dunne vrouwspersonen die ons commandeerden, ook griesmeelpap waarin de lepel rechtovereind bleef staan.'

Maar stukken herinnering als deze verzadigen de oude man nauwelijks. Hij laat niet los: 'In mijn tijd had de ongeveer tienjarige Tulla Pokriefke een punt-komma-streepgezicht. Maar hoe zag ze er als jonge vrouw en meubelmakersgezel uit, vanaf het jaar vijftig ongeveer, toen ze drieëntwintig was? Droeg ze make-up? Had ze een hoofddoek om of moederig een pothoed op? Droeg ze het haar sluik of in een permanent? Liep ze in weekeinden misschien wel eens met krulspelden rond?'

Ik weet niet of mijn inlichtingen hem konden geruststellen. Mijn beeld van moeder toen ze nog jong was is haarscherp en troebel tegelijk. Ik ken haar alleen met wit haar. Vanaf het begin was ze wit. Niet zilverig wit. Gewoon alleen maar wit. Wie moeder daar een vraag over stelde kreeg te horen: 'Da's bij de geboorte van m'n zoon gebeurd. Op die torpedoboot die ons heeft gered, weet je wel...' En wie bereid was nog meer aan te horen vernam dat ze vanaf dat moment en dus ook in Kolberg, toen de overlevenden, moeder met zuigeling, van boord van de torpedoboot Löwe gingen, wit als sneeuw was. In die tijd droeg ze haar haar halflang. Maar vroeger, zei ze, toen ze nog niet 'als op commando van helemaal boven' wit was geworden, viel haar haar, dat van nature bijna blond, een beetje rossig was, tot op haar schouders.

Op verdere vragen – hij laat niet los – verzekerde ik mijn werkgever dat er van moeder slechts een paar foto's uit de jaren vijftig zijn. Op een ervan zie je hoe ze haar witte haar kortgeknipt droeg, luciferlang. Het knisterde als ik eroverheen streek, wat ik af en toe mocht. En zo loopt ze er ook nu nog als oude vrouw bij. Ze was net zeventien toen ze in één klap wit werd. 'Nee hoor! Nooit heeft moeder haar haar geverfd of laten verven. Niemand van haar partijkameraden heeft haar ooit blauw-zwart of Titiaan-rood meegemaakt.'

'En verder? Wat is er verder nog aan herinnering? Mannen bijvoorbeeld? Waren er mannen?' Bedoeld zijn mannen die bleven overnachten. Want Tulla Pokriefke was als tiener gek op mannen. Of het nu in het zwembad van Brösen was of als tramconductrice die tussen Danzig, Langfuhr en Oliva dienstdeed, altijd waren er jongens om haar heen, maar ook echte mannen, verlofgangers bijvoorbeeld. 'Ging haar mannentic later, toen ze een witharige vrouw was, over?'

Wat denkt die oude vent wel. Hij denkt misschien dat moeder, alleen omdat de shock haar haar heeft gebleekt, als een non leefde. Mannen waren er meer dan genoeg. Maar ze bleven niet lang. Een was voorman in de bouw en heel aardig. Die bracht mee wat op de bon maar moeilijk te krijgen was: leverworst bijvoorbeeld. Ik was toen al tien, toen hij bij ons achter, Lehmstraße 7, in de keuken zat en met zijn bretels klapte. Hij heette Jochen en wilde mij per se paardje laten rijden op zijn knieën. Moeder noemde hem 'Jochen Twee', want ze had als tiener een middelbare scholier gekend die Joachim heette maar Jochen werd genoemd. 'Maar die wilde niks van me. Hij heeft me nie-eens aangeraakt...'

Op zeker moment zal moeder Jochen Twee de deur uit hebben gezet, ik weet niet waarom. En toen ik ongeveer dertien was kwam er na diensttijd en soms ook op zondagen iemand van de Volkspolizei. Hij was tweede luitenant en afkomstig uit Saksen, uit Pirna dacht ik. Die bracht tandpasta uit het Westen mee, Colgate, en ook nog andere in beslag genomen spullen. Hij heette overigens ook Jochen, en daarom zei moeder: 'Morgen komt Nummer Drie. Wees 'n beetje aardig tegen 'm als-ie komt...' Jochen Drie werd de deur uit gezet omdat hij haar, zoals moeder zei, 'met alle geweld naar 't stadhuis wilde slepen'.

Zij was niet voor trouwen. 'Ik heb m'n handen vol aan jou,' zei ze toen ik, ik was ongeveer vijftien, tabak van alles had. Niet van school. Daar deed ik het, behalve in Russisch, heel goed. Maar van het FDJ-gedoe, het verplichte werken tijdens de oogsttijd, de actieweken, het eeuwige opbouwgezing, ook van moeder had ik tabak. Ik kon het niet meer aanhoren wanneer ze me, meestal op zondag, bij de ballen gehakt en de aardappelpuree haar Gustloff-verhalen opdiste: 'Alles ging toen op de helling. Dat kun je niet vergeten. Dat houdt nooit op. Daar droom ik niet alleen van, zoals op 't laatst die ene lange kreet over 't water ging. En al die kindjes tussen de ijsschotsen...'

Soms zei moeder, als ze na het zondageten met haar pot koffie aan de keukentafel zat, alleen maar: 'Eigenlijk was 't 'n mooi schip,' daarna geen woord meer. Maar haar ik-ben-niet-thuis-blik zei genoeg.

Dat kan wel kloppen. De Wilhelm Gustloff schijnt, toen ze helemaal in het wit eindelijk klaar was en haar maidentrip maakte, van de boeg tot de achtersteven een drijvende belevenis te zijn geweest. Dat zeiden zelfs mensen die zich na de oorlog van meet af aan voordeden als overtuigde antifascisten. En wie aan boord mocht schijnt achteraf als verlicht aan land te zijn gegaan.

Voor de tweedaagse testvaart al, bij nogal stormachtig weer, had men arbeiders en medewerkers van Blohm & Voss ingescheept, bovendien verkoopsters van de Hamburgse verbruikerscoöperatie. Maar toen de Gustloff op 24 maart achtendertig voor drie dagen het ruime sop koos, waren er onder de passagiers ongeveer duizend door de partij geselecteerde Oostenrijkers, want twee weken later moest het volk van de Ostmark over iets stemmen dat de Wehrmacht door de snelle intocht al had voltrokken: de aansluiting van Oostenrijk bij het Rijk. Ook kwamen driehonderd meisjes uit Hamburg – geselecteerde leden van de BdM – en meer dan honderd journalisten aan boord.

Alleen voor de grap en om mezelf te testen probeer ik me nu voor te stellen hoe mijn persoontje als journalist gereageerd zou hebben toen meteen bij het begin van de reis een persontvangst in de feest- en filmzaal van het schip op het programma stond. Ik ben weliswaar, zoals moeder zegt en Gabi weet, allesbehalve een held, maar misschien zou ik toch zo betweterig zijn geweest om naar de financiering van de nieuwbouw en het vermogen van het Deutsche Arbeitsfront te vragen, want net als de andere journalisten had ik kunnen weten dat Ley, die veelbelover, zich slechts met behulp van de afgepakte tegoeden van alle verboden vakbonden dergelijke grote sprongen kon veroorloven.

Dapper doen achteraf! Zoals ik mezelf ken, had ik hooguit een gecompliceerd geformuleerde vraag over het resterende kapitaal over mijn lippen gekregen, waarna de door niets van zijn stuk te brengen KdF-reisleider onmiddellijk geantwoord zou hebben: het Deutsche Arbeitsfront zwemt, zoals wel te zien is, in het geld. Over een paar dagen al zou bij de Howaldtwerf zelfs een enorm schip met elektromotoren van stapel lopen dat, zoals nu al vermoed kon worden, de naam Robert Ley zou krijgen.

Toen begon voor de bestelde horde journalisten de bezichtiging van het schip. Verdere vragen werden ingeslikt. Ook ik, die tijdens mijn werkelijke beroepsuitoefening geen schandaal heb onthuld, nooit een lijk in een kast heb ontdekt en ook geen geknoei met partijgiften noch omgekochte ministers aan het licht heb gebracht, zou als geantedateerde journalist net als alle anderen mijn kop hebben gehouden. Wij mochten ons alleen van dek tot dek netjes verbazen. Behalve de speciale hutten voor Hitler, voor Ley, die niet ter bezichtiging werden vrijgegeven, was het schip zorgvuldig klasseloos ingericht. Hoewel ik alle details slechts van foto's en uit bewaard gebleven materiaal ken, heb ik toch de indruk dat ik er enthousiast over zou zijn geweest en tegelijk van lafheid had moeten transpireren.

Ik zag het ruime, niet door lastige uitbouwsels verstoorde zonnedek, zag douchecabines en sanitaire voorzieningen. Ik zag en noteerde ijverig. Later konden we ons in het onderste promenadedek vergapen aan smetteloze slijplakwanden en in de salons aan notenhouten lambrisering. Met verbazing zagen we de feesthal, de klederdrachtenzaal, de Duitsland- en de muziekhal. In alle zalen hingen portretten van de Führer, die serieus maar vastberaden over ons heen de toekomst in keek. In enkele zalen mocht in kleiner formaat Robert Ley de aandacht trekken. Maar overwegend bestond de versiering uit ouderwetse olieverflandschappen. We vroegen naar de naam van de hedendaagse kunstenaars en maakten notities.

Toen we tussendoor voor een vers getapt biertje werden uitgenodigd leerde ik het decadente woord 'bar' te vermijden en later schreef ik met een oud-Duitse woordkeuze over 'zeven gezellige gelagkamers' aan boord van het KdF-schip.

Daarna werden we met getallen overstelpt. Dit moet voldoende zijn: in de keukensectie van het A-dek konden met behulp van een hypermoderne bordenwasinstallatie elke dag weer 35.000 vieze borden brandschoon worden. We vernamen dat tijdens elke zeereis 3.400 ton drinkwater voorradig was, waarvoor een tank in de enige schoorsteen als pompstation diende. Toen we het E-dek bezichtigden, waar de Hamburgse BdM-meisjes hun intrek hadden genomen in de kooien van de, zoals het werd genoemd, 'drijvende jeugdherberg', zagen we het op hetzelfde dek liggende zwembad, waarvan het bassin zestig ton water bevatte. En nog meer getallen, die ik niet meer noteerde. Enkelen van ons waren blij dat hun het aantal tegels en onderdelen van een gekleurd en door maagden met vislijven en fabelachtige zeedieren bevolkt glasmozaïek bespaard bleef.

Alleen omdat ik sinds mijn door moeder bepaalde jeugd weet dat de tweede torpedo het bad en de tegels en mozaïekscherven daar in projectielen heeft veranderd, had me bij het zien van het zwembassin toch nog de vraag te binnen kunnen schieten hoe diep het bad onder de waterlijn lag. En op het opperdek zou ik misschien de tweeëntwintig reddingsboten niet voldoende hebben gevonden. Maar ik vroeg niet door, bezwoer geen catastrofe, voorzag niet wat zeven jaar later in een ijskoude oorlogsnacht gebeurde, toen niet, zoals in vredestijd voorzien, zo'n vijftienhonderd mensen vrij van dagelijkse zorgen aan boord waren, maar tegen de tienduizend zielen hun mogelijke einde voorvoelden en in een alleen maar te schatten aantal ook beleefden. Daarentegen zong ik, hetzij als journalist van de *Völkischer Beobachter*, hetzij als correspondent van de degelijke *Frankfurter Zeitung*, op hoge of zakelijk gedempte toon een loflied op de fraaie reddingsboten van het schip, alsof ze een vriendelijke toegift van de organisatie 'Kraft durch Freude' waren.

Maar even later moest een van de boten te water worden gelaten. Kort daarna nog een. En dat gebeurde niet om te oefenen.

Bij haar tweede vaart, nu in de richting van het Kanaal, kwam de Gustloff in een noordwesterstorm terecht en hoorde, terwijl ze met volle kracht tegen de zware zee vocht, het SOS-signaal van de Engelse kolenboot Pegaway, waarvan het laadluik kapot was geslagen en het roer gebroken. Meteen gaf kapitein Lübbe, die in het begin van de volgende KdF-reis, die het eiland Madeira tot doel had, aan een hartaanval stierf, het bevel koers te zetten naar de plek van het ongeluk. In de duisternis werd twee uur later de al diep liggende Pegaway met het zoeklicht ontdekt. Pas 's ochtends vroeg lukte het, ondanks de toenemende noordwesterstorm, een van de tweeëntwintig reddingsboten te water te laten, die echter door een dwarszee tegen de scheepswand werd gesmakt, waarna ze zwaar beschadigd wegdreef. Meteen liet kapitein Lübbe een motorbarkas uitzetten, die er na enkele pogingen in slaagde negentien zeelieden over te nemen en bij intussen weer afnemende storm in veiligheid te brengen. Uiteindelijk kon ook de weggedreven roeiboot worden gelokaliseerd en de bemanning ervan geborgen.

Daarover is geschreven. Binnen- en buitenlandse kranten prezen de reddingsactie. Maar uitvoerig en op tijdsafstand deed alleen Heinz Schön het. Hij bekeek, zoals ik dat nu doe, de enorme hoeveelheid krantenberichten van toen. Zijn leven is, net als het mijne, gefixeerd op het ongeluksschip. Nauwelijks een jaar vóór het einde van de oorlog kwam hij als assistent-administrateur op de Gustloff. Eigenlijk wilde Heinz Schön na een succesvolle weg omhoog in de Marine-Hitlerjugend naar de oorlogsmarine, maar hij moest, vanwege zijn zwakke ogen, bij de koopvaardij aanmonsteren. Omdat hij de ondergang van het KdF-passagiers-, vervolgens lazaret-, daarna kazerne- en uiteindelijk vluchtelingentransportschip overleefde, begon hij na de oorlog alles te verzamelen en op te schrijven wat met de Gustloff in goede en slechte tijden te maken had. Hij kende slechts dit ene thema, of: alleen dit thema had hem in zijn greep.

Daarom weet ik zeker: moeder zou van meet af aan plezier hebben beleefd aan Heinz Schön. Maar in de DDR waren zijn boeken, die een uitgever in het Westen vonden, ongewenst. Wie zijn relazen had gelezen deed er het zwijgen toe. Zowel hier als ginds. Aan Schöns informatie had niemand behoefte. Zelfs toen met behulp van zijn adviserende assistentie tegen het eind van de jaren vijftig een film – *Nacht fiel über Gotenhafen* – werd gemaakt, bleef de echo matig. Er was wel nog niet eens zo lang geleden een documentaire op de televisie, maar het is nog altijd alsof niets de Titanic kan overtreffen, alsof het schip Wilhelm Gustloff nooit heeft bestaan, alsof er geen plek is voor nog een ongeluk, alsof alleen gene en niet deze doden herdacht mogen worden.

Maar ook ik deed er het zwijgen toe, hield me in, sloeg mijn beurt over, moest onder druk worden gezet. En als ik nu, als eveneens overlevende, Heinz Schön al een beetje nader begin te komen, dan alleen omdat ik van zijn bezetenheid kan profiteren. Alles heeft hij opgesomd: het aantal hutten, de enorme hoeveelheden reisproviand, de afmetingen van het zonnedek in vierkante meters, het aantal complete en dat van de op het eind ontbrekende reddingsboten en ten slotte – van druk tot druk stijgend – het aantal doden en overlevenden. Lang bleef zijn verzamelaarsvlijt in de schaduw, maar nu wordt Heinz Schön, die een jaar ouder is dan moeder en die ik me, om mezelf te ontlasten, als wensvader kan voorstellen, steeds vaker op het internet geciteerd.

Daar ging het laatst om een draak van een bijzonder kolossale soort: de net in Hollywood gefilmde ondergang van de Titanic, die kort daarna als grootste scheepscatastrofe aller tijden op de markt werd gebracht. Tegenover deze onzin stonden Heinz Schöns nuchter geciteerde getallen. Natuurlijk met echo, want sinds de Gustloff in de Cyberspace drijft en virtuele deining veroorzaakt, blijft de rechtse scene online met haatpagina's. Daar is de jacht op joden geopend. Alsof de moord van Davos gisteren heeft plaatsgevonden eisen rechts-radicalen op hun website 'Wraak voor Wilhelm Gustloff!' De heftigste geluiden – 'Zündel-site' – komen uit Amerika en Canada. Maar ook op het Duitstalige internet komen er steeds meer homepages bij die in het world wide web op adressen als 'Nationaler Widerstand' en 'Thulenet' hun haat de vrije loop laten.

Een van de eerste die online was, zij het minder radicaal, was 'www.blutzeuge.de'. Zij kreeg met de ontdekking van een schip dat niet alleen gezonken is maar ook, want verdrongen, een legende, duizend en steeds meer hits. Mijn eenzame strijder bijvoorbeeld, die intussen een met 'David' ondertekenende tegenstander en sportvriend had gekregen, had met kinderlijk aandoende trots aan de hele op het net met elkaar verbonden wereld over de redding van Engelse schipbreukelingen door de Gustloff verteld. Alsof bepaalde krantenartikelen gisteren nog vers van de pers waren, citeerde hij lovende woorden van de Britse pers over de Duitse reddingsactie als een nieuwtje. Vervolgens wilde hij van zijn tegenspeler weten of de in Chur gevangenzittende moordjood Frankfurter iets over de heldhaftige redding had vernomen. En David antwoordde: 'In de Sennhofgevangenis zaten ze elke dag weer achter klepperende weefgetouwen en hadden ze weinig tijd om kranten te lezen.'

Eigenlijk had nu voor David wetenswaardig moeten zijn of een in Baltische kustwateren kruisende duikbootofficier genaamd Marinesko kennis had van de redding van de Pegaway-schipbreukelingen door zeelieden van de Gustloff en of de naam van het voor hem voorbestemde doel op die manier voor het eerst spelbaar was geworden. Maar deze vraag kwam niet. Veelmeer prees webmaster Wilhelm de korte tijd later te dateren inzet van het KdF-schip voor de Engelse kust als 'drijvend verkiezingslokaal' opnieuw met zoveel hedendaags enthousiasme, alsof deze propagandatruc pas onlangs en niet zo'n kleine zestig jaar geleden effectief was geweest.

Het ging om het referendum na de al voltrokken aansluiting van Oostenrijk bij het nu Groot-Duitse Rijk. De in Engeland levende Duitsers en Oostenrijkers moesten de gelegenheid krijgen te stemmen. Via de landingsbruggen van Tilbury gingen de kiezers aan boord en buiten de driemijlszone werd er gestemd. Daarover begon het span Wilhelm en David een twistgesprek. Net als bij tafeltennis: speels ging het om het verloop van de verkiezingen. Wilhelm bleef vasthouden aan zijn mening dat geheime verkiezingen gewaarborgd waren door de opgestelde stemhokjes. David reageerde spottend, want er waren volgens hem onder de bijna tweeduizend kiesgerechtigden niet meer dan vier mensen geteld die tegen de aansluiting hadden gestemd: 'Dat ken je toch, die negenennegentig-komma-negen-procent-uitslagen!' Wilhelms antwoord bestond uit het citeren van de *Daily Telegraph* van 12 april achtendertig: 'Er werd geen dwang uitgeoefend! En dat, mijn beste David, schreven Engelsen, die ons Duitsers anders altijd afkraken waar ze maar kunnen...'

Ik had wel plezier in het absurde chatboxgekibbel. Maar toen vond ik dat een reactie van Wilhelm toch een tamelijk verdachte bijsmaak had. Dat had ik toch eerder gehoord! Hij had zich, om Davids spot te ontkrachten, tot deze bewering verstout: 'Jouw zo zeer geprezen democratische verkiezingen worden heel duidelijk bepaald door de belangen van de plutocraten, door het Wereldjodendom. Allemaal bedrog!'

Soortgelijke opmerkingen had ik laatst van mijn zoon te horen gekregen. Konny kwam op bezoek en toen ik, om een gesprek te beginnen, vaderlijk terloops mijn artikel over de aanstaande deelstaatverkiezingen in Sleeswijk-Holstein noemde, kreeg ik te horen: 'Dat is toch allemaal bedrog. Of het nu op Wall Street is of hier: overal is de plutocratie de baas en regeert het geld!'

Na de eerste Madeira-trip, tijdens welke kapitein Lübbe stierf en kapitein Petersen vanaf Lissabon voor de rest van de reis het commando overnam, begonnen, nu onder kapitein Heinrich Bertram, de zomerse reizen naar Noorwegen. In totaal waren het er elf, die telkens vijf dagen duurden en – want bijzonder populair – snel volgeboekt waren. Ook het jaar daarna stonden ze op het KdF-programma. En op een van deze laatste bootreizen naar de fjorden – ik denk dat het de voorlaatste was, midden augustus – waren moeders ouders aan boord.

Eigenlijk had de districtsleiding van de partij in Langfuhr de meubelmaker Liebenau en diens vrouw uitgezocht voor de reis naar Noorwegen, want hij was de eigenaar van een herdershond genaamd Harras, die erin was geslaagd in de kennel van de Vrijstaatpolitie een teef te dekken, uit wier worp Prinz afkomstig was, de lievelingshond van de Führer, een geschenk van de gouwleiding, en daarom werd de dekreu Harras verscheidene keren in de *Danziger Vorposten* vermeld. Dit sprookje had moeder me vanaf mijn jeugd voorgezongen: haar hondenverhaal inclusief stamboom ter lengte van een roman. Steeds wanneer het over de hond ging, ging het ook over het kind Tulla. Moeder zegt bijvoorbeeld dat zij zich, toen ze zeven was en haar broer Konrad bij het zwemmen in de Oostzee verdronk, een week lang in het hok van de meubelmakershond heeft verstopt. Geen woord, zegt ze, kwam er uit haar tijdens die dagen. 'Zelfs uit z'n blikken kom at ik. Pens! Hondenvoer dus. Dat was mijn hondenhokkenweek, toen ik geen woord heb gezegd, zo erg vond ik dat van onze Konrad. Van z'n geboorte doofstom was-ie...'

Maar toen de hondenbezitter Liebenau, wiens zoon Harry moeders neef was, de reis naar Noorwegen op het alom populaire KdF-schip kreeg aangeboden, zag hij er met spijt van af, want het ging erg goed met zijn meubelmakerij: er moesten barakken worden gebouwd in de buurt van het vliegveld. Hij stelde de districtsleiding voor zijn hardwerkende medewerker en ijverige partijgenoot August Pokriefke met diens vrouw Erna te laten reizen. De kosten voor de hut en de toch al goedkoop gemaakte treinkaartjes naar Hamburg, heen en terug, zou hij uit de bedrijfskas betalen.

'Als de foto's d'r nog waren die allemaal op de Gustloff zijn gemaakt, dan zou ik je kunnen laten zien wat ze allemaal hebben gezien die paar dagen...' Bijzonder hoog schijnt Tulla's moeder te hebben opgegeven van de klederdrachtenzaal, de wintertuin, het gezamenlijke zingen 's ochtends en het scheepsorkest dat 's avonds speelde. Helaas, zo vertelde ze, mochten ze in geen van de fjorden aan land gaan, waarschijnlijk vanwege de in het Rijk streng gerantsoeneerde deviezen. Maar op een van de foto's, die net als alle kiekjes inclusief het album verloren was gegaan 'toen 't afgelopen was met 't schip', was August Pokriefke lachend en dansend te zien geweest te midden van een Noorse klederdrachtgroep, die aan boord had mogen komen. 'M'n papa, die in principe 'n heel vrolijke man was, was van 's ochtends vroeg tot 's avonds laat enthousiast toen-ie uit Noorwegen terugkwam. En 't was 'n hele scherpe. En daarom wilde-ie dat ik lid werd van de BdM. Maar ik wilde niet. Ook later niet, toen ook wij bij 't Rijk kwamen en alle meisjes lid moesten worden...'

Het klopt vermoedelijk wel wat moeder beweerde. Ze liet zichzelf niet organiseren. Ze deed altijd alles vrijwillig. Maar zelfs als SED-lid en tamelijk succesvolle chef van een meubelmakersbrigade die met tonnen tegelijk slaapkamermeubels voor de Russen produceerde en ook later bij de interieurbouw van het systeembouwproject Großer Dreesch meestal boven de norm zat, haalde ze zichzelf moeilijkheden op de hals doordat ze zich overal omringd zag door revisionisten en soortgelijke klassenvijanden. Maar dat ik eigener beweging lid van de FDJ was geworden beviel haar ook niet: 'Is 't niet voldoende dat ik me hier voor die schoften 't schompes moet werken!'

Mijn zoon heeft blijkbaar een hoop van moeder meegekregen. Het zullen wel de genen zijn, zoals mijn ex veronderstelt. In elk geval wilde Konny nergens lid van worden, niet eens van de roeiclub van Ratzeburg of – zoals Gabi hem adviseerde – van de padvinders. Van haar kreeg ik te horen: 'Hij is een typische einzelgänger, moeilijk te socialiseren. Een paar van mijn collega-leraren zeggen dat Konny's denken uitsluitend op het verleden gericht is, hoezeer hij zich naar buiten toe ook voor technische vernieuwingen interesseert, voor computers en moderne communicatie bijvoorbeeld...'

Maar natuurlijk! Het was moeder die mijn zoon vlak na de jubileumbijeenkomst van de overlevenden in Ostseebad Damp een Mac met alles erop en eraan cadeau heeft gedaan. Net vijftien was hij toen ze hem verslaafd maakte. Zij, alleen zij is er de schuld van dat het misging met die jongen. Gabi en ik zijn het in elk geval daarover eens: toen Konny de computer cadeau kreeg, begon het ongeluk.

Mensen die altijd maar naar één punt staren tot het borrelt, walmt en brandt heb ik nooit goed kunnen plaatsen. Gustloff bijvoorbeeld, voor wie alleen de wil van de Führer gold, of Marinesko, die in vredestijd slechts één ding oefende, het laten zinken van schepen namelijk, of David Frankfurter, die eigenlijk zichzelf wilde doodschieten maar vervolgens, om zijn volk een teken te geven, het vlees van iemand anders met vier schoten doorboorde.

Over hem, een droevige figuur, heeft de regisseur Rolf Lyssy eind jaren zestig een film gemaakt. Ik heb op de beeldbuis thuis een video bekeken: in de bioscopen draait de zwartwitfilm al lang niet meer. Lyssy gaat tamelijk correct met de feiten om. Je ziet de student medicijnen, die in het begin een alpino draagt en later een hoed, wanhopig roken en pillen slikken. Bij de koop van de revolver in de oude binnenstad van Bern kosten twee dozijn patronen drie frank zeventig. Nog voordat Gustloff in burgerkleding zijn werkkamer betreedt zet Frankfurter, anders dan volgens mijn versie, wachtend zijn hoed op, staat op uit zijn fauteuil, gaat in een stoel zitten en schiet dan met zijn hoed op. Nadat hij zich bij de politiepost van Davos had aangegeven en zijn bekentenis onbewogen, als een vanbuiten geleerd schoolgedicht, heeft opgezegd, legt hij als bewijs de revolver op tafel.

Iets nieuws vertelt de film niet. Maar interessant zijn fragmenten uit een weekjournaal die de met de hakenkruisvlag bedekte kist bij sneeuwval laten zien. Heel Schwerin is besneeuwd, terwijl de rouwstoet op pad gaat. Anders dan in de verslagen groeten slechts weinig burgers de kist met geheven arm. De acteur die de moordenaar Frankfurter speelt maakt tijdens het proces, tussen twee kantonnale agenten neergezet, een tamelijk kleine indruk. Hij zegt: 'Gustloff was de enige die voor mij bereikbaar was...' Hij zegt: 'De bacil wilde ik raken, niet de persoon...'

Verder laat de film zien hoe de gevangene Frankfurter tussen twee andere gevangenen elke dag weer aan een weefgetouw werkt. De tijd verstrijkt. Zo wordt duidelijk dat hij in de loop van de eerste jaren in de Sennhofgevangenis in Chur, terwijl tegelijkertijd en als in een andere film de duikbootcommandant Alexander Marinesko in de kustwateren van de oostelijke Oostzee het snelle duiken na een aanval boven water oefent en het KdF-schip Wilhelm Gustloff telkens weer de fjorden van Noorwegen en de middernachtszon als reisdoel heeft, langzaam van zijn beenderziekte geneest: goed doorvoed ziet hij eruit, hij heeft bolle wangen en rookt niet meer.

Natuurlijk is in Lyssy's film de Gustloff noch de Sovjetrussische duikboot te zien. Alleen de diverse keren getoonde weefgetouwen wekken door middel van een werkgeluid de indruk dat met de toename van eenvoudig weefsel de tijd verstrijkt. En steeds weer attesteert de gevangenisarts de gevangene Frankfurter dat het voortdurende verblijf in de gevangenis hem langzamerhand geneest. Het lijkt alsof de dader al voor zijn daad heeft geboet en nu een ander mens is, maar ik blijf erbij: vreemd, niet te plaatsen vind ik iedereen die slechts één enkel doel voor ogen heeft, mijn zoon bijvoorbeeld...

Zij heeft hem dat ingeprent. Daarvoor, moeder, en omdat je mij het leven hebt geschonken toen het schip zonk, haat ik je. Ook dat ik het overleefd heb vond ik bij vlagen het haten waard, want wanneer jij, moeder, zoals duizend anderen, toen 'Red je vege lijf' het parool was, hoogzwanger overboord was gegaan en ondanks de reddingsboei om je buik in het ijskoude water was verstijfd of wanneer het zog van het over de boeg zinkende schip je inclusief mijn ongeboorte de diepte in had gesleurd...

Maar nee. Ik mag nog niet naar het breekpunt van mijn toevallige bestaan, want het schip stonden nog vredige KdF-reizen te wachten. Tien keer ging het rond de Italiaanse laars, inclusief Sicilië, en wel met bezoeken aan Napels en Palermo, want Italië was, want voorbeeldig fascistisch georganiseerd, een bevriend land. Zowel hier als daar werd met de geheven rechterhand gegroet.

Na een nachtelijke treinreis werden de altijd zorgvuldig uitgekozen passagiers in Genua ingescheept. En na de rondreis ging het vanuit Venetië terug met de trein. Steeds vaker waren er hoge pieten uit de partij en het zakenleven bij, hetgeen de klasseloze maatschappij aan boord van het KdF-schip op de helling zette. Zo kwam tijdens een rondreis de beroemde uitvinder van de Volkswagen, die in het begin KdF-Wagen heette, als genodigde aan boord. Professor Porsche toonde zich zeer geïnteresseerd in de uiterst moderne machinerieën van het schip.

Nadat ze in Genua had overwinterd kwam de Gustloff midden maart negenendertig weer in Hamburg aan. Toen enkele dagen later de Robert Ley in bedrijf werd genomen, had de KdF-vloot dertien schepen, maar met de vakantiereizen voor arbeiders en beambten was het voorlopig afgelopen. Met onbekende bestemming en zonder passagiers voeren zeven schepen van de vloot, waaronder de Robert Ley en de Gustloff, de Elbe af, en pas ter hoogte van Brunsbüttelkoog werd door middel van een verzegeld bevel het reisdoel bekend: de Spaanse haven Vigo.

Voor het eerst zouden de schepen dienstdoen als troepentransportschip. Omdat de burgeroorlog afgelopen was en generaal Franco en met hem de Falange had gezegevierd, mochten de sinds zesendertig aan de zijde van Franco strijdende Duitse vrijwilligers van de Legion Condor naar huis.

Natuurlijk was de troepenmacht met die naam gesneden koek voor het alles herkauwende internet. Als eerste meldde 'www.blutzeuge.de' het transport naar huis van Regiment 88 van de Luftwaffen-Flak. Zo actueel alsof ze pas gisteren de rooien hadden overwonnen keerden de legionairs aan boord van de Gustloff naar huis terug. Mijn webmaster deed solo verslag, de chatbox bleef gesloten, liet geen duet toe dat – Wilhelm tegen David – het bombardement van de Baskische stad Guernica door onze Junkers- en Heinkel-vliegtuigen tot onderwerp had, hoewel dit soort vliegtuigen, of het nu in een duikvlucht was of bij het afwerpen van bommen, overal de website illustreerde waarop de overwinning werd gevierd.

Aanvankelijk gaf de woordvoerder van de Bent Schwerin zich afstandelijk uit voor militair historicus en toonde aan dat de Spaanse Burgeroorlog de gelegenheid had geboden nieuwe wapens uit te proberen, zoals bijvoorbeeld enkele jaren geleden de Golfoorlog de Amerikanen de gelegenheid had geboden hun nieuwe raketsystemen uit te testen. Maar daarna schoten hem over de Legion Condor nog slechts hymnische klanken te binnen. Blijkbaar had hij ter informatie het grondig gedocumenteerde boek van Heinz Schön gebruikt, want net zo enthousiast als deze maakte hij de terugkeer van het schip en de ontvangst van de thuiskeerders bekend. En net als de kroniekschrijver van de Gustloff, die hij online steeds weer citeerde, speelde hij de rol van ooggetuige: 'Aan boord heerste een geweldige stemming...', en hij meldde 'oorverdovend applaus' toen de legionairs later door veldmaarschalk Göring werden begroet. Zelfs de Pruisische Grenadiersmars, die bij het aanleggen van de Gustloff en de Robert Ley in de Hamburgse overzeese pier schetterde, had hij met alle bijbehorende bekkens en pauken in notenschrift op zijn website gezet.

Terwijl de Gustloff voor het eerst als troepentransportschip functioneerde en David Frankfurter met een verbeterde gezondheid zijn derde jaar in de Sennhofgevangenis uitzat, ging Alexander Marinesko onverdroten voort met zijn oefenvaarten in de kustwateren. In het marinearchief van de Baltische Rode-Vlagvloot bevindt zich over de onderzeeër M 96 een dossier waaruit blijkt dat de commandant erin was geslaagd zijn bemanning zo op de gefingeerde aanval boven water te drillen, dat ze er uiteindelijk in slaagde te duiken in een recordtijd van 19,5 seconden. De gemiddelde snelheid van andere schepen was 28 seconden. De M 96 was klaar voor het echte werk. En ook op de website van de Bent Schwerin leek het alsof men met de diverse keren herhaalde liedregel 'Eens komt de dag der wrake...' weliswaar niet voorbereid was op iets onbestemds – de dag der wrake? – maar toch klaarstond.

Desondanks kon ik de gedachte niet van me afzetten dat het geen terugdenker zoals moeder was die oude koeien uit de sloot haalde, voortdurend in die bruine soep roerde en de triomf van het Duizendjarig Rijk celebreerde als een plaat met een tik. Ik had veelmeer de indruk dat een jongeman, mogelijk een skinhead van het intelligentere soort of een onverbeterlijk eigenwijze gymnasiast, al zijn spitsvondigheden op het internet uitspreidde. Maar ik deed niets met mijn vermoeden, wilde niet weten dat bepaalde formuleringen van de digitaal verkondigde boodschappen, bijvoorbeeld het op zich onschuldige oordeel 'De Gustloff was een mooi schip', me op een penetrante manier bekend voorkwamen. Het was weliswaar niet moeder zelf die daar sprak, maar...

Wat bleef was de tikkende, zij het steeds weer ondergesneeuwde zekerheid: het zou kunnen, nee, het is mijn zoon, die hier sinds maanden... Dat is Konrad, die zich... Daar zit Konny achter...

Lang kleedde ik mijn vermoeden in in vraagzinnen: dat is toch niet werkelijk jouw eigen vlees en bloed? Is het mogelijk dat iemand die min of meer links-liberaal werd opgevoed zo ver naar rechts kan verdwalen? Dat zou Gabi toch moeten zijn opgevallen – of?

Maar toen vertelde de, zo hoopte ik nog steeds, onbekende webmaster me een al te vertrouwd sprookje: 'Er was eens een jongetje, dat doofstom was en bij het zwemmen verdronk. Maar zijn zuster, die ontzettend van hem hield en zich later, veel later, voor de gruwelen van de oorlog op een groot schip in veiligheid wilde brengen, verdronk niet toen het schip vol vluchtelingen door drie vijandige torpedo's werd geraakt en in het ijskoude water verdween...'

Ik kreeg het warm: hij is het! Mijn zoon, die hier op zijn met grappige poppetjes geïllustreerde website aan de hele wereld sprookjes vertelt. Hij vertelt allerlei familiezaken, doet dat zonder tierlantijnen, ziet af van omwegen: 'Maar Konrads zuster, die na de dood van haar krullenkopbroertje drie dagen lang schreeuwde maar vervolgens een week lang zweeg, is mijn dierbare grootmoeder, die ik in naam van de Bent Schwerin bij haar witte haar plechtig heb bezworen dat ik niets dan de waarheid zou vertellen: het is het Wereldjodendom dat ons Duitsers voor altijd en eeuwig aan de schandpaal wil nagelen...'

Enzovoort enzovoort. Ik telefoneerde met moeder en kreeg de kous op de kop: 'Krijg nou wat! Jarenlang bekommer je je niet om ons Konradchen en nu opeens heb je 't gras horen groeien en speel je de bezorgde pa...'

Ook met Gabi telefoneerde ik, ik reed uiteindelijk voor het weekeinde naar Mölln, naar dat slaperige nest, en ik nam zelfs bloemen mee. Konny, kreeg ik te horen, was in Schwerin bij zijn grootmoeder op bezoek. Toen ik mijn pak zorgen bij mijn ex deponeerde, luisterde ze nog geen minuut naar me: 'Ik verbied je dit soort dingen in mijn huis te zeggen en mijn zoon te beschuldigen van omgang met rechts-radicalen...'

Ik deed mijn best om rustig te blijven en herinnerde haar eraan dat er in Mölln, dat eigenlijk zo idyllische stadje, drieënhalf jaar geleden een kwaadaardige brandaanslag op twee door Turken bewoonde huizen had plaatsgevonden. Alle kranten wilden toen met alle geweld achtergrondartikelen hebben. Ook mijn persoontje had persberichten gefabriceerd. Zelfs het buitenland was bezorgd geweest omdat in Duitsland weer... En er waren toch drie doden gevallen. Er waren wel een paar kids gepakt en twee daders hadden hoge straffen gekregen, maar het zou kunnen, zei ik, dat een organisatie die zich als hun opvolgers beschouwde, een paar van die doorgedraaide skinheads, contact had gezocht met Konny. Hier in Mölln of mogelijk in Schwerin...

Ze lachte me in mijn gezicht uit: 'Kun jij je Konrad bij die brulapen voorstellen? Serieus! Een einzelgänger als hij in zo'n horde? Belachelijk. Maar zulke verdenkingen zijn typisch voor het soort journalistiek dat jij altijd voor wie dan ook hebt bedreven.'

Gabi bespaarde me niet me met veel details te herinneren aan mijn werkzaamheden voor de Springer-pers van bijna dertig jaar geleden, aan mijn 'paranoïde opruiende artikelen tegen linkse mensen': 'En verder, als er iemand stiekem rechts georiënteerd is, dan ben jij dat, nog steeds...'

Maar natuurlijk! Ik ken mijn eigen onpeilbare diepten. Ik weet wat voor moeite het kost er een deksel op te houden. Ik blijf mijn best doen, wil het een noch het ander zijn. Meestal doe ik neutraal. Want als ik een opdracht heb, van wie dan ook, constateer ik alleen maar, ik doe alleen maar verslag, maar ik ben vasthoudend...

Daarom, omdat ik het wilde weten – en wel rechtstreeks van Konny –, kwartierde ik me in de buurt van mijn ex in in een hotel met uitzicht op het meer. Herhaaldelijk belde ik bij Konny aan, wilde met mijn zoon spreken. Zondagavond kwam hij eindelijk, hij was vanuit Schwerin met de bus gekomen. Hij droeg in elk geval geen rijglaarzen, maar heel normale boots bij een spijkerbroek en een kleurrijke Noorse trui. Hij zag er eigenlijk heel aardig uit en had zijn haar met de natuurlijke krullen niet afgeschoren. Met zijn bril zag hij eruit als een betweter. Door mij keek hij heen, hij zei nauwelijks iets, wisselde slechts een paar woorden met zijn moeder. We aten salade en boterhammen met appelsap erbij.

Maar voordat Konny na het gezamenlijke avondeten in zijn kamer kon verdwijnen, kreeg ik hem op de gang te pakken. Nadrukkelijk terloops stelde ik vragen: hoe het op school ging, of hij vrienden of wellicht een vriendin had, welke sport hij beoefende, of hij plezier beleefde aan het vast en zeker dure verjaardagscadeau van zijn grootmoeder, waarvan ik de prijs bij benadering wist, of een computer en over het algemeen de mogelijkheden van de moderne communicatie, het internet bijvoorbeeld, nieuwe inzichten opleverde, wat hij, voor het geval hij op het internet surfte, zoal belangrijk vond.

Hij leek naar me te luisteren, terwijl ik mijn sermoen afdraaide. Ook meende ik op zijn opvallend kleine mond een glimlach te zien. Hij glimlachte! Toen nam hij zijn bril af, zette hem weer op en keek, zoals eerder bij het avondeten, door mij heen. Zijn antwoord was zacht: ‘Sinds wanneer interesseer jij je voor wat ik doe?’ Na een pauze – mijn zoon stond al in de deur van zijn kamer – kreeg ik een trap na: ‘Ik doe historisch onderzoek. Weet je nu genoeg?’

En dicht was de deur. Ik had hem moeten naroepen: ik ook, Konny, ik ook! Allemaal oude verhalen. Het gaat om een schip. In mei negenendertig heeft het zo’n duizend vrijwilligers van de zegerijke Legion Condor naar huis gebracht. Maar wie interesseert zich daar nu nog voor? Jij bijvoorbeeld, Konny?

4

Bij een van de door hem op touw gezette ontmoetingen die hij werkbesprekingen noemt kreeg ik te horen: eigenlijk zou elke verhaallijn die met de stad Danzig en haar omgeving te maken had of die er een raakvlak mee had *zijn* zaak moeten zijn. Hij en niemand anders had daarom moeten berichten over alles wat het schip betrof, over de achtergrond van de naamgeving en welke functie het na het begin van de oorlog had gehad, en dus ook kort of lang van stof moeten vertellen over het einde ter hoogte van de Stolpebank. Meteen na het verschijnen van de dikke pil *Hondenjaren* had hij die berg materiaal voor de kiezen gekregen. Hij – wie anders? – had hem moeten afgraven, laag voor laag. Want aanwijzingen voor het lot van de Pokriefkes, Tulla voorop, waren er genoeg, vond hij. Op zijn minst was te vermoeden dat de rest van de familie – Tulla's beide oudere broers waren gesneuveld – tot de duizend en nog eens duizend vluchtelingen behoorde die op het allerlaatste moment op de overladen Gustloff een plek hadden gevonden, inclusief de zwangere Tulla.

Helaas, zei hij, had hij iets dergelijks niet klaargespeeld. Zijn nalatigheid, spijtig genoeg, sterker nog: zijn falen.

Maar hij wilde geen excuses aanvoeren, hij wilde alleen toegeven dat hij zo halverwege de jaren zestig zijn buik vol had gehad van het verleden, dat het vraatzuchtige, steeds maar nu-nu-nu zeggende heden hem had belet tijdig op ongeveer tweehonderd vel papier... Nu was het te laat voor hem. In plaats daarvan had hij mij weliswaar niet verzonnen, maar na een lange zoektocht in de lijsten met overlevenden ontdekt als een gevonden voorwerp. Als persoon met een nogal pover profiel was ik desondanks gepredestineerd: geboren terwijl het schip zonk.

Toen zei hij nog dat die kwestie met mijn zoon hem speet, maar dat hij niet had kunnen weten dat Tulla's kleinzoon zich achter de omineuze homepage 'www.blutzeuge.de' verborg, hoewel niemand er verbaasd over kon zijn dat Tulla Pokriefke er als grootmoeder zo'n nakomeling op na hield. Zij was altijd al in geweest voor het extreme en bovendien, zoals bleek, niet klein te krijgen. Maar nu, sprak hij zijn hulpkracht moed in, was *ik* weer aan de beurt, ik moest verslag doen van de verdere lotgevallen van het schip nadat het een legereenheid van de Legion Condor vanuit een Spaanse haven naar Hamburg getransporteerd had.

Bondig zou nu gezegd kunnen worden: en toen begon de oorlog. Maar dat gaat nog niet. Daarvóór, tijdens de lange, mooie zomer, mocht het KdF-schip op zijn gewone route een half dozijn reizen naar Noorwegen afwerken. Nog steeds zonder gepassagier. Aan boord waren vooral arbeiders en beambten uit het Ruhrgebied en Berlijn, uit Hannover en Bremen. Bovendien kleine groepen buiten Duitsland wonende Duitsers. Het schip voer de Byfjord in en gunde de fotograferende vakantiegangers een blik op de stad Bergen. Ook het Hardangerfjord stond op het programma, ten slotte het Sognefjord, waar bijzonder veel herinneringsfoto's werden gemaakt. Tot in de loop van juli kon als toegift de middernachtszon worden bekeken en als belevenis opgeslagen. De vijfdaagse reis kostte nu, licht verhoogd, vijfenveertig mark.

En toen begon nog steeds de oorlog niet, veeleer diende de Gustloff de lichamelijke opvoeding. Twee weken lang vond in Stockholm een vreedzaam gymnastiekfeest plaats, de Lingiade, genoemd naar Pehr Henrik Ling, een, veronderstel ik, Zweedse Turnvater Jahn. Het vakantieschip was woonschip voor meer dan duizend uniform geklede turners en turnsters, onder hen meisjes van de Arbeitsdienst, de nationale ploeg van de rekturners, maar ook oude heren die nog steeds aan de brug turnden en gymnastiekgroepen van de vereniging 'Glaube und Schönheit' en veel op stadionbreed massaturnen gedrilde kinderen.

Kapitein Bertram liet niet in de haven aanmeren maar ging in het zicht van de stad voor anker. Turners en turnsters werden met gemotoriseerde reddingsboten in geregeld pendelverkeer getransporteerd. Op die manier bleven de lichamelijk opgevoeden onder toezicht. Incidenten waren er niet. Volgens mijn documenten was deze speciale inzet van het schip een succes, dat de Duits-Zweedse vriendschap bevorderde. Alle gymnastiekinstructeurs ontvingen een speciaal door de Zweedse koning ter beschikking gestelde herinneringsplaquette. Op 6 augustus 1939 liep de Wilhelm Gustloff de haven van Hamburg binnen. Meteen ging het KdF-reisprogramma weer van start.

Maar toen begon de oorlog werkelijk. Dat wil zeggen: terwijl het schip voor het laatst in vredestijd koers zette naar de kust van Noorwegen, bezorgde men bij de kapitein in de loop van de nacht van 24 op 25 augustus een radiotelegrafisch bericht, waarvan de gedecodeerde tekst hem verzocht een in de kapiteinshut opgeborgen en verzegelde brief te openen, waarna kapitein Bertram volgens bevel QWA 7 de opdracht gaf de vakantiereis af te breken en – zonder de passagiers met verklaringen te verontrusten – koers te zetten naar de thuishaven. Vier dagen na het binnenlopen begon de Tweede Wereldoorlog.

Afgelopen was het met 'Kraft durch Freude'. Afgelopen met de vakantiereizen op zee. Afgelopen met herinneringsfoto's en gekeuvel op het zonnedek. Afgelopen met leuk en afgelopen met het klasseloos gemengde vakantiegezelschap. De onderorganisatie van het Deutsche Arbeitsfront specialiseerde zich in de onderhoudende begeleiding van alle legeronderdelen en het aanvankelijk slechts langzaam stijgende aantal gewonden. KdF-theaters werden fronttheaters. De schepen van de KdF-vloot kwamen onder het commando van de oorlogsmarine, dus ook de Wilhelm Gustloff, die tot lazaretschip met vijfhonderd bedden werd omgebouwd. In plaats van een deel van de afgemonsterde vredesbemanning kwam verplegend militair personeel aan boord. Een groene streep rondom en rode kruizen op beide zijden van de schoorsteen gaven het schip een nieuw aanzien.

Op die manier, volgens internationale afspraak herkenbaar gemaakt, zette de Gustloff op 27 september koers richting Oostzee, ze passeerde de eilanden Sjaelland en Bornholm en ging na een vaart zonder complicaties voor anker tegenover de nog kort daarvoor omstreden Westerplatte in Danzig-Neufahrwasser. Meteen werden enkele honderden Poolse gewonden aan boord genomen, bovendien tien gewonde bemanningsleden van de Duitse mijnenveger M 85, die in de Danziger Bucht op een Poolse mijn was gelopen en gezonken. Meer was er aan de eigen kant voorlopig niet.

En hoe beleefde de op neutrale Zwitserse bodem gevangenzittende David Frankfurter, die door gerichte schoten een schip, dat nu lazaretschip was, onvrijwillig aan zijn naam had geholpen, het begin van de oorlog? Aan te nemen is dat de dagelijkse gang van zaken op 1 september in de

Sennhofgevangenis geen bijzondere gebeurtenissen opleverde. Maar het schijnt vanaf dat moment aan het gedrag van de gevangenen te merken te zijn geweest hoe de militaire situatie telkens was, welke smet op de jood Frankfurter rustte, welk aanzien hij tijdelijk genoot. Het aantal antisemieten binnen de gevangenis zal ongeveer overeen zijn gekomen met dat wat buiten de muren te constateren was: een uitgebalanceerde verhouding, zoals het hele eedgenootschap die kende.

En wat deed kapitein Marinesko op het moment dat eerst Duitse maar vervolgens, op grond van het Hitler-Stalinpact, ook Russische soldaten Polen binnenmarcheerden? Hij was nog steeds commandant van de tweehonderdvijftigtonsboot M 96 en oefende, omdat hij nog geen bevel tot oorlogshandelingen had gekregen, het snelle duiken in de oostelijke Oostzee. Onveranderd dorstig bleef hij de passagierende drinker die hij altijd was geweest, hij had een paar keer iets met vrouwen maar tot dan toe geen tuchtzaak aan zijn broek en droomde waarschijnlijk van een grotere, met meer dan slechts twee torpedobuizen uitgeruste onderzeeër.

Achteraf, zegt men, weet je het altijd beter. Intussen weet ik dat mijn zoon losse omgang had met skinheads. In Mölln waren er een paar van dat soort. Vanwege het voorval met dodelijke afloop daar werden ze waarschijnlijk geobserveerd en deden daarom elders hun mond open, in Wismar of op bijeenkomsten in de mark Brandenburg. In Mölln zal Konny op afstand zijn gebleven, maar in Schwerin, waar hij niet alleen de weekeinden maar ook een deel van zijn schoolvakanties bij zijn grootmoeder doorbracht, hield hij voor een behoorlijke horde kaalkoppen, waar ook groepen uit de wijdere omgeving in Mecklenburg bij zaten, een lezing die blijkbaar te lang van stof was, want hij moest haar, terwijl hij bezig was, inkorten, hoewel zijn schriftelijk voorbereide uiteenzettingen gewijd waren aan de bloedgetuige en grote zoon van de stad.

Maar het is Konny ongetwijfeld vóór die tijd gelukt enkele van de daar woonachtige en – zoals gebruikelijk – op haatleuzen en het opjagen van buitenlanders gefixeerde jonge nazi's voor zijn thema te interesseren, want kort daarna noemde deze lokale samenscholing zich 'Bent Wilhelm Gustloff'. Zoals later te horen was, vond de bijeenkomst plaats in de achterkamer van een restaurant in de Schweriner Straße. Leden van een rechts-radicale partij en geïnteresseerde burgers uit de middenklasse bevonden zich onder de ongeveer vijftig toehoorders. Moeder was er niet bij.

Ik probeer me mijn zoon voor te stellen hoe hij zich, mager en lang, met zijn bril en zijn krullen in zijn Noorse trui tussen de skinheads beweegt. Hij, de sapdrinker, omgeven door met bierflessen gewapende vleesbergen. Zijn heldere, steeds overslaande jongensstem, overschreeuwd door grootsprekers. De einzelgänger, verdwijnend in de van zweet verzadigde mufheid.

Nee, hij paste zich niet aan, bleef een vreemd voorwerp te midden van de, zoals gebruikelijk, alles wat vreemd is afstotende omgeving. Turkenhaat, de vrijetijdsbesteding negermatten en de algemene beschimping van roetmoppen, zoiets kreeg je van hem niet te horen. Zijn lezing bevatte dan ook geen oproep tot geweld. Bij de beschrijving van de moord in Davos, die hij, nuchter als een rechercheur op zoek naar een motief, tot in de kleinste details ontrafelde, sprak hij weliswaar, net als op zijn website, over vermoedelijke opdrachtgevers van de moordenaar, over het 'wereldjodendom' en over de 'joods vermaagschapte plutocratie', maar beschimpingen als 'jodenzwijnen' of de kreet 'Dood aan de joden!' stonden niet in het manuscript van zijn lezing. Zelfs de eis dat er weer een gedenksteen op de zuidelijke oever van het Meer van Schwerin moest komen, 'precies daar waar sinds 1937 het hoge granieten blok ter ere van de bloedgetuige stond', was beschaafd in de vorm van een verzoek gesteld dat zijn best deed te voldoen aan de democratische usances. Maar toen hij de verzamelde toehoorders voorstelde het te gieten in de vorm van een aan het Mecklenburgse deelstaatparlement gericht verzoek om een referendum te houden, schijnt hij hoongelach ten antwoord te hebben gekregen. Jammer dat moeder er niet bij was.

Konny incasseerde dat en begon meteen te vertellen over het schip vanaf de tewaterlating. Daarbij werd hij wat te lang van stof toen hij aan achtergrond en doel van de organisatie 'Kraft durch Freude' refereerde. Daarentegen trok zijn verslag van de inzet van het omgebouwde lazaretschip tijdens de bezetting van Noorwegen en Denemarken door eenheden van het Duitse leger en de oorlogsmarine wel enige aandacht in de kring van bierdrinkers, vooral omdat ettelijke 'Helden van Narvik' tot de gewonden aan boord van het schip behoorden. Maar omdat na de zegerijke veldtocht tegen Frankrijk het plan 'Seelöwe' niet werd uitgevoerd, er dus geen bezetting van Engeland plaatsvond en geen inzet van de Gustloff als troepentransportschip, en er ook al snel alleen nog maar verslag was uit te brengen over de saaie ligtijd van het schip in Gotenhafen, ging deze saaiheid over op het publiek.

Mijn zoon heeft zijn lezing niet kunnen afmaken. Kreten als 'Kappen!' en 'Wat moet dat geouwehoer!', ook herrie, veroorzaakt door het lawaaimaken met bierflessen, leidden ertoe dat hij het verdere lot van het schip, waarvan hij de weg naar de ondergang slechts verkort – nog net tot de torpedering – kon voordragen. Konny onderging het kalm. Het was goed dat moeder er niet bij was. De nog niet zestienjarige zal zichzelf wel hebben getroost met de gedachte dat het internet op elk moment voor hem openstond. Van verdere contacten met skinheads zijn er geen bewijzen.

Hij paste niet bij de kaalkoppen. Konny begon kort daarna een referaat voor te bereiden dat hij voor leraren en leerlingen van zijn gymnasium in Mölln wilde houden. Tot het zover is en zolang het publiek voor zijn lezing hem wordt onthouden, zal ik op koers blijven en eerst over de Gustloff tijdens tijden van oorlog berichten: als lazaretschip had ze niet genoeg te doen, ze moest andermaal worden omgebouwd.

Het schip werd ontwijd. Eind november veertig verdwenen de röntgenapparaten. Men demonteerde de operatiezalen en ook het mobiele hospitaal. Aan boord werkten geen verpleegsters meer, er stonden geen ziekenhuisbedden in het gelid. Samen met het merendeel van de burgerbemanning werden artsen en hospikken afgemonsterd of naar andere schepen overgeplaatst. Van de machinisten bleef alleen de onderhoudsdienst voor de machinekamer. In plaats van de geneesheer-directeur had voortaan een duikbootofficier in de rang van luitenant-ter-zee eerste klasse het voor het zeggen. Als commandant van de Tweede Duikbootopleidingsdivisie bepaalde hij de functie van het woon- en opleidingsschip, dat als 'drijvende kazerne' was vertuid. Kapitein Bertram bleef aan boord, maar er was geen scheepskoers die hij had kunnen uitzetten. Hij ziet er op de foto's die ik tot mijn beschikking heb wel imposant uit, maar hij was desondanks kapitein op afroep, tweederangs. De ervaren zeeman van de koopvaardij viel het zwaar zich te houden aan militaire bevelen, vooral omdat aan boord alles anders werd. In plaats van de portretten van Ley hingen er ingelijste foto's van de opperbevelhebber van de vloot. De rokerssalon op het onderste promenadedek veranderde in een officiersmess. De grote eetzalen moesten dienen voor het voeren van de onderofficieren en de manschappen. In het voorschip werden eet- en verblijfsruimten voor de overige burgerbemanning ingericht. Niet langer 'klasseloos' lag de Wilhelm Gustloff aan een van de kades van de eens Poolse havenstad Gdynia, die sinds het begin van de oorlog Gotenhafen moest heten. Daar lag ze jarenlang stil.

Vier compagnieën van de opleidingsdivisie woonden aan boord. In de mij ter beschikking staande papieren, die overigens letterlijk op het internet werden geciteerd en verrijkt met illustraties werden verspreid – mijn zoon putte uit een bron die nu de mijne is –, wordt verzekerd dat luitenant-ter-zee eerste klasse Wilhelm Zahn als ervaren duikbootkapitein voor een harde opleiding van de vrijwilligers zorgde. De steeds jongere duikbootmatrozen – tegen het eind namen ze zeventienjarigen – kwamen voor drie maanden aan boord. Daarna stond velen van hen de dood te wachten, hetzij in de Atlantische Oceaan, hetzij in de Middellandse Zee, later in gevechten met de vijand langs de meest noordelijke route naar Moermansk, die door Amerikaanse konvooien, geladen met wapentuig voor de Sovjet-Unie, werd gebruikt.

Negentienveertig, eenenveertig, tweeënveertig gingen voorbij en brachten overwinningen voort die goed waren voor speciale nieuwsberichten. Behalve de permanente opleiding van doodskandidaten en de ongevaarlijk comfortabele etappedienst voor het opleidingspersoneel en de rest van de scheepsbemanning – in de boordbioscoop werden oude en nieuwe Ufa-films gedraaid – gebeurde er niets in een tijd waarin in het Oosten omsingelingsveldslagen werden uitgevochten en in de Libische Woestijn het Afrikakorps Tobroek veroverde, of je moet het optreden van admiraal Dönitz bij zijn bezoek aan de kade Gotenhafen-Oxhöft als een gebeurtenis beschouwen, waarvan overigens slechts officiële foto's bewaard zijn gebleven.

Dat gebeurde in maart drieënveertig. Toen was Stalingrad al gevallen. Alle frontlinies gingen al achterwaarts. Omdat de soevereiniteit in de lucht boven het Rijk allang verloren was, kwam ook hier de oorlog dichterbij. Niet de vlakbij gelegen stad Danzig echter was het doelwit van de bommenwerperseskaders van de Achtste Amerikaanse Luchtvloot, maar Gotenhafen. Het lazaretschip Stuttgart brandde uit. Het duikbootescortevaartuig Eupen werd tot zinken gebracht. Verscheidene sleepboten en een Fins en een Zweeds stoomschip zonken na voltreffers. In het dok werd een vrachtschip beschadigd. Maar de Gustloff kwam er met een scheur in de stuurboordbuitenwand van af. Een vlakbij in het havenwater gedetoneerde bom had de schade veroorzaakt: het schip moest het dok in. Daarna bleek de 'drijvende kazerne' bij een testvaart in de Danziger Bucht nog steeds zeewaardig.

Intussen heette de bevelhebbende kapitein van het schip niet meer Bertram maar – zoals eerder al, in de KdF-tijd – Petersen. Er waren geen overwinningen meer, slechts terugtochten aan alle oostelijke frontsectoren, en ook de Libische Woestijn moest worden ontruimd. Steeds minder onderzeeërs keerden terug van confrontaties met de vijand. De steden vielen onder bommentapijten in puin, maar Danzig stond nog overeind met al zijn gevels en torens. In een meubelmakerij in de voorstad Langfuhr werden zonder problemen ramen en deuren voor kampbarakken gemaakt. Rond deze tijd, toen niet alleen speciale nieuwsberichten maar ook boter, vlees, eieren en zelfs peulvruchten schaars waren, moest Tulla Pokriefke verplicht oorlogsdienst verrichten als tramconductrice. Ze was voor het eerst zwanger maar raakte het wurm kwijt toen ze met opzet tijdens de rit tussen Langfuhr en Oliva van de tram sprong: diverse keren en telkens vlak vóór de haltes. Moeder vertelde erover alsof het om een sportoefening ging.

Er gebeurde intussen nog iets. David Frankfurter werd, toen Zwitserland moest vrezen door de nog steeds machtige buur te worden bezet, uit de gevangenis in Chur verplaatst naar een in Frans Zwitserland gelegen strafinrichting, voor zijn eigen bescherming, zo zei men. En de commandant van de tweehonderdvijftigtonsboot M 96, Alexander Marinesko, kreeg als kapitein derde klasse een nieuwe boot onder zich. Twee jaar eerder had hij een transportschip tot zinken gebracht dat volgens zijn eigen verklaring een zevenduizendtonner was, maar volgens de verklaring van de Sovjetrussische vlootleiding slechts een schip van achttienhonderd ton.

De S 13, de nieuwe boot waarvan Marinesko zo lang, nuchter of straalbezopen, had gedroomd, was van de Stalinetz-klasse. Het kan zijn dat het lot, nee, het toeval, nee, de strenge voorwaarden van het Verdrag van Versailles hem aan dat modern uitgeruste vaartuig hebben geholpen. Omdat het Duitse Rijk na afloop van de Eerste Wereldoorlog geen onderzeeërs meer mocht bouwen, lieten de Krupp-Germania-werf in Kiel en de Schiffsmaschinenbau A.G. Bremen naar hun eigen plannen en in opdracht van de Rijksmarine een zeewaardig vaartuig van het hoogste technische niveau ontwerpen door het Haagse Ingenieurskantoor voor Scheepsbouw. Later liep de nieuwe boot in het kader van de Duits-Sovjetrussische samenwerking net als eerder de andere Stalinetz-boten in de Sovjet-Unie van stapel en werd – kort voor het begin van de Duitse overval op Rusland – als eenheid van de Baltische Rode-Vlagvloot in dienst genomen. Steeds wanneer de S 13 haar basis Smolny in de Finse haven Turku verliet, had hij tien torpedo's aan boord.

Op zijn scheepskundige website was mijn zoon van mening dat het bij de in Nederland ontworpen onderzeeër ging om 'Duits kwaliteitswerk'. Het is mogelijk. Voorlopig lukte het kapitein Marinesko slechts voor de kust van Pommeren een zeesleper met de naam Siegfried na drie verkeerd gerichte torpedo's met artilleriebeschieting tot zinken te brengen. Meteen na het bovenkomen kwam het 10-cm-boeggeschut in actie.

Ik laat het schip nu liggen waar het, afgezien van luchtaanvallen, enigszins veilig lag en kom in krabbengang terug op mijn persoonlijke ongeluk. Want het was niet zo dat het van het begin af aan duidelijk te zien was welke verkeerde richting Konrad insloeg. Volgens mijn inschatting ging het om onschuldig en kinderachtig geklets dat hij als Cyberspace-acrobaat opschreef, bijvoorbeeld toen hij de om propagandaredenen goedkoop gemaakte KdF-reizen vergeleek met de aanbiedingen van het huidige massatoerisme, met de kosten van tickets voor cruises naar de Caraïbische Zee aan boord van zogenaamde *loveboats* of met TUI-aanbiedingen, natuurlijk altijd ten faveure van de 'klasseloos' naar Noorwegen koersende Gustloff en andere schepen van het Arbeitsfront. Dat was het ware socialisme, juichte hij op zijn website. Vergeefs hadden de communisten geprobeerd, schreef hij, in de DDR iets soortgelijks op poten te zetten. Helaas, stond er, was deze poging niet geslaagd. Niet eens het enorme KdF-complex Prora op het eiland Rügen, in vredestijd ontworpen voor twintigduizend badgasten, hadden ze na afloop van de oorlog afgebouwd.

'Nu,' eiste hij, 'moet de KdF-ruïne onder monumentenzorg worden geplaatst!' en hij maakte vervolgens scholierachtig ruzie met zijn, zoals ik lang dacht, verzonnen dialoogpartner David over de toekomst van een niet alleen nationale maar ook socialistische volksgemeenschap. Hij citeerde Gregor Strasser, maar ook Robert Ley, wiens ideeën hij prees met het rapportcijfer 'zeer goed'. Hij sprak over een 'gezond volkslichaam', waarna David waarschuwde voor 'socialistisch genivelleer' en Ley een 'permanent gealcoholiseerde blaaskaak' noemde.

Ik bekeek het slechts matig amusante gechat en begreep: hoe enthousiaster mijn zoon het wonder 'Kraft durch Freude' als toekomstproject ophemelde en, ondanks alle gebreken, de inspanningen van de Arbeiders- en Boerenstaat prees om eveneens een socialistisch vakantieparadijs te laten opbloeien, des te pijnlijker klonk zijn grootmoeder in hem door. Zodra ik in Konny's chatbox was, had ik het niet van de wijs te brengen geklets van de terugdenkster in mijn oor.

Op die manier had eens mijn moeder mij en anderen opgehitst. In de tijd voordat ik naar het Westen ging hoorde ik haar als Stalins laatste getrouwe aan onze keukentafel speeches afsteken: 'En zo waar als ik 't zeg, kameraden, niet alleen onze Walter Ulbricht is ooit heel klein als meubelmakersleerling begonnen, ook ik heb eerst die opleiding gedaan en heb beenderlijm geroken...'

Later, na de aftocht van de Eerste Secretaris, schijnt ze problemen te hebben gekregen. Niet meer doordat ik de Republiek was ontvlucht, maar eerder doordat ze Ulbrichts opvolger voor 'armetierige dakdekker' had uitgemaakt en overal revisionisten bespeurde. En toen ze voor het verzamelde partijcollectief werd ontboden, schijnt ze ongeveer dit gezegd te hebben over de persoon Wilhelm Gustloff als slachtoffer van het zionisme: '... de zo tragisch vermoorde zoon van onze mooie stad Schwerin.'

Desondanks kon moeder zich op haar positie handhaven. Ze was populair en gevreesd tegelijkertijd. Als veelvuldig gedecoreerde activiste bleef ze succesvol bij het halen van de norm en leidde ze tot het eind haar meubelmakersbrigade bij het VEB Möbelkombinat in de Güstrower Straße. Zij was het ook die ervoor zorgde dat het aandeel vrouwen bij de meubelmakersleerlingen tot meer dan twintig procent steeg.

Toen de Arbeiders- en Boerenstaat weg was en – bevoegd voor stad en land – de Treuhand een filiaal in Schwerin opende, schijnt moeder een vinger in de pap te hebben gehad bij het afwikkelen en privatiseren van de VEB Kabelwerke, de Plastmaschinenwerke en andere grote bedrijven, bijvoorbeeld de Klement-Gottwald-Werke für Schiffszubehör, en zelfs van haar eigen voormalige VEB Möbelwerke. In elk geval is aan te nemen dat ze bij deze koopjesjacht, toen in het Oosten het grote afromen begon, haar schade inhaalde, want moeder was, zodra het nieuwe geld er was, niet slechts op haar pensioen aangewezen. En toen ze mijn zoon de computer inclusief dure accessoires cadeau deed, zal deze aankoop haar niet arm hebben gemaakt. De aanzet tot dit royale gebaar – tegenover mij was ze tamelijk krenterig – zie ik in een gebeurtenis die weliswaar in de nationale Duitse persvijver geen kringen heeft gemaakt, maar die beslissend werd voor Konny.

Voordat ik over de bijeenkomst van de overlevenden te spreken kom, moet er nog een pijnlijke zaak worden ingevoegd, die iemand me uit het hoofd wil praten die voor zichzelf een al te vlekvrij beeld van zijn Tulla heeft gemaakt: op 30 januari negentig, toen de vervloekte datum een lage koers leek te hebben omdat overal op de melodie van 'Deutschland, einig Vaterland' werd gedanst en alle Ossi's naar de D-mark hunkerden, werd moeder op haar manier actief.

Op de zuidelijke oever van het Meer van Schwerin stond een muisgrijze jeugdherberg twee verdiepingen hoog te vergammelen. Ze was begin jaren vijftig gebouwd en naar Kurt Bürger genoemd, een stalinist die kort na afloop van de oorlog als beproefd antifascist uit Moskou was gekomen en zich in Mecklenburg met hard optreden verdienstelijk had gemaakt. En achter de Kurt Bürger-jeugdherberg legde moeder een boeket langstelige rozen, ongeveer daar waar eens aan de kant van het meer het grote granieten blok ter ere van de bloedgetuige schijnt te hebben gestaan. In het donker, om achttien over tien precies, deed ze dat. In elk geval heeft ze haar vriendin Jenny en mij later met zo'n nauwkeurige vermelding van de tijd over haar nachtelijke actie verteld. Helemaal alleen was ze geweest, ze had achter de in de winter leegstaande jeugdherberg met haar zaklamp de bewuste plek gezocht. Lang was ze onzeker geweest, vertelde ze, maar toen had ze onder een bedekte hemel en in de motregen besloten: hier was het. 'Maar niet voor die Gustloff heb ik daar die bloemen neergelegd. Dat was maar 'n nazi zoals zoveel anderen die om zeep zijn geholpen. Nee, voor 't schip en al die kinderen die d'raan zijn gegaan toen in die ijskouwe zee heb ik daar precies om twaalf voor half elf m'n boeket witte rozen neergelegd. En gehuild heb ik d'r ook nog bij, vijfenveertig jaar later...'

Vijf jaar later was moeder niet meer alleen. Heinz Schön, de kuurdirectie van Ostseebad Damp en ook de heren van het curatorium 'Rettung über See' hadden geïnviteerd. Tien jaar eerder al had op dezelfde plek een bijeenkomst van de overlevenden plaatsgevonden. Toen waren de Muur en het prikkeldraad er nog, en uit de Oost-Duitse staat had niemand mogen komen. Maar nu kwamen ook zij voor wie de ondergang van het schip iets was waarover al die tijd van staatswege gezwegen moest worden. En daarom was het niet verbazingwekkend dat de gasten uit de nieuwe deelstaten bijzonder hartelijk werden begroet. Onder de overlevenden mocht er geen scheidend onderscheid tussen Ossi's en Wessi's zijn.

In de grote feestzaal van het kuuroord hing boven het toneel een spandoek waarop van regel tot regel in letters van verschillend formaat te lezen stond: 'Herdenkingsplechtigheid 50 jaar ondergang van de Wilhelm Gustloff,

Ostseebad Damp, 28-30 januari 1995'. De toevallige omstandigheid dat deze laatste datum ook herinnerde aan de machtsovername van drieëndertig en aan de verjaardag van de man die door David Frankfurter was doodgeschoten opdat het volk van de joden een signaal zou krijgen, werd publiekelijk niet vermeld, maar een halfluide bijzin was ze in het een of andere gesprek wel waard, hetzij bij de koffie, hetzij tijdens een van de pauzes.

Mij had moeder gedwongen erbij te zijn. Ze had daarvoor een onweerlegbaar argument: 'Jij wordt nu immers ook vijftig...' Onze zoon Konrad had ze uitgenodigd en, omdat Gabi er geen bezwaar tegen had, als een stuk buit meegenomen. Ze kwam in haar zandkleurige Trabant voorrijden: in Damp, tussen Mercedes- en Opel-limousines, een bezienswaardigheid. Naar mijn van tevoren uitgesproken verzoek met mij genoegen te nemen en Konny te ontzien met dat dwaze verledengedoe wilde ze niet luisteren. Als vader en ook voor de rest telde ik niet mee, want wat de beoordeling van mijn persoontje betrof waren moeder en mijn ex, die elkaar voor de rest ontliepen, het eens: voor moeder was ik, zoals ze placht te zeggen, ''n slapjanus'. Van Gabi kreeg ik bij elke gelegenheid te horen dat ik een mislukkeling was.

Daarom was het niet verbazingwekkend dat de tweeënhalve dag in Damp voor mij nogal pijnlijk verliepen. Ik stond er maar dom te staan en rookte als een schoorsteen. Als journalist had ik natuurlijk een reportage of op zijn minst een kort verslag kunnen schrijven. Waarschijnlijk verwachtten de heren van het curatorium iets dergelijks van mij, want in het begin introduceerde moeder me als 'reporter van die kranten van Springer'. Ik sprak het niet tegen, maar ik bracht ook niet meer op papier dan de zin 'Het weer is zoals het is'. Als wie had ik verslag moeten doen? Als 'Gustloff-kind'? Of als beroepsbuitenstaander?

Moeder wist op alles een antwoord. Omdat ze in de grote groep enkele overlevenden herkende en spontaan door voormalige bemanningsleden van de torpedoboot Löwe werd aangesproken, nam ze elke gelegenheid te baat om mij, als het niet als Springer-reporter was, voor te stellen als 'het knulletje dat krek tijdens 't ongeluk werd geboren'. En vanzelfsprekend liet ze niet na erop te wijzen dat de 30e wel aanleiding zou zijn om mijn vijftigste verjaardag te vieren, ook wanneer op die dag een stilte-uur ter herdenking op het programma stond.

Nu schijnen er vóór de ondergang maar ook op de dag erna nog meer geboorten te zijn geweest, maar behalve één persoon die op de negenentwintigste geboren was waren er geen leeftijdgenoten in Damp. Voor het merendeel waren het oude mensen die elkaar ontmoetten, want er werden nauwelijks kinderen gered. Een van de jongeren was een toen tienjarige jongen uit Elbing, die tegenwoordig in Canada woont en die van het curatorium het verzoek had gekregen het publiek verslag uit te brengen over de details van zijn redding.

Over het algemeen en om voor de hand liggende redenen zijn er steeds minder getuigen van het ongeluk. Waren er bij de bijeenkomst van vijfentachtig nog meer dan vijfhonderd overlevenden en redders gekomen, nu waren er slechts krap tweehonderd bij elkaar, wat moeder ertoe bracht me tijdens de herdenkingsplechtigheid toe te fluisteren: 'Binnenkort zal niemand van ons meer leven, behalve jij. Maar jij wilt toch niet opschrijven wat ik je al die tijd allemaal heb verteld.'

Terwijl ik het was die haar, lang voordat de Muur weg was, via omwegen het boek van Heinz Schön stuurde – ik geef toe om aan haar knagende verwijten te ontsnappen. En vlak vóór de bijeenkomst in Damp kreeg ze van mij een pocket die drie Engelsen bij Ullstein hadden gepubliceerd.

Maar ook deze, toegegeven, wel tamelijk zakelijk maar te zeer met de blik van de buitenstaander geschreven documentatie van de scheepscatastrofe beviel haar niet: 'Dat is me allemaal niet persoonlijk genoeg beleefd. Dat komt niet uit 't hart!' En later, toen ik even bij haar op de Großer Dreesch op bezoek was, zei ze: 'Nou, misschien zal m'n Konradchen d'r ooit over schrijven...'

Daarom nam ze hem mee naar Damp. Ze kwam, nee, ze trad op in een tot op haar enkels vallende en tot aan de hals gesloten jurk van zwart fluweel, die haar kortgeknipte witte haar accentueerde. Waar ze ook stond of met koffie en taart zat, was ze het middelpunt. Vooral mannen trok ze aan. Dat was, zoals bekend is, altijd al zo. Haar schoolvriendin Jenny heeft me over al de jongens verteld die tijdens moeders jeugd gewoon aan haar bleven plakken: ze schijnt van jongs af aan naar beenderlijm te hebben gestonken. En ik beweer: zelfs in Damp was nog een vleug van deze reuk waar te nemen.

Daar waren het oude, meestal in donkerblauw laken geklede heren, waar zij dun, taai en in het zwart tussen stond. Een van de gezette grijshoofden was een voormalige kapitein-luitenant-ter-zee en commandant van de torpedoboot T 36, wiens bemanning enkele honderden schipbreukelingen had gered, bovendien een overlevende officier van het gezonken schip. Maar vooral de herinnering aan moeder was vers gebleven bij bemanningsleden van de torpedoboot Löwe. Ik had de indruk dat de heren op haar hadden gewacht. Ze omringden moeder, die zich vaag meisjesachtig gedroeg, en kwamen niet meer van haar los. Ik hoorde haar giechelen, zag hoe ze met haar armen over elkaar een positie innam. Maar niet meer over mij en over mijn geboorte op het tijdstip van de ondergang werd er gepraat, maar over Konny. Moeder stelde mijn zoon aan de bejaarde heren voor alsof hij van haarzelf was. En ik bleef op afstand, wilde geen vragen op me af krijgen of zelfs door de Löwe-veteranen worden gevierd.

Van enige afstand viel op dat Konny, die ik als een verlegen jongen kende, zich zeer zelfbewust in de hem door moeder toebedachte rol bewoog, bondig maar duidelijk antwoord gaf, vragen stelde, geconcentreerd luisterde, een jongensachtige lach riskeerde en zelfs voor foto's poseerde. Met zijn bijna vijftien jaar – in maart zou het zover zijn – maakte hij helemaal geen kinderlijke indruk, hij leek zelfs rijp voor moeders bedoeling hem totaal tot deelgenoot van het ongeluk te maken en – zoals zou blijken – verkondiger van de legende van een schip.

Voortaan draaide alles om hem. Hoewel er bij de bijeenkomst van de overlevenden iemand was die op de dag vóór de ondergang op de Gustloff was geboren en hij net als ik door de auteur Schön persoonlijk een boek overhandigd kreeg – de moeders werden op het toneel met boeketten bloemen gefêteerd –, had ik de indruk dat dat allemaal gebeurde om mijn zoon tot iets te verplichten. Van hem koesterde men verwachtingen. Onze Konny zag men in de toekomst iets doen. Hij, daar was men zeker van, zou de overlevenden niet teleurstellen.

Moeder had hem in een donkerblauw kostuum gestoken en hij moest er een soort collegedas bij dragen. Met zijn bril en zijn krullen zag hij eruit als een mengeling van aannemeling en aartsengel. Hij trad op alsof hij een missie had, alsof hij binnenkort iets verhevens zou verkondigen, alsof hem een verlichting ten deel was gevallen.

Ik weet niet op wiens voorstel Konrad bij de herdenkingsdienst, die werd gehouden op het tijdstip dat de torpedo's het schip raakten, op de naast het altaar opgehangen etensgong mocht slaan die door Poolse duikers eind jaren zeventig uit het achterste opperdek van het wrak was geborgen. Nu, naar aanleiding van de bijeenkomst van de overlevenden, had de bemanning van het bergingsschip Szkwal de vondst als teken van Pools-Duitse toenadering overhandigd. Maar het was toen toch Heinz Schön, die ter afsluiting van de herdenkingsdienst drie keer met de hamer op de gong mocht slaan.

De assistent-administrateur op de Gustloff was achttien toen het schip zonk. Ik wil niet verzwijgen dat men de man die bijna alles had verzameld en onderzocht wat na het ongeluk te vinden was in Damp weinig dankbaarheid toonde. Toen hij aan het begin van de feestelijkheden zijn lezing over het thema 'Het tot zinken brengen van de Wilhelm Gustloff op 30 januari 1945 vanuit de optiek van de Russen' hield en in de loop van de toespraak duidelijk werd hoe vaak hij voor zijn onderzoek de Sovjet-Unie had bezocht en daarbij zelfs een sergeant-majoor van de onderzeeër S 13 had ontmoet, zelfs met Vladimir Koerotsjkin, die op bevel van zijn commandant de drie torpedo's had afgevuurd, in vriendschappelijk contact stond, zelfs met de oude man gefotografeerd was terwijl ze elkaar de hand schudden, toen was hij, zoals bij Heinz Schön later terughoudend staat, 'enkele vrienden kwijtgeraakt'.

Na de lezing ontliep men hem. Voor veel toehoorders was hij vanaf nu een Russenvriend. Voor hen was de oorlog nooit opgehouden. Voor hen was de Rus de Ivan en waren de drie torpedo's moordwapens. Maar voor Vladimir Koerotsjkin was het vanuit zijn optiek naamloos zinkende schip volgeladen met nazi's die zijn vaderland hadden overvallen en bij hun terugkeer alleen maar verschroeide aarde hadden achtergelaten. Pas van Heinz Schön hoorde hij dat na de torpedering meer dan vierduizend kinderen waren verdronken, bevroren of met het schip de diepte in gesleurd. Van deze kinderen schijnt de sergeant-majoor nog lang en herhaaldelijk te hebben gedroomd.

Dat Heinz Schön toen toch op de geborgen scheepsgong mocht slaan, zal de krenking die hem werd aangedaan een beetje hebben verzacht. Maar mijn zoon, die de torpedoschutter, verenigd op de foto met de Gustloff-onderzoeker, op zijn homepage aan de hele wereld heeft getoond, becommentarieerde dit detail van een volkerenverbindende tragedie met gevolgen met een verwijzing naar de herkomst van de zo trefzekere onderzeeër. Hij legde de nadruk op het 'Duitse kwaliteitsproduct' en verstoutte zich tot de volgende bewering: alleen dankzij een volgens Duitse constructieplannen gebouwd schip hadden de Sovjets ter hoogte van de Stolpebank hun succes kunnen behalen.

En ik? Na de herdenkingsdienst kneep ik ertussenuit en ging naar het nachtdonkere strand. Ik liep heen en weer. Alleen en met een leeg hoofd. Omdat er geen wind was, klotste ook de Oostzee slechts mat en nietszeggend.

5

Dat knaagt aan de oude man. Eigenlijk, zegt hij, zou het de taak van zijn generatie zijn geweest om uitdrukking te geven aan de ellende van de Oost-Pruisische vluchtelingen: de winterse colonnes naar het Westen, de dood in sneeuwverstuivingen, het creperen langs de kant van de weg en in wakken zodra het dichtgevroren Frisches Haff na bombardementen en onder de last van de paardenwagens begon te breken en desondanks vanuit Heiligenbeil steeds meer mensen uit vrees voor Russische wraak over eindeloze sneeuwvlakten... Vlucht... De witte dood... Nooit, zegt hij, had men, alleen omdat de eigen schuld allesoverheersend was geweest en bekennende spijt al die jaren voorrang had gehad, over zoveel leed mogen zwijgen en het vermeden thema aan de rechtervleugel mogen overlaten. Deze nalatigheid was volgens hem ongehoord...

Maar nu denkt de oude man, die zich moe geschreven heeft, dat hij in mij iemand heeft gevonden die zich in zijn plaats – 'plaatsvervangend' zegt hij – uitgedaagd voelt verslag te doen van de inval van de Sovjetrussische legers in het Rijk, van Nemmersdorf en de gevolgen. Klopt, ik zoek woorden. Maar niet hij, moeder dwingt me. En alleen vanwege haar bemoeit de oude man zich ermee, ook hij wordt door haar gedwongen mij te dwingen, alsof alleen onder dwang geschreven mag worden, alsof op dit papier niets zonder moeder kan gebeuren.

Hij zegt dat hij haar heeft gekend als een ongrijpbaar, door geen oordeel grijpbaar te maken wezen. Hij wil een Tulla wier lichtintensiteit onveranderd diffuus is en is nu teleurgesteld. Nooit, hoor ik, had hij verwacht dat de overlevende Tulla Pokriefke zich in zo'n banale richting zou ontwikkelen, tot een partijfunctionaris en een streng de norm producerende modelarbeidster bijvoorbeeld. Er was volgens hem van haar eerder iets anarchistisch, een irrationele daad te verwachten geweest, zoiets als een door niets te motiveren bomaanslag of een in het koude licht ontstellend inzicht. Het was tenslotte Tulla geweest die als jong meisje midden in oorlogstijd en dus te midden van bewust blinden naast de luchtafweerbatterij Kaiserhafen een witachtige stapel als menselijke botten had herkend en deze luid een 'beenderberg' had genoemd: 'Dat is een beenderberg!'

De oude man kent moeder niet. En ik? Ken ik haar? Hooguit tante Jenny – die eens tegen mij zei: 'Eigenlijk is mijn vriendin Tulla alleen als gemankeerde non te begrijpen, als gestigmatiseerde natuurlijk...' – had een idee van haar aard of onaard. Maar dit klopt wel: moeder is ongrijpbaar. Zelfs als partijkader was ze niet in de pas te krijgen. En toen ik naar het Westen wilde zei ze alleen maar: 'Jij gaat maar' en gaf me niet aan, en daarom zetten ze haar in Schwerin nogal onder druk. Zelfs de veiligheidsdienst schijnt bij haar te hebben aangeklopt, diverse keren, zonder aantoonbaar succes...

Op mij had ze in die tijd haar hoop gevestigd. Maar toen er uit mij geen vonk te slaan was en er alleen maar tijd verstreek begon ze – zodra de Muur weg was – mijn zoon te kneden. Pas tien of elf was Konny toen hij in handen van zijn grootmoeder viel. En sinds de bijeenkomst van de overlevenden in Damp, waar ik slechts een nul in de marge was maar hij kroonprins werd, heeft ze hem met vluchtverhalen, gruwelverhalen, verkrachtingsverhalen volgepompt, die ze weliswaar niet persoonlijk had meegemaakt, maar die, sinds in oktober vierenveertig Russische tanks over de oostelijke Rijksgrens waren gerold en naar de districten Goldap en Gumbinnen waren doorgestoten, overal werden verteld en verspreid, opdat de angst om zich heen zou grijpen.

Zo zal, zo kan het geweest zijn. Zo ongeveer is het geweest. Toen enkele dagen na de aanval van het Sovjetrussische Tweede Gardeleger het dorp Nemmersdorf door eenheden van het Duitse Vierde Leger werd heroverd, was te ruiken, te zien, te tellen, te fotograferen en voor alle bioscopen als weekjournaal te filmen hoeveel vrouwen door Russische soldaten waren verkracht, daarna doodgeslagen en aan schuurdeuren vastgespijkerd. T 34-tanks hadden vluchtelingen ingehaald en vermorzeld. Doodgeschoten kinderen lagen in voortuinen en greppels. Zelfs Franse krijgsgevangenen die in de buurt van Nemmersdorf bij boeren hadden moeten werken werden geliquideerd, veertig in getal, werd gezegd.

Deze en andere details vond ik onder de intussen bekende code op het internet. Bovendien was er in vertaling een door de Russische schrijver Ilja Ehrenburg geschreven appèl te lezen, volgens hetwelk alle Russische soldaten werden opgeroepen te moorden, te verkrachten, wraak te nemen voor het door de fascistische beesten verwoeste vaderland, voor 'Moedertje Rusland'. Op het adres 'www.-blutzeuge.de' klaagde mijn slechts voor mij herkenbare zoon in de taal van de toen officiële communiqués: 'Dat deden Russische ondermensen weerloze Duitse vrouwen aan...' – 'Zo ging de Russische soldateska tekeer...' – 'Deze terreur bedreigt nog steeds heel Europa wanneer er geen dam wordt opgeworpen tegen de Aziatische vloedgolf...' Als toegift had hij een CDU-verkiezingsaffiche uit de jaren vijftig ingescand, dat een vraatzuchtig monster met een Aziatisch uiterlijk liet zien.

Verspreid op het net en door ik weet niet hoeveel surfers gedownload leken deze zinnen en geïllustreerde tekstfragmenten te verwijzen naar hedendaagse gebeurtenissen, hoewel het machteloos uiteenvallende Rusland of de gruwelen op de Balkan en in het Afrikaanse Rwanda niet werden benoemd. Om zijn telkens veranderende nieuwe programma te verluchten vond mijn zoon de lijkenakkers van het verleden voldoende. Die waren, wie ze ook bebouwde, altijd vruchtbaar.

Ik wil alleen nog vermelden dat in die dagen, toen Nemmersdorf het symbool werd van alles wat verschrikkelijk was, de aangeleerde verachting van alles wat Russisch was omsloeg in angst voor de Russen. De over het heroverde dorp verspreide krantenberichten, radiocommentaren en weekjournaalbeelden veroorzaakten in Oost-Pruisen een massale vlucht, die vanaf midden januari, het begin van het grote Sovjetrussische offensief, paniek werd. Met de vlucht over land begon het sterven langs de kant van de weg. Ik kan het niet beschrijven. Niemand kan dat beschrijven. Slechts dit: een deel van de vluchtelingen bereikte de havensteden Pillau, Danzig en Gotenhafen. Honderdduizenden probeerden op schepen aan de steeds naderbij komende verschrikking te ontkomen. Honderdduizenden – statistieken tonen aan dat er meer dan twee miljoen westwaarts gerichte vluchtelingen waren – verschaften zich toegang tot oorlogs-, passagiers- en koopvaardijschepen, ook tot de sinds jaren aan de kade in Gotenhafen-Oxhöft liggende Wilhelm Gustloff.

Ik zou willen dat ik het mezelf zo gemakkelijk kon maken als mijn zoon, die op zijn website verkondigde: ‘In alle rust en ordentelijk nam het schip de voor het Russische monster vluchtende meisjes en vrouwen, moeders en kinderen op...’ Waarom verdonkeremaande hij de eveneens ingescheepte duizend duikbootmatrozen en driehonderdzeventig marinehelpsters, net als de bedieningsmanschappen van de snel gemonteerde afweergeschutten? In een bijzin vermeldde hij weliswaar dat in het begin en op het eind ook gewonden aan boord werden gebracht – ‘Onder hen waren strijders van het Kuurland-front, dat nog steeds standhield tegen de beukende rode vloed...’ –, maar toen hij de ombouw van kazerneboot naar zeewaardig transportschip begon te beschrijven, somde hij wel acribisch op hoeveel mud meel en gedroogde melk en welk aantal geslachte varkens aan boord kwamen, maar hij verzweeg Kroatische oorlogsvrijwilligers die slecht opgeleid de scheepsbemanning moesten aanvullen. Niets over ontoereikende zendapparatuur. Niets over de rampenoefening: ‘Schotten dicht!’ Begrijpelijk dat hij de uit voorzorg ingerichte kraamafdeling accentueerde, maar wat bracht hem ertoe niet eens te zinspelen op de toestand van zijn toen hoogzwangere grootmoeder? En geen woord over de ontbrekende tien reddingsboten, die waren gedetacheerd voor het leggen van rookgordijnen in de haven bij luchtaanvallen en vervangen door roeiboten met een kleinere inhoud en snel opgestapelde en vastgesjorde reddingsvlotten van geperste kapok. De Gustloff moest aan de internetsurfers slechts als vluchtelingenschip bekend worden gemaakt.

Waarom loog Konny? Waarom hield de jongen zichzelf en anderen voor de gek? Waarom wilde hij, de anders zo penibele detailkruidenier voor wie het schip sinds de KdF-tijd tot in de schroefastunnel en de laatste hoekjes van de boordwasserij bekend terrein was, niet toegeven dat er geen transportschip van het Rode Kruis en ook geen uitsluitend met vluchtelingen beladen vrachtboot aan de kade lag, maar een onder de oorlogsmarine vallend, bewapend passagiersschip, waarin allerlei uiteenlopende vracht werd geperst? Waarom ontkende hij wat sinds jaren gedrukt te lezen was en zelfs door de terugdenkers nauwelijks nog werd bestreden? Wilde hij een oorlogsmisdaad construeren en met de verfraaide versie van wat werkelijk gebeurd was indruk maken op de kaalkoppen in Duitsland en elders? Was zijn behoefte aan een schone slachtofferbalans zo groot dat op zijn website niet eens de militaire tegenspeler van de burgerkapitein Petersen, luitenant-ter-zee eerste klasse Zahn, inclusief diens herdershond, mocht optreden?

Ik kan alleen maar vermoeden wat Konny ertoe heeft bewogen te sjoemelen: hij wilde een niet-vertroebeld vijandbeeld. Het verhaal met de hond echter heeft moeder me als feit aangeleverd, want zij was immers als kind al op herdershonden gefixeerd. Zahn had zijn Hassan al jaren aan boord. Of het nu aan dek was of in de officiersmess, overal verscheen hij met hond. Moeder zei: 'Dat kon je van beneden, waar we moesten wachten en niet naar boven mochten, precies zien, hoe boven zo'n kapitein aan de reling stond met zijn blafbeest en op ons vluchtelingen neerkeek. Die zag d'r bijna uit als onze Harras...'

Zij wist hoe het er op de kade aan toeging: ''n Gedrang dat 't was en één grote chaos. Eerst hebben ze nog iedereen die via de trap naar boven kwam netjes opgeschreven, maar toen was 't papier op...' Daarom zal het aantal altijd onduidelijk blijven. Maar wat zeggen getallen? Getallen kloppen nooit. Altijd moet je de rest schatten. Geregistreerd werden zesduizendzeshonderd personen, onder hen ongeveer vijfduizend vluchtelingen. Maar vanaf 28 januari verschaften nog grote aantallen mensen die niet meer werden geteld zich via de trap toegang. Waren het er twee- of drieduizend, die ongenummerd en naamloos bleven? Ongeveer zoveel voedselbonnen zijn door de scheepsdrukkerij extra gedrukt en door de bij de hulpdienst gedetacheerde marinehelpsters verdeeld. Op een paar honderd meer of minder kwam en komt het in dergelijke gevallen niet aan. Precies weet niemand het. Men kent bijvoorbeeld niet het aantal kinderwagens dat in de vrachtruimen werd verstouwd. En te schatten is slechts dat uiteindelijk tegen de vierenhalfduizend zuigelingen, kinderen en jonge mensen aan boord waren.

Ten slotte, toen er niets meer bij kon, zijn toch nog meer gewonden en een laatste groep marinehelpsters ingescheept, jonge meisjes die, omdat er geen hutten meer vrij waren en alle zalen met matrassen vol lagen, in het drooggelegde zwembad werden ingekwartierd, op het E-dek onder de waterlijn dus.

Deze lokalisering moet hier telkens weer en met nadruk worden genoemd, want mijn zoon hield zijn mond over alles wat de marinehelpsters betrof en de dodelijke val die het zwembad was. Alleen toen hij op zijn website in het algemeen uitweidde over verkrachtingen, dweepte hij gewoonweg met 'bloedjonge deernen, wier onschuld op het schip beschermd moest worden tegen de Russische furie...'

Toen ik die onzin voorgeschoteld kreeg, werd ik weer eens actief, maar wel zonder me als vader kenbaar te maken. Ik liet, zodra de chatbox open was, mijn tegenwerping horen: 'Jouw hulpbehoevende deernen hadden uniformen aan, leuke zelfs. Grijsblauwe rokken tot op hun knieën en krap zittende jasjes. Een beetje scheef zaten veldmutsen met de nationale adelaar inclusief hakenkruis op hun kapsels. Ze waren allemaal, of ze nu nog onschuldig waren of niet, militair gedrild en ze hadden de eed op hun Führer afgelegd...'

Maar mijn zoon wilde met mij niet communiceren. Hooguit met zijn verzonnen discussiepartner, die hij als een racist uit het boekje schoolmeesterde: 'Als jood zul je het nooit van zijn leven begrijpen hoezeer me de ontering van Duitse meisjes en vrouwen door Kalmukken, Tataren en andere Mongolen nog steeds pijn doet. Maar wat weten jullie joden nu van de reinheid van het bloed!'

Nee, dat kon moeder hem niet hebben ingepompt. Of toch? Mij heeft ze eens, toen ik op de Großer Dreesch mijn tamelijk objectieve artikel over de ruzie over het Berlijnse holocaustmonument op de koffietafel legde, verteld dat op de meubelmakersbinnenplaats van haar oom eens iemand kwam kijken, 'zo'n dikkerd met zomersproeten', die de aan de ketting liggende hond tamelijk natuurgetrouw schijnt te hebben getekend: 'Dat was zo'n joodje dat altijd van die vreemde dingen verzon. Maar 't was maar 'n halve, wist m'n papa. Dat zei-die nog hardop voordat-ie dat joodje, Amsel heette-die, van de plaats gooide...'

Op de ochtend van de 30e slaagde moeder erin met haar ouders aan boord te komen. 'Op het allerlaatse nippertje ging 't nog...' Daarbij raakten ze een deel van hun bagage kwijt. 's Middags kwam het bevel voor de Gustloff de ankers te lichten en uit te varen. Op de kade bleven honderden mensen achter.

'Voor mama en papa was ik natuurlijk 'n schande met m'n dikke buik. Altijd wanneer iemand van de andere vluchtelingen naar me vroeg, zei mama: "Haar verloofde zit aan 't front." Of: "Eigenlijk had ze met de handschoen moeten trouwen met d'r verloofde. Die zit aan 't front in 't Westen. Als-ie maar niet gesneuveld is." Maar tegen mij had ze 't maar steeds over schande. Ik vond 't allang best dat ze ons op 't schip meteen uit mekaar haalden. Mama en papa moesten helemaal naar beneden, naar de scheepsbuik, waar nog 'n beetje plek was. Ik kwam boven op de zwangerenafdeling...'

Maar zover was het nog niet. Opnieuw moet ik achteruit krabbelen om vooruit te komen: een dag eerder nog – en vervolgens een lange nacht lang – hadden de Pokriefkes op hun veel te grote hoeveelheid koffers en pakken gezeten, te midden van een grote hoeveelheid vluchtelingen van wie de meeste uitgeput waren door een lange tocht. Uit de Kurische Nehrung kwamen ze, uit het Samland, uit Masuren. Een laatste groep was uit het dichterbij gelegen Elbing gevlucht, dat door Sovjetrussische tanks was overrompeld maar blijkbaar nog steeds omstreden leek. Ook voegden zich steeds meer vrouwen en kinderen uit Danzig, Zoppot en Gotenhafen tussen de paarden-, ladder- en kinderwagens en de vele sleden. Moeder heeft me over zwerfhonden verteld die, omdat ze niet aan boord mochten, hongerig de kades onveilig maakten. De Oost-Pruisische boerenpaarden had men uitgespannen en in de stad of aan legereenheden afgegeven of naar het slachthuis gebracht. Precies wist moeder dat niet. Bovendien had ze medelijden met de honden: 'De hele nacht huilden ze als wolven...'

Toen de Pokriefkes uit de Elsenstraße vertrokken, weigerden de met hen verwante Liebenaus de rest van de ongeschoolde arbeidersfamilie met vluchtbagage te volgen. Te zeer was de meubelmaker gehecht aan zijn schaafbanken, aan de cirkel- en de lintzaag, aan de vandiktebank, aan de voorraad langhout in de schuur en aan de huurkazerne nr. 19, waarvan hij de eigenaar was. Zijn zoon Harry, die moeder tijdelijk als mijn mogelijke vader ten tonele voerde, had al in de herfst van het jaar daarvoor zijn mobilisatieoproep gekregen. Ergens, aan een van de vele achterwaarts optrekkende fronten, zal hij marconist of tankgrenadier zijn geweest.

Later hoorde ik dat de Polen mijn mogelijke grootvader en diens vrouw, zoals alle achtergebleven Duitsers, na afloop van de oorlog hadden uitgewezen. Men zei dat ze allebei in het Westen, waarschijnlijk in Lüneburg, al snel en kort na elkaar waren gestorven, hij waarschijnlijk van verdriet om zijn verloren meubelmakerij en de vele in de kelder van de huurkazerne opgeslagen raam- en deurbeslagen. De kettinghond, in wiens hok moeder volgens de verhalen als kind een week lang had gewoond, leefde allang niet meer. Vóór het begin van de oorlog schijnt iemand – zij zegt: ''n maat van dat joodje' – hem te hebben vergiftigd.

Het is aannemelijk dat de Pokriefkes met een van de laatste groepen aan boord zijn gekomen, ze mochten dat omdat hun dochter duidelijk zwanger was. Alleen met August Pokriefke had het moeilijk kunnen worden. De op de kade controlerende marechaussee had hem er als geschikt voor de landstorm kunnen uitpikken. Maar omdat hij, zoals moeder zei, 'sowieso maar 'n onooglijk menneke was', kon hij ertussendoor glippen. Op het laatst zaten er namelijk gaten in de controles. Chaotisch ging het eraan toe. Kinderen kwamen zonder moeder aan boord. En moeders hadden moeten ondergaan dat in het gedrang op de valreep hun kind van hun arm werd gerukt, over de rand werd geduwd en tussen scheepswand en kademuur in het havenwater verdween. Schreeuwen hielp niet.

Misschien hadden de Pokriefkes ook op de stoomboten Oceana en Antonio Delfino een plek kunnen vinden, hoewel ze al propvol zaten met vluchtelingen. Beide schepen lagen eveneens aan de kade van Gotenhafen-Oxhöft, de, zoals ze werd genoemd, 'Kade van de Goede Hoop'. En deze twee middelgrote transportschepen hebben ook hun eindbestemmingen Kiel en Kopenhagen heelhuids bereikt. Maar Erna Pokriefke wilde 'om de dooie dood' op de Gustloff, omdat er voor haar zoveel prettige herinneringen aan een KdF-reis naar de Noorse fjorden met het toen witte motorschip verbonden waren. In haar vluchtbagage verstouwd had ze het fotoalbum waarin ook kiekjes van de vakantiereis zaten.

Erna en August Pokriefke zullen het interieur van het schip nauwelijks hebben herkend, want alle feest- en eetzalen, de leeggehaalde bibliotheek, de klederdrachtenzaal en de muziekhal waren – nu helemaal zonder geschilderde versiering – tot lawaaiige matrassenzalen verworden. Zelfs het beglaasde promenadedek en de gangen lagen mudvol. Omdat duizenden kinderen, geregistreerde en niet-geregistreerde, deel uitmaakten van de menselijke vracht, vermengde hun geschreeuw zich met via luidsprekers verspreide berichten: voortdurend werden de namen van verdwaalde jongens en meisjes omgeroepen.

Toen de Pokriefkes ongeregistreerd aan boord kwamen, scheidde men moeder van haar ouders. Dat besliste een verpleegster. Onduidelijk bleef of het echtpaar door de toezichthoudende marinehelpsters naar een al bezette hut is gesommeerd of dat ze met hun overgebleven bagage midden in de mensenmassa een plek vonden. Tulla Pokriefke zou het fotoalbum en haar ouders nooit terugzien. Dat schrijf ik in die volgorde op, omdat ik er niet aan twijfel dat het verlies van het fotoalbum voor moeder bijzonder pijnlijk was, want daardoor gingen alle met de Kodak-box genomen foto's van de familie verloren waarop zij met haar broer Konrad, de krullenbol, op de pier van Zoppot te zien was, met haar schoolvriendin Jenny en Jenny's adoptievader, de leraar Brunies, voor het Gutenberg-monument in het Jäschkentaler Wald en diverse keren met Harras, de raszuivere herdershond en befaamde dekreu.

Moeder had het altijd over de achtste maand van de zwangerschap wanneer het in haar verhalen-zonder-eind over de tijd van de inscheping ging. Waarschijnlijk was het de achtste. Welke maand het ook was, ze werd naar de verlos- en kraamafdeling gestuurd. Die was naast het zogenoemde prieel, waar dicht op elkaar gepakt de zwaargewonden kreunden. Het prieel was in KdF-tijden als een soort wintertuin populair bij de vakantiegangers en lag onder de commandobrug. Dr. Richter, de hoogste officier van gezondheid van de Tweede Duikbootopleidingsdivisie, ging als scheepsarts over het prieel en ook over de verlos- en kraamafdeling. Telkens wanneer moeder me over de inscheping vertelde, zei ze: 'Daar was 't eindelijk warm. En warme melk kreeg ik ook meteen, met 'n klodder honing d'rin...'

Op de kraamafdeling moet het er vrij normaal aan toe zijn gegaan. Sinds het begin van de inscheping waren vier zuigelingen geboren, 'allemaal knulletjes', zoals ik te horen kreeg.

Men beweert dat de Wilhelm Gustloff ook nog de pech had dat er te veel kapiteins aan boord waren. Dat is mogelijk. Maar de Titanic had er slechts één en desondanks ging het meteen tijdens de maidentrip mis. In elk geval vertelde moeder dat ze, toen ze zich vóór het uitvaren van het schip even wilde vertreden, zonder door de wachtpost te worden tegengehouden – 'Eén etage omhoog maar' –, op de commandobrug terecht was gekomen, 'waar zo'n oude zeebonk 't enorm aan de stok kreeg met 'n andere, een met 'n sik...'

De zeebonk was kapitein Friedrich Petersen, een man uit de burgerzeevaart die in vredestijd verscheidene schepen, waaronder ook kort de Gustloff, onder zijn commando had gehad en die na het begin van de oorlog als blokkadebreker in Engelse krijgsgevangenschap terecht was gekomen. Maar vervolgens werd hij vanwege zijn leeftijd ongeschikt bevonden voor militaire dienst en naar Duitsland uitgewezen, nadat hij schriftelijk had verklaard dat hij nooit meer als kapitein de zee op zou gaan. Daarom had men hem, hij was halverwege de zestig, als 'ligkapitein' op de 'drijvende kazerne' aan de Oxhöftkade ingezet.

Die met de sik kan alleen luitenant-ter-zee eerste klasse

Wilhelm Zahn zijn geweest, die voortdurend zijn herdershond Hassan aan zijn zijde had. De voormalige, slechts matig succesvolle duikbootcommandant gold als militair transportleider van het met vluchtelingen overladen schip. Bovendien stonden als ontlasting van de oude kapitein, die intussen geen praktijkervaring op zee meer had, twee jonge, maar wat de Oostzee betreft onervaren kapiteins op de brug, die Köhler en Weller heetten. Allebei waren ze van de koopvaardij overgenomen en daarom werden ze door de officieren van de oorlogsmarine, Zahn voorop, tamelijk neerbuigend behandeld: men at in verschillende officiersmesses en ze spraken nauwelijks met elkaar.

Op die manier groeiden op de brug de tegenstellingen, maar ook de gezamenlijke verantwoording voor de moeilijk te bepalen vracht van het schip: enerzijds was het een troepentransportschip, anderzijds een vluchtelingen- en lazaretschip. Met haar grijze oorlogsverflaag was de Gustloff een niet duidelijk te definiëren doel. Nog lag ze beschermd in het havenbekken, als je mogelijke luchtaanvallen niet meerekende. Nog was het ingebakken conflict tussen de te veel kapiteins niet uitgebarsten. Nog had een andere kapitein geen idee van het met kinderen en soldaten, moeders en marinehelpsters beladen en met afweergeschut bewapende schip.

Tot eind december had de S 13 in het dok van de vlootbasis Smolny van de Baltische Rode-Vlagvloot gelegen. Toen de boot gereviseerd was, volgetankt, vol proviand geladen en met torpedo's bewapend, had hij kunnen uitvaren richting vijand, maar de commandant ontbrak.

Alcohol en vrouwen verhinderden dat Alexander Marinesko zijn landverlof beëindigde en ruimschoots vóór het begin van het grote offensief, dat de Baltische Zee en Oost-Pruisen moest veroveren, aan boord van zijn boot was.

Men zegt dat de Finse, uit aardappels gedestilleerde jenever *pontikka* hem uit het lood had gebracht en van elke herinnering beroofd. De zoektocht naar hem in bordelen en andere de militaire politie bekende etablissementen had geen succes: de boot bleef zonder kapitein.

Pas op 3 januari meldde Marinesko zich ontnuchterd weer in Turku. Meteen werd hij door de NKVD verhoord en van spionage verdacht. Omdat hij alle etappes van zijn gerekt gepassagier was vergeten, had hij ter verdediging alleen maar gaten in zijn geheugen. Uiteindelijk lukte het zijn chef, de kapitein eerste klasse Orjel, met een dringende verwijzing naar de jongste aanvalsorder van Stalin de installatie van een krijgsraad uit te stellen. Hij beschikte slechts over enkele weinig ervaren commandanten en wilde de gevechtskracht van zijn eenheid niet laten verzwakken. Toen zelfs de bemanning van de S 13 met een verzoek om gratie ten gunste van hun kapitein in de lopende procedure ingreep en vanuit de optiek van de NKVD het begin van een muiterij kon worden vermoed, beval Orjel de slechts aan wal onbetrouwbare duikbootcommandant meteen naar Hangö uit te varen, waar de S 13 een week later de haven verliet. IJsbrekers hadden de vaargeul vrijgemaakt. De boot had de opdracht langs het Zweedse eiland Gotland koers te zetten naar de Baltische kust.

Nu is er die zwartwitfilm die eind jaren vijftig werd gemaakt. Hij heet *Nacht fiel über Gotenhafen* en de hoofdrollen worden gespeeld door sterren als Brigitte Horney en Sonja Ziemann. De regisseur, de Amerikaan van Duitse afkomst Frank Wisbar, die eerder een Stalingrad-film had gemaakt, liet zich door de Gustloff-specialist Heinz Schön adviseren. In het Oosten mocht hij niet worden vertoond, in het Westen had hij weinig succes en is, net als het ongeluksschip, vergeten en hooguit sediment in archieven.

Samen met moeders vriendin Jenny Brunies, bij wie ik indertijd als middelbare scholier in West-Berlijn woonde, heb ik op haar aandringen – 'Mijn vriendin Tulla heeft me laten weten hoe graag ze wil dat we samen naar de bioscoop gaan' – de rolprent gezien en was nogal teleurgesteld. De handeling verliep volgens steeds hetzelfde patroon. Net als bij alle Titanic-films moest ook bij de verfilmde Gustloff-ondergang een gekwelde, op het eind heroïsche liefdesgeschiedenis als bijkomend materiaal en vulmassa dienen, alsof het zinken van een overvol schip niet spannend en de duizendvoudige dood niet tragisch genoeg is.

Een probleemrelatie in oorlogstijd. In *Nacht fiel über Gotenhafen* zorgen, na een veel te lang voorspel in Berlijn, Oost-Pruisen en elders, een soldaat aan het oostfront als bedrogen echtgenoot en latere zwaargewonde op het schip, een ontrouwe echtgenote met zuigeling die zich op het schip in veiligheid wist te brengen als heen en weer geslingerde aanbedene en een zorgeloze marineofficier als echtbreker, vader en redder van de zuigeling voor de bezetting van de driehoeksverhouding. Tante Jenny kon tijdens het bekijken van de film weliswaar bij bepaalde scènes huilen, maar toen ze me later voor mijn eerste pernod naar de Paris-bar uitnodigde zei ze: 'Jouw moeder zou die film nauwelijks interessant hebben gevonden, want voor en ook na de ondergang van het schip hebben ze geen enkele geboorte laten zien...' En toen zei ze nog: 'Eigenlijk kun je zoiets vreselijks helemaal niet verfilmen.'

Ik weet heel zeker dat moeder geen minnaar aan boord had en ook geen van mijn mogelijke vaders. Het kan zijn dat zij, zoals het haar aard was en gebleven is, zelfs in haar hoogzwangere toestand mannelijk scheepspersoneel wist aan te trekken: ze heeft nu eenmaal een inwendige magneet, die zij haar 'speciale iets' noemt. Zodra de ankers gelicht waren schijnt bijvoorbeeld een marinerekruut en toekomstig duikbootbemanningslid – 'Zo'n bleke knul met overal pukkels in z'n gezicht' – de zwangere naar het bovenste dek te hebben begeleid. Innerlijke onrust had haar op de been gebracht. De matroos zal, schat ik, van moeders leeftijd zijn geweest, zeventien of net achttien, toen hij haar over het spiegelgladde want met ijs bedekte zonnedek zorgzaam aan zijn arm leidde. En toen zag moeder met haar blik, die niets overslaat, dat de davits, de blokken en de trossen van de aan bakboord en stuurboord vastgesjorde reddingsboten en hun opgerolde touwen met ijs waren bedekt.

Hoe vaak heb ik haar zin gehoord: 'Toen ik dat zag werd ik even niet lekker'? En in Damp, toen ze dun en in het zwart door oude heren werd omringd en mijn zoon Konrad door haar in de vernauwde wereld van de overlevenden werd geïntroduceerd, hoorde ik haar zeggen: 'Toen snapte ik dat vanwege dat ijs die redding niks kon worden. Weg wilde ik van die schuit. Ik heb ook staan schreeuwen als 'n gek. Maar 't was al te laat...'

Daarvan liet de film die ik met tante Jenny in een bioscoop in de Kantstraße zag niets zien, geen ijsklomp op de davits van de reddingsboten, geen reling met ijs erop, niet eens ijsschotsen in het havenbekken. Terwijl niet alleen bij Schön, maar ook in de pocket van de Engelsen Dobson, Miller en Payne staat dat het op 30 januari 1945 ijzig koud was: achttien graden onder nul. IJsbrekers hadden in de Danziger Bucht een vaargeul moeten maken. Zware zee en stormvlagen waren voorspeld.

Als ik me desondanks afvraag of moeder niet op tijd van boord had kunnen gaan, zit de reden voor die op zich zinloze overweging in het overgeleverde feit dat kort na het uitvaren van de Gustloff, die door vier sleepboten uit het havenbekken van Oxhöft werd getrokken, een kustvaarder, de Reval, in de sneeuwjacht opdook en onontkoombaar en recht op de Gustloff afvoer. Overvol met vluchtelingen uit Tilsit en Königsberg kwam het schip uit Pillau, de laatste Oost-Pruisische haven. Omdat op het benedendek slechts beperkt plaats was, stonden de vluchtelingen dicht op elkaar op het opperdek. Zoals zou blijken, waren velen van hen tijdens de overtocht bevroren, maar ze bleven deel uitmaken van het staande ijsblok.

Toen de tot stilstand gebrachte Gustloff een paar valrepen liet zakken, lukte het de overlevenden zich, zo dachten ze, op het grote schip in veiligheid te brengen. In de opgehoopte warmte van de gangen en op trappen vonden ze nog plek.

Had moeder niet via een valreep de omgekeerde route kunnen nemen? Zij wist altijd hoe ze op tijd rechtsomkeert moest maken. Dit was de kans! Waarom niet van het ongeluksschip naar de Reval? Dan zou ik, als zij zich ondanks haar dikke buik de trap af had gewaagd, ergens anders – ik weet niet waar –, maar beslist later en niet op 30 januari zijn geboren.

Daar is hij weer, die vervloekte datum. De geschiedenis, beter: de door ons aangemaakte geschiedenis, is een verstopte plee. We spoelen en spoelen en de stront komt desondanks omhoog. Bijvoorbeeld die vermaledijde 30^{e}. Die hangt maar aan me en drukt zijn stempel op me. Niets heeft het opgeleverd dat ik altijd, of het nu als scholier en student was of als krantenredacteur en echtgenoot, geweigerd heb in mijn vrienden-, werk- of familiekring mijn verjaardag te vieren. Altijd was ik er bang voor ik dat bij zo'n feest – al was het bij een heildronk – die driemaal vervloekte betekenis van de 30^{e} aan mijn broek kreeg, ook al zag het ernaar uit dat de tot barstens toe vetgemeste datum in de loop van de jaren was afgeslankt en nu onschuldig was geworden, een kalenderdag als iedere andere. Want wij hebben immers woorden dienstbaar gemaakt voor de omgang met het verleden: er moet boete voor worden gedaan, het moet worden verwerkt, zich ermee afsloven betekent rouwen.

Maar toen leek het alsof op het internet nog steeds of alweer op de 30^{e}, de nationale feestdag, gevlagd moest worden. Mijn zoon in elk geval presenteerde de dag van de machtsovername voor iedereen zichtbaar als rood kalenderblad. In de systeembouwkolonie Großer Dreesch, waar hij sinds het begin van het nieuwe schooljaar bij zijn grootmoeder woonde, was hij nog steeds als webmaster actief. Gabi, mijn ex, had de verhuizing van onze zoon – weg van de permanente linksige moederlijke moralisering – niet willen verhinderen. Erger nog, ze had zichzelf van elke verantwoordelijkheid ontslagen: 'Konrad is binnenkort zeventien en kan zelf beslissen.'

Mij werd niets gevraagd. De twee gingen, zoals ze zeiden, 'in goede verstandhouding' uit elkaar. En zo verliep de verhuizing van het Meer van Mölln naar dat van Schwerin geluidloos. Zelfs de wisseling van school schijnt, 'dankzij zijn meer dan gemiddelde schoolprestaties', glad te zijn verlopen, hoewel ik me mijn zoon maar moeilijk in de achtergebleven schoolmufheid van de Ossi's kon voorstellen. 'Dat zijn vooroordelen,' zei Gabi. 'Konny geeft nu eenmaal de voorkeur aan de strenge leerdiscipline daar boven ons nogal lakse schoolsysteem.' Toen deed mijn ex uit de hoogte: als pedagoge en voorstander van vrije wilsvorming en open discussie was ze weliswaar teleurgesteld, maar ze moest als moeder de beslissing van haar zoon accepteren. Zelfs Konny's vriendin – op die manier hoorde ik van het bleke bestaan van de tandartsassistente – kon zijn besluit begrijpen. Rosi zou wel in Ratzeburg blijven maar ze zou Konrad, zo zei ze, graag en zo vaak mogelijk opzoeken.

Ook zijn gesprekspartner bleef hem trouw. David, deze verzonnen dan wel ergens lijfelijk aanwezige aangever, had geen moeite met de verhuizing of nam haar niet waar. In elk geval dook hij, toen het in de chatbox van mijn zoon over de 30e ging, na een langere pauze opnieuw en met onveranderd antifascistische teksten op. Ook voor de rest verliep het gechat veelstemmig: protesterend dan wel met blinde instemming. Een hele trommel met kletskoppen ging open. Al snel was niet meer alleen de benoeming van de Führer tot rijkskanselier een omstreden punt, maar meer nog en in één moeite door de verjaardag van Wilhelm Gustloff: men maakte ruzie om het, zoals Konny wist, 'door de voorzienigheid bepaalde feit' dat de bloedgetuige zogenaamd met vooruitziende blik op de dag van de toekomstige machtsovername het levenslicht had aanschouwd.

Dit feitengeflans werd aan alle chatters als een speling van het lot geserveerd. Waarop de echte of slechts verzonnen David de in Davos neergeschoten Goliath bespotte: 'Dan was het ook voorzienigheid dat het naar jouw armetierige partijfunctionaris vernoemde schip op diens verjaardag en naar aanleiding van de viering van twaalf jaar staatsgreep van Hitler met man en muis begon te vergaan, en wel op de minuut nauwkeurig van Gustloffs geboorte, klokslag negen uur zestien 's avonds was het driemaal pang...'

Zo verliep hun rollenspel: niets nieuws onder de zon. En toch twijfelde ik steeds meer aan mijn veronderstelling dat telkens een verzonnen David inlogde, dat een homunculus sjabloonzinnen als deze kletste: 'Jullie Duitsers zullen Auschwitz als teken van schuld altijd als brandmerk met je meedragen...' Of: 'Jij bent een duidelijk voorbeeld van tweedegeneratieonheil...' Of zinnen waarin David zich in het meervoud verstopte: 'Ons joden rest de altijddurende weeklacht.' – 'Wij joden zullen nooit vergeten!' Waarop Wilhelm antwoordde met zinnen uit het leerboek van het racisme, waarin het 'wereldjodendom' overal, maar bijzonder machtig en honkvast op Wall Street in New York te vinden was.

Onverbiddelijk ging het eraan toe. Maar af en toe vielen ze uit hun rol, bijvoorbeeld wanneer mijn zoon als Wilhelm de slagkracht van het Israëlische leger prees en David van de andere kant de joodse nederzettingen op Palestijns gebied als 'agressieve annexatie' veroordeelde. Ook kon het gebeuren dat ze het allebei met kennis van zaken eens waren bij de beoordeling van tafeltenniskampioenschappen. Zo verried hun individuele, nu eens felle, dan weer kameraadschappelijke toon dat in de virtuele ruimte twee jonge mensen elkaar hadden gevonden die ondanks al dat vijandelijke gedoe vrienden hadden kunnen worden. Bijvoorbeeld wanneer David zichzelf aldus inleidde: 'Hallo, borstelig nazi-zwijn dat je d'r bent! Hier is je slachtrijp jodenzwijn om je een paar tips te geven over hoe je de dag van de machtsovername nu nog zou kunnen vieren, met ouwe koek namelijk...' Of wanneer Wilhelm probeerde grappig te zijn: 'Voor vandaag is er genoeg jodenbloed gevloeid. Jouw lijfkok, die zo graag een koosjere bruine saus voor je opwarmt, doet nu dag met het handje en logt uit.'

Voor de rest konden de twee voor de 30e alleen bekende dingen bedenken. Maar toch had Konny een nieuwtje voor zijn vijandvriend: 'Wat je nog moet weten is dat op alle dekken van het ten dode opgeschreven schip de laatste rede van onze Führer te horen was.'

Dat klopte. Overal waar op de Gustloff ook maar luidsprekers hingen werd Hitlers rede aan zijn volk door de Großdeutscher Rundfunk ten gehore gebracht. En ook op de verlos- en kraamafdeling hoorde moeder, die op advies van de hoofdverpleegster op een veldbed was gaan liggen, de karakteristieke stem: 'Vandaag twaalf jaar geleden, op 30 januari 1933, een waarachtig historische dag, heeft de voorzienigheid het lot van het Duitse volk in mijn handen gelegd...'

Daarna gaf de Oost-Pruisische gouwleider Koch nog een tiental volhouddeviezen ten beste. Waarop tragische muziek volgde. Maar moeder vertelde alleen over de rede van de Führer: 'Ik kreeg echt kippenvel toen de Führer 't had over 't lot en dat soort dingen...' En soms zei ze na een korte stilte: 'Dat klonk als 'n toespraak op 'n kerkhof.'

Maar ik loop vooruit. De radio-uitzending was pas later. Nog lag het schip in de redelijk rustige Danziger Bucht op koers richting de punt van het schiereiland Hela.

De 30e viel op een dinsdag. Ondanks de jarenlange ligtijd liepen de motoren regelmatig. Ruwe zee, sneeuwbuien. In ruil voor voedselbonnen werd op alle binnendekken soep met brood uitgedeeld. De twee torpedojagers die het schip tot Hela ter beveiliging zouden begeleiden konden al snel niet meer tegen de steeds heftiger wordende zware golfslag op en moesten per boordradio worden teruggeroepen. En eveneens over de radio kwam het bericht van de eindbestemming: in Kiel zouden de toekomstige duikbootbemanningsleden van de Tweede Opleidingsdivisie, de gewonden en de marinehelpsters van boord gaan of gedragen worden. Voor de ontscheping van de vluchtelingen was de haven van Flensburg voorzien. Nog steeds joegen er dichte sneeuwstormen. De eerste zeezieken werden gemeld. Toen op de rede van Hela de eveneens met vluchtelingen volgeladen Hansa in zicht kwam, was het konvooi behalve de drie ter bescherming toegezegde schepen voltallig. Maar toen kwam het bevel te ankeren.

Nu wil ik niet alles opsommen wat ertoe heeft geleid dat het door de hele wereld vergeten, nee, uit het geheugen verdrongen maar plotseling over het internet spokende ongeluksschip uiteindelijk zonder de Hansa, die machinepech had, de tocht voortzette, begeleid slechts door twee beschermende boten, waarvan er een al snel een andere opdracht kreeg. Alleen dit: zodra de scheepsmotoren weer liepen, begon op de commandobrug de competentiestrijd. Vier kapiteins maakten ruzie met en onder elkaar. Petersen en diens eerste officier – ook hij kwam uit de koopvaardij – lieten als vaarsnelheid slechts twaalf zeemijl toe. Hun reden: vanwege de lange ligtijd kon van het schip niet meer worden gevergd. Maar omdat de voormalige duikbootcommandant Zahn bang was voor vijandelijke aanvallen vanuit een hem vertrouwde schietpositie, wilde hij de snelheid naar vijftien knopen verhogen. Petersen won de discussie. Toen stelde de eerste officier voor, gesteund door de vaarkapiteins Köhler en Weller, om ter hoogte van Rixhöft de weliswaar door mijnen geblokkeerde maar door de ondiepte voor duikboten niet toegankelijke kustroute in te slaan, maar Petersen, nu gesteund door Zahn, besloot dat de mijnenvrij gemaakte diepe vaargeul beter was, hij sloeg het advies van alle andere kapiteins een zigzagkoers te varen echter principieel in de wind. Alleen over de weersvoorspellingen leek geen onenigheid te zijn: westnoordwest, windkracht zes tot zeven, draaiend naar west, tegen de avond afnemend naar vijf. Deining vier, sneeuwjacht, zicht één tot drie zeemijl, matige vorst.

Van dit alles, het voortdurende geruzie op de brug, het ontbreken van voldoende reddingsboten en de steeds groter wordende ijslaag op het opperdek – de afweergeschutten waren niet meer te gebruiken – wist moeder niets. Ze herinnert zich nog dat ze na de rede van de Führer van de hoofdverpleegster Helga vijf beschuiten en een bord rijstepap met suiker en kaneel kreeg. Vanuit de ruimte ernaast, het 'prieel', was het gekreun van de zwaargewonden te horen geweest. Gelukkig had de radio dansmuziek uitgezonden, 'lekkere deuntjes'. Ze was erbij in slaap gevallen. Geen eerste weeën. Moeder dacht immers dat ze in de achtste maand was.

Niet alleen de Gustloff voer op een afstand van twaalf mijl uit de Pommerse kust: de Sovjetrussische onderzeeër S 13 hield dezelfde koers aan. Tevergeefs had de boot, samen met twee andere eenheden van de Baltische Rode-Vlagvloot, voor de omstreden havenstad Memel op uitvarende of versterking voor de restanten van het Vierde Leger brengende schepen gewacht. Dagenlang kwam er niets in zicht. De kapitein van de S 13 had, terwijl hij vergeefs op de loer lag, kunnen denken aan het tegen hem hangende krijgsraadproces en dus aan het dreigende verhoor door de NKVD.

Toen Alexander Marinesko op de vroege ochtend van 30 januari via de boordradio hoorde dat het Rode Leger de haven van de stad Memel had veroverd, gaf hij, zonder zijn commandocentrale op de hoogte te stellen, de nieuwe koers aan. Terwijl de Gustloff aan de kade van Oxhöft nog een laatste groep vluchtelingen aan boord nam – de Pokriefkes werden ingescheept – voer de S 13 met zevenenveertig man en tien torpedo's aan boord in de richting van de Pommerse kust.

Terwijl in mijn verslag twee boten elkaar steeds meer naderen maar er niets beslissends gebeurt, is er gelegenheid om kennis te nemen van de dagelijkse gang van zaken in een gevangenis in Graubünden. Daar zaten die dinsdag, zoals elke werkdag, de gevangenen voor hun weefgetouwen. Intussen had de tot achttien jaar tuchthuis veroordeelde moordenaar van de voormalige landelijk voorzitter van de NSDAP, Wilhelm Gustloff, negen jaar straf uitgezeten. Wanneer de oorlogssituatie doorslaggevend zou veranderen – hij werd, omdat er van het Groot-Duitse Rijk geen gevaar meer dreigde, teruggeplaatst naar de Sennhofgevangenis in Chur –, dacht hij een gratieverzoek te mogen indienen, maar dat werd ten tijde van de vaarbewegingen op de Oostzee door het Opperste Gerecht van Zwitserland afgewezen. Maar niet alleen David Frankfurter, ook het naar zijn moordobject vernoemde schip vond geen genade.

6

Hij zegt dat er in mijn verslag wel een novelle zit. Een literaire inschatting die mij niet kan boeien. Ik doe alleen maar verslag: op de dag die de voorzienigheid of een andere kalendermaker als laatste voor het schip had bepaald was de ondergang van het Groot-Duitse Rijk al ingeluid. Divisies van de Britten en de Amerikanen stonden in de buurt van Aken. Onze resterende duikboten meldden weliswaar het tot zinken brengen van drie vrachtboten in de Ierse Zee, maar aan het Rijnfront werd de druk op Colmar groter. Op de Balkan namen in de omgeving van Sarajevo de activiteiten van partizanen toe. Uit het Deense Jutland werd, om oostelijke frontsectoren te versterken, de Tweede Bergjagersdivisie teruggetrokken. In Boedapest, waar de voedselvoorziening dagelijks verslechterde, lag het front vlak bij de burcht. Overal bleven aan beide kanten doden achter, werden identiteitsplaatjes verzameld en onderscheidingen uitgedeeld.

Wat gebeurde er nog meer, behalve dat aangekondigde wonderwapens uitbleven? In Silezië konden bij Glogau aanvallen worden afgeslagen, rond Posen daarentegen spitste de situatie zich toe. En bij Kulm staken Sovjetrussische eenheden de Weichsel over. De vijand drong in Oost-Pruisen door tot Bartenstein en Bischofswerder. Vanuit Pillau was het gelukt tot op deze dag, die op zich geen bijzondere was, vijfenzestigduizend burgers en militairen in te schepen. Overal werden monumentwaardige heldendaden verricht, andere kondigden zich aan. Terwijl de Wilhelm Gustloff op haar koers naar het westen de Stolpebank naderde en de onderzeeër S 13 begerig naar buit bleef, werden tijdens een nachtelijke aanval in de streek rond Hamm, Bielefeld, Kassel elfhonderd viermotorige vijandelijke bommenwerpers ingezet en had de Amerikaanse president de VS al verlaten. Roosevelt was op weg naar het conferentieoord Jalta op het schiereiland Krim, waar de zieke man Churchill en Stalin wilde ontmoeten om door het trekken van nieuwe grenzen de vrede voor te bereiden.

Over deze conferentie en de latere in Potsdam, toen Roosevelt dood en Truman president was, vond ik haatpagina's op internet en een tamelijk terloops commentaar op de website van mijn alwetende zoon: 'Zo hebben ze ons Duitsland in mootjes gehakt', inclusief een landkaart van het Groot-Duitse Rijk met daarop gemarkeerd de verloren gebieden. Dus speculeerde hij over wat er aan wonderen had kunnen gebeuren wanneer de jonge, bijna volledig opgeleide matrozen aan boord van de Gustloff behouden de bestemmingshaven Kiel hadden bereikt en als bemanning van twaalf of meer onderzeeërs van de nieuwe, fabelachtig snelle en bovendien haast geruisloze XXIII-klasse succesvol in actie waren gekomen. Louter heldendaden en speciale berichten stonden op zijn verlanglijstje. Het was niet zo dat Konny achteraf de eindoverwinning bezwoer, maar hij was er toch zeker van dat de jonge duikbootmannen, zelfs wanneer deze wonderboten door waterbommen waren vernietigd, een betere dood hadden gekregen dan het jammerlijke verdrinken ter hoogte van de Stolpebank. Zelfs zijn tegenspeler David was het met deze waardevergelijking van doodsoorzaken eens, maar hij zette toen toch bedenkingen op het net: 'Kiezen konden die jongens in elk geval niet. Ze hadden hoe dan ook geen kans om op een doodnormale manier volwassen te worden...'

Er zijn foto's die de overlevende assistent-administrateur van het schip tientallen jaren lang heeft verzameld: veel pasfotokleine portretten en een grote afbeelding die alle matrozen van een gewoonlijk vier maanden durende cursus bij de Tweede Duikbootopleidingsdivisie in het gelid verzameld op het zonnedek toont, aangetreden om na de begroeting en het commando 'Op de plaats rust!' losjes voor de luitenant-ter-zee eerste klasse Zahn te staan. Op deze langwerpige afbeelding, waarop meer dan negenhonderd, naar de achtersteven toe steeds kleiner wordende matrozenpetten kunnen worden geteld, zijn de gezichten hooguit tot de zevende rij als duidelijke individuen te herkennen. Daarachter geordende massa. Maar op de pasfotokleine portretten kijken mij telkens weer geüniformeerde mannen aan, wier jongensachtige gelaatstrekken weliswaar van elkaar te onderscheiden zijn, maar in hun totaliteit onaf lijken. Achttien zijn ze misschien. Enkele jongens die tijdens de laatste oorlogsmaanden in uniform werden gefotografeerd zijn nog jonger. Mijn zoon, zeventien intussen, zou een van hen kunnen zijn, hoewel Konny als brildrager nauwelijks geschikt zou zijn geweest voor een duikboot.

Allemaal dragen ze hun – toegegeven – goed kledende matrozenpetten met rondom het lint met het opschrift 'Kriegsmarine', meestal een beetje naar rechts staand. Ik zie ronde, magere, hoekige en bolwanggezichten van doodskandidaten. Hun uniform is hun hele trots. Ernstig kijken ze me aan, alsof een voorgevoel hun laatste gefotografeerde gezichtsuitdrukking bepaalt.

De weinige mij bekende foto's van driehonderddrieënzeventig ingescheepte marinehelpsters maken een minder militaire indruk, ondanks de schuin zittende kepies met de frontaal geknikte nationale adelaar. De zorgvuldige kapsels van de jonge meisjes – vaak waarschijnlijk met een permanent of een watergolf verstevigd – krullen, vallen modern geonduleerd. Een aantal meisjes zal verloofd zijn geweest, enkele getrouwd. Twee of drie die met hun sluike haar een zinnelijk koele indruk op me maken lijken op mijn ex. Zo zag ik Gabi toen ze in West-Berlijn tamelijk vlijtig pedagogiek studeerde en me dadelijk liet bezwijken. Bijna alle marinehelpsters zijn op het eerste gezicht knap, soms zelfs beeldig om te zien, een paar laten een vroege aanleg voor een onderkin zien. Ze kijken minder serieus dan de jongens. Alle meisjes die me aankijken glimlachen nietsvermoedend.

Omdat er van de veel meer dan vierduizend zuigelingen, kinderen, jonge mensen aan boord van het ongeluksschip nog geen honderd werden gered, zijn er slechts toevallig foto's van hen bewaard, want met het schip ging de vluchtelingenbagage en daarin de fotoalbums van gevluchte families uit Oost- en West-Pruisen, Danzig en Gotenhafen verloren. Ik zie de kindergezichten van die jaren. Meisjes met vlechten en haarlinten, de jongens met hun scheiding links of rechts. Van zuigelingen, die er toch al tijdloos uitzien, is nauwelijks iets bewaard. Overgeleverde foto's van moeders voor wie de Oostzee een graf werd en van de weinige die, meestal zonder hun kinderen, in leven bleven zijn lang vóór het ongeluk of jaren daarna tijdens familieaangelegenheden 'gekiekt', zoals moeder dat noemt. Van haar is er – net als van mij als zuigeling – geen enkele foto.

Ook bleef als afbeelding niets bewaard van die oude mannen en vrouwen, de Mazurische boeren en boerinnen, gepensioneerde ambtenaren, vrolijke weduwen en gepensioneerde ambachtslieden, de duizend door de verschrikking van de vlucht ontstelde bejaarden, mannen en vrouwen die aan boord mochten. Alle mannen van middelbare leeftijd werden bij de inscheping aan de kade van Oxhöft, want geschikt voor de laatste landstormlichtingen, afgewezen. Onder de geredden was zo goed als geen hoogbejaarde, nauwelijks oude dames. En geen foto getuigt van de zwaargewonde Kuurland-strijders die bed tegen bed in het 'prieel' lagen.

Tot de weinige overlevende oude mensen die werden gered behoorde de kapitein van het schip, Petersen, die midden zestig was. Alle vier de kapiteins stonden om negen uur op de brug en maakten ruzie over de vraag of het juist was geweest om op bevel van Petersen positielichten te ontsteken, alleen omdat even na zes uur radiotelegrafisch een tegemoetkomende formatie mijnenvegers werd gemeld. Zahn was ertegen. Net als de tweede navigatieofficier. Petersen liet wel enkele lampen doven, maar niet de bakboord- en stuurboordlichten. Zo, intussen enkel door de torpedoboot Löwe ter bescherming begeleid, hield het over de hele hoogte en lengte verduisterde schip bij afnemende sneeuwjacht en tegen de zware zeegang in zijn koers en naderde de op alle zeekaarten aangegeven Stolpebank. De voorspelde matige vorst betekende achttien graden onder nul.

Het schijnt de eerste officier van de Sovjetrussische onderzeeër S 13 te zijn geweest die in de verte positielichten zag. Wie de melding ook maakte, Marinesko was meteen op de toren van de boven water varende boot. Hij droeg, zoals is overgeleverd, bij de marineblauwe, met bont gevoerde muts, de *oesjanka*, in strijd met de voorschriften niet de gevoerde jas, de dienstkleding van de duikbootofficieren, maar had een schapenvel met olievlekken omgehangen.

Toen ze nog onder water waren, tijdens hun lange vaart op de elektromotoren, had de kapitein slechts melding gekregen van de geluiden van kleine schepen. Voor Hela gaf hij het bevel boven water te gaan. De dieselmotoren werden gestart. Nu pas werd een door een dubbele schroef aangedreven schip hoorbaar. Een plotselinge sneeuwjacht beschermde de boot, maar benam het zicht. Toen het weer rustiger werd, werden de omtrekken van een op twintigduizend ton geschat troepentransportschip en een escorterend vaartuig zichtbaar. Dat gebeurde vanaf de zeekant, met uitzicht op de stuurboordkant van het transportschip en in de richting van de Pommerse kust, waarvan de aanwezigheid vermoed kon worden. In eerste instantie gebeurde er niets.

Ik kan slechts gissen naar de motieven van de kapitein van de S 13 om met een met grotere snelheid uitgevoerde riskante manœuvre boven water en achter het schip en het escorterende vaartuig om te varen, om vervolgens vanaf de kustzijde, met minder dan dertig meter diepte onder de boot, een aanvalspositie te kiezen. Volgens latere verklaringen wilde hij de 'fascistenhonden' die zijn vaderland hadden overvallen en verwoest daar treffen waar hij hen aantrof. Tot nu toe was hem dat niet gelukt.

Sinds twee weken verliep de zoektocht naar buit zonder resultaat. Bij het eiland Gotland noch voor de Baltische havens Windau en Memel had hij kunnen schieten. Geen van de tien torpedo's aan boord had een buis verlaten. Hij was waarschijnlijk als uitgehongerd. Bovendien had de alleen op zee capabele Marinesko opgejaagd kunnen zijn door de vrees dat men hem meteen na een mogelijk zonder succes verlopen terugkeer naar de basishavens Turku of Hangö het door de NKVD geëiste proces zou kunnen aandoen. Niet alleen zijn laatste zuiptocht en zijn het landverlof overschrijdende verblijf in Finse hoerenkasten konden hem ten laste worden gelegd, hij werd ook verdacht van spionage, een beschuldiging die sinds het midden van de jaren dertig in de Sovjet-Unie in zwang was geraakt en door niets te weerleggen. Alleen een onmiskenbaar succes kon hem redden.

Na een vaart boven water van bijna twee uur was de omtrekkende beweging achter de rug. De S 13 bewoog nu parallel aan het vijandelijke object, dat tot verbazing van de torenbemanning met ontstoken positielichten geen zigzagkoers voer. Omdat de sneeuwjacht helemaal was opgehouden, bestond het gevaar dat het wolkendek openging en niet alleen het enorme troepentransportschip en zijn escorterende vaartuig maar ook de onderzeeër in het maanlicht zouden liggen.

Desondanks bleef Marinesko bij zijn besluit boven water aan te vallen. Een voordeel voor de S 13 bleek dat het duikbootpeilsysteem van de torpedoboot Löwe – wat niemand op de S 13 kon vermoeden – bevroren was en geen reflexen waarnam. De Engelse auteurs Dobson, Miller, Payne gaan er in hun verslag van uit dat de Sovjetrussische kapitein de door Duitse duikboten in de Atlantische Oceaan gepraktiseerde methode van het aanvallen boven water vanwege haar successen lang had geoefend en nu eindelijk wilde toepassen: vanwege het betere zicht zijn een snellere vaart en een grotere doeltreffendheid mogelijk.

Marinesko gaf het bevel de opwaartse druk nog meer te verminderen, totdat de romp van de boot niet meer zichtbaar was en nog slechts de toren uit de nog steeds zeer wilde zee stak. Men zegt dat vlak voor de aanval vanaf de brug van het doelwit een vuurpijl is afgeschoten en dat er lichtsignalen zijn gezien, maar dat kan met de Duitse bronnen – de verslagen van de overlevende kapiteins – niet worden bevestigd.

Op die manier naderde de S 13 ongehinderd de bakboordzijde van het doelwit. Op aanwijzing van de commandant werden de vier boegtorpedo's in hun lanceerbuizen op drie meter diepte ingesteld. De geschatte afstand tot het vijandelijk object bedroeg zeshonderd meter. In de periscoop lag de boeg van het schip in het draadkruis. Volgens Moskouse tijd was het vier na elf, volgens de Duitse twee uur eerder.

Maar voordat op deze plek Marinesko's bevel om te vuren volgt en niet meer terug te nemen is, moet een overgeleverde legende in mijn verslag worden ingevoegd. Een sergeant-majoor genaamd Pichoer had, voordat de S 13 de haven van Hangö verliet, alle torpedo's versierd en met een penseel voorzien van opdrachten, ook de vier voor lancering gereedgemaakte torpedo's. De eerste was bestemd voor 'Moedertje Rusland', de torpedo in buis twee heette 'Voor Stalin', in de buizen drie en vier meldden de geschilderde opdrachten op een aalglad oppervlak dat ze 'Voor het Sovjetrussische volk' en 'Voor Leningrad' waren.

Op die manier voorbestemd gingen, na het eindelijk gekregen bevel, drie van de vier torpedo's – het aan Stalin opgedragen exemplaar bleef in de buis steken en moest in haast onschadelijk worden gemaakt – in de richting van het vanuit de optiek van Marinesko naamloze schip, waar op de afdeling voor kraamvrouwen en zwangeren moeder bij zachte radiomuziek nog steeds sliep.

Terwijl de drie beschreven torpedo's onderweg zijn, ben ik in de verleiding me aan boord van de Gustloff te denken. Gemakkelijk zijn de marinehelpsters te vinden die op het laatst werden ingescheept en in het drooggelegde zwembad ingekwartierd, ook in de ernaast liggende jeugdherberg, vroeger bestemd voor op vakantie gestuurde Hitlerjugendjongens en BdM-meisjes. Dicht op elkaar zitten en liggen ze. Nog zitten de kapsels goed. Maar er wordt niet meer gelachen, er worden geen leuke of scherpe roddelverhalen meer verteld. Een paar van hen hebben last van zeeziekte.

Daar en overal op de gangen van de andere dekken en in de voormalige feest- en eetzalen ruikt het naar braaksel. Het voor de massa vluchtelingen en marinemensen toch al te geringe aantal toiletten is verstopt. De ventilatoren slagen er niet in met de bedompte lucht de stank weg te zuigen. Sinds het uitvaren van het schip draagt iedereen op bevel de uitgedeelde zwemvesten, maar veel mensen trekken, vanwege de toenemende hitte, hun te warme ondergoed en ook de zwemvesten uit. Zachtjes jengelen oude mensen en kinderen. Er wordt niets meer omgeroepen. Alle geluiden gedempt. Een berustend gezucht en gejammer. Ik stel me geen ondergangsstemming voor, maar wel een voorfase daarvan: binnensluipende angst.

Alleen op de commandobrug schijnt, nadat de ruzie is beslecht, de stemming enigszins hoopvol te zijn geweest. De vier kapiteins dachten dat ze met het bereiken van de Stolpebank het grootste gevaar achter zich hadden. In de hut van de eerste officier werd een maaltijd gelepeld: erwtensoep met vlees. Daarna liet luitenant-ter-zee eerste klasse Zahn door de hofmeester cognac serveren. Men zag een reden om te toasten op een door het geluk begunstigde vaart. Aan de voet van zijn baas sliep de herdershond Hassan. Als wachtofficier was alleen kapitein Weller op de brug. De tijd was intussen afgelopen.

Sinds mijn jeugd ken ik moeders zin: 'Ik was subiet wakker toen 't voor 't eerst pang deed en toen nog 'ns en toen nog 'ns...'

De eerste torpedo trof de boeg van het schip diep onder de waterlijn, daar waar de manschapsverblijven lagen. Wie geen wachtbeurt had, boterhammen at of in zijn kooi sliep en de explosie overleefde kon desondanks niet ontsnappen, want kapitein Weller liet meteen na de eerste schademelding alle schotten naar het voorschip automatisch sluiten om een snel zinken over de boeg te verhinderen. De noodmaatregel 'schotten sluiten' was vlak voor het uitvaren van het schip geoefend. Tot de opgegeven matrozen en Kroatische vrijwilligers behoorden velen die tijdens oefeningen op het geordende vullen en vieren van de reddingsboten waren voorbereid.

Niemand weet wat er in het afgeschotte voorschip plotseling, vertraagd, definitief gebeurde.

Ook de volgende zin van moeder staat in mijn geheugen gegrift: 'Bij de tweede knal viel ik uit m'n bed, zo erg wasie...' Deze torpedo uit buis drie, die op een glad oppervlak het opschrift 'Voor het Sovjetrussische volk' als opdracht droeg, detoneerde onder het zwembad op het E-dek van het schip. Slechts twee of drie marinehelpsters overleefden het. Later hadden ze het over een gaslucht en over meisjes die door de splinters van het uiteengespatte glasmozaïek aan de voorzijde van het bad en door de tegels van het zwembad in stukken werden gereten. Op het snel stijgende water waren drijvende lijken en lijkdelen, belegde boterhammen en andere resten van het avondeten, ook lege zwemvesten te zien geweest. Nauwelijks geschreeuw. Toen was het licht uitgevallen. De twee of drie marinehelpsters, van wie ik geen pasfotokleine portretten heb, konden zich in eerste instantie door een nooduitgang in veiligheid brengen, waarachter een ijzeren trap steil naar de hoger gelegen dekken leidde.

En toen zei moeder nog: 'Pas bij de derde knal' was dokter Richter bij de kraamvrouwen en zwangeren verschenen. 'Toen was de hel al losgebroken!' riep ze telkens, zodra haar verhaal-zonder-eind bij 'nummer drie' kwam.

De laatste torpedo trof midscheeps de machinekamer. Niet alleen de scheepsmotoren vielen uit, ook de binnenverlichting op de dekken en de overige techniek. Verder gebeurde alles in het donker. Hooguit de minuten later aanspringende noodverlichting stond enige oriëntatie toe in de chaos van de uitbrekende paniek op het tweehonderd meter lange en tien verdiepingen hoge schip, dat geen SOS-signalen via de boordradio kon uitzenden: ook de apparaten in de radiokamer waren uitgevallen. Alleen de torpedoboot Löwe zond herhaaldelijk een noodkreet uit: 'Gustloff zinkt na drie torpedovoltreffers!' Tussendoor werd de positie van het zinkende schip geseind, eindeloos, urenlang: 'Positie Stolpmünde. 55 graden 07 noord – 17 graden 42 oost. Hulp gevraagd...'

Op de S 13 werden de voltreffers en het al snel duidelijk wordende zinken van het doelwit met onderdrukt gejuich waargenomen. Kapitein Marinesko gaf het bevel met de al voor het duiken klaargemaakte boot onder water te gaan, in de wetenschap dat in de buurt van de kust, en zeker boven de Stolpebank, slechts weinig bescherming tegen waterbommen te vinden was. Eerst moest de torpedo die in buis twee was blijven hangen onschadelijk worden gemaakt. Op scherp staand, met lopende aandrijfmotor en vastzittend kon hij door de geringste trilling tot ontploffing worden gebracht. Gelukkig vielen er geen waterbommen. De torpedoboot Löwe zocht, met uitgezette motor, het dodelijk getroffen schip af met schijnwerpers.

Op onze wereldwijde speelweide, de geroemde plek van de ultieme communicatie, heette de Sovjetrussische duikboot S 13 in de formulering van de mij familiair vertrouwde website categorisch 'de moordboot'. En de bemanningsleden van deze scheepseenheid van de Baltische Rode-Vlagvloot werden veroordeeld als 'vrouwen- en kindermoordenaars'. Op het internet speelde mijn zoon voor rechter. De bezwaren van zijn vijandvriend David, die alleen kon bedenken om opnieuw zijn antifascistische gebedsmolen in gang te zetten door te verwijzen naar hoge nazi's en militairen aan boord en naar de 3-cm-afweergeschutten op het zonnedek van het schip, konden niet op tegen de vloed van de nu van alle continenten binnenkomende commentaren. Chatters meldden zich vooral in het Duits, vermengd met brokken Engels. De gebruikelijke haat, maar ook vrome bezweringen van de Apocalyps vulden mijn beeldscherm. Uitroeptekens achter de balans van de verschrikking. Daartussenin ter vergelijking de verliezen van andere scheepsondergangen.

Het vaak verfilmde drama van de Titanic probeerde aan kop te blijven. De ondergang van de Lusitania volgde, die tijdens de Eerste Wereldoorlog door een Duitse onderzeeër tot zinken was gebracht, wat de aanleiding was geweest voor de deelname van de VS aan de oorlog of de beslissing daartoe had versneld. Ook meldde een eenzame stem het tot zinken brengen van de met concentratiekampgevangenen beladen Cap Arcona door Engelse bommenwerpers in de Neustädter Bucht. Deze per vergissing plaatsvindende gebeurtenis speelde zich enkele dagen vóór het einde van de oorlog af en ging nu op het internet met het aantal van zevenduizend doden aan kop. Toen lag de Goya mee vooraan. Maar bij al dit wedijverende getallengechat zegevierde op het eind de Gustloff. Met de bezieling van de hem eigen zorgvuldigheid was mijn zoon er op zijn website in geslaagd het vergeten schip en zijn menselijke vracht te plaatsen in het diffuse bewustzijn van de wereld, opdat het als schematische tekening inclusief puntig gemarkeerde torpedovoltreffers zichtbaar werd en voortaan, als ongeluk *an sich*, een naam van wereldwijde betekenis zou dragen.

Maar met dat wat op 30 januari 1945 vanaf zestien over negen in werkelijkheid op de Wilhelm Gustloff gebeurde hadden de elkaar in de Cyberspace overtroevende getallen weinig te maken. Frank Wisbar was er in zijn zwartwitfilm *Nacht fiel über Gotenhafen*, ondanks het veel te lange inleidende verhaal, beter in geslaagd iets van de paniek vast te leggen die op alle dekken uitbrak nadat de drie voltreffers het schip, terwijl de boeg meteen onder water liep, aan bakboordzijde in een schuine ligging hadden gebracht.

Nalatigheden wreekten zich. Waarom was het toch al te geringe aantal reddingsboten niet uit voorzorg al uitgezet? Waarom had men de davits en de talies niet regelmatig ijsvrij gemaakt? Bovendien ontbrak het in het voorschip afgeschotte, mogelijk nog levende personeel. De marinerekruten van de opleidingsdivisie waren ongeoefend in de omgang met reddingsboten. Het bevroren zonnedek, dat tegelijk ook sloependek was, bracht, spiegelglad en schuin liggend, de op de bovenste dekken naar buiten dringende massa aan het glijden. De eerste mensen gingen al, omdat ze geen houvast vonden, overboord. Niet iedereen viel met zwemvest. Nu waagden velen in paniek de sprong. Vanwege de hitte binnen in het schip waren de meesten die naar het zonnedek wilden te dun gekleed om bij min achttien graden lucht- en navenant lage watertemperatuur – was het twee of drie graden boven nul? – de koudeshock te overleven. Desondanks sprongen ze.

Vanaf de brug kwamen nu bevelen alle naar buiten dringende personen naar het beglaasde onderste promenadedek te sturen, de deuren daarvan af te sluiten en bewapend te bewaken in de hoop op reddende schepen. Deze maatregel werd strikt uitgevoerd. Al snel hield de honderdzesenzestig meter lange, stuur- en bakboord omlopende vitrine duizend en meer mensen gevangen. Pas helemaal op het eind, toen het te laat was, barstten op enkele plekken de gepantserde glasplaten van de promenade.

Maar wat er binnen in het schip gebeurde is niet in woorden te vatten. Moeders zin voor alles wat onbeschrijflijk is, '... dan sta ik met mijn mond vol tanden...', zegt wat ik onduidelijk bedoel. Dus probeer ik niet me vreselijke zaken voor te stellen en het gruwelijke in breed uitgemeten taferelen te dwingen, hoezeer mijn werkgever nu ook van me wil dat ik de lotgevallen van afzonderlijke personen beschrijf en met episch uithalende berusting en geconcentreerd inlevingsvermogen de grote boog maak om op die manier, met horrorwoorden, recht te doen aan de afmetingen van de catastrofe.

Dat probeerde wel de zwartwitfilm met opnamen die in filmstudio's vóór decorstukken ontstonden. Je ziet een dicht op elkaar gepakte massa, verstopte gangen, de strijd om elke trap naar boven, je ziet verklede figuranten als mensen die zijn opgesloten op het afgesloten promenadedek, voelt de slagzij van het schip, ziet hoe het water stijgt, ziet mensen die binnen in het schip zwemmen, ziet mensen die verdrinken. En kinderen zie je in de film. Kinderen die van hun moeders zijn gescheiden. Kinderen met in hun hand een bungelende pop. Kinderen verdwaald in al ontruimde gangen. In close-up de gezichten van kinderen. Maar de meer dan vierduizend zuigelingen, kinderen en jonge mensen die het niet overleefden waren, alleen al vanwege de kosten, niet te verfilmen, ze bleven en blijven een abstract getal, zoals alle andere getallen die in de duizenden, honderdduizenden, miljoenen lopen, die toen én nu slechts grof te schatten waren en zijn. Een nul op het eind meer of minder, wat zegt dat nou. In statistieken verdwijnt de dood achter rijen getallen.

Ik kan slechts verslag doen van wat door overlevenden elders als verklaring is geciteerd. Op brede trappen en smalle trappetjes werden oude mensen en kinderen doodgetrapt. Iedereen zorgde voor zichzelf. Mensen probeerden uit voorzorg de dood voor te zijn. Over een opleidingsofficier wordt verteld dat hij in de hem toegewezen hut eerst zijn drie kinderen, toen zijn vrouw en ten slotte zichzelf met zijn dienstpistool doodschoot. Hetzelfde wordt verteld over partijbonzen en hun families, die er een eind aan maakten in de speciale hutten die eens bedoeld waren geweest voor Hitler en diens volgeling Ley en die nu ruimte boden voor de zelfwerkende liquidatie. Aannemelijk is dat Hassan, de hond van de luitenant-ter-zee eerste klasse, eveneens en wel door zijn baas werd doodgeschoten. Ook op het bevroren zonnedek moest van vuurwapens gebruik worden gemaakt, omdat er geen gehoor werd gegeven aan het bevel 'Alleen vrouwen en kinderen in de boten!', waardoor vooral mannen zich in veiligheid hebben gebracht, hetgeen nuchter en zonder commentaar is bewezen door de al wat leeft afrondende statistiek.

Een boot die ruimte had kunnen bieden aan meer dan vijftig personen werd overhaast, bezet met slechts een stuk of tien matrozen, te water gelaten. Een andere boot kiepte, omdat ze te gehaast werd gevierd en nog slechts aan de voorreep vastzat, alle inzittenden in de woelige zee en viel, toen de reep scheurde, op de mensen die in het water dreven. Alleen reddingsboot nummer vier schijnt, voor de helft met vrouwen en kinderen bezet, volgens voorschrift te zijn neergelaten. Omdat de zwaargewonden uit het 'prieel' genoemde noodlazaret hoe dan ook verloren waren, probeerden hospikken enkele lichtgewonden in boten onder te brengen: tevergeefs.

Zelfs de scheepsleiding dacht nog slechts aan zichzelf. Bericht wordt over een hoge officier die zijn vrouw uit de hut naar het opperdek had gehaald en op het achterdek was begonnen de bevestigingen van een motorpinas, die in KdF-tijden bij tochten naar Noorwegen als excursieboot werd gebruikt, ijsvrij te maken. Toen hij erin slaagde eindelijk de pinas uit te zetten, functioneerde – een wonder – de elektrische lier. Bij het omlaag gaan vanaf het sloependek zagen de op het promenadedek opgesloten vrouwen en kinderen door het gepantserde glas de slechts half bezette sloep; en de inzittenden van de pinas zagen een ogenblik lang wat een massa er was samengepropt achter de beglazing. Ze hadden naar elkaar kunnen zwaaien. Wat er verder binnen in het schip gebeurde bleef ongezien, kwam niet ter sprake.

Ik weet alleen hoe moeder werd gered. 'Meteen na de laatste klap barstten bij mij de weeën los...' Zodra ze, toen ik een kind was, erover vertelde, dacht ik dat ik een vrolijk avonturenverhaal hoorde: 'En toen kreeg ik van die Ome Dokter snel 'n spuitje...' Voor de prik was ze echt bang geweest, zei ze. 'Maar met de weeën was 't toen afgelopen...'

Het zal dokter Richter zijn geweest, die twee kraamvrouwen met hun zuigelingen en moeder, ondersteund door de hoofdverpleegster, over het gladde zonnedek heeft laten begeleiden, waarna de drie vrouwen in een boot werden gezet die al uitgezet in de davits hing. Met een andere zwangere vrouw en een die een miskraam had gehad schijnt hij even later in een van de laatste boten – blijkbaar zonder hoofdverpleegster Helga – een plek te hebben gevonden.

Moeder vertelde me dat door de steeds heviger wordende slagzij een van de 3-cm-afweergeschutten op het achterdek uit zijn verankering was losgeraakt, overboord gevallen en een al neergelaten reddingsboot, die helemaal vol was, had verpletterd. 'Dat is vlak bij ons gebeurd. Zoveel geluk hadden wij...'

Dus verliet ik in moeders lijf het zinkende schip. Onze boot voer weg en kreeg, omgeven door het wrakgoed van nog levenden en al doden, enige afstand tot de overhellende bakboordzijde van het schip, waarover ik nu, voordat het te laat is, graag nog het een of andere verhaal kwijt wil. Bijvoorbeeld over de bij iedereen populaire scheepskapper, die al jaren de steeds zeldzamer wordende zilveren vijfmarkstukken had verzameld. Nu sprong hij met een propvol zakje aan zijn broekriem in zee, om onmiddellijk, verzwaard door het gewicht van de zilverlingen... Maar ik mag niet nog meer verhalen vertellen.

Nu krijg ik het advies het kort te houden, nee, mijn werkgever staat erop. Omdat ik er toch niet in slaag het duizendvoudige sterven in de scheepsbuik en in de ijzige zee in woorden te vatten, een Duits requiem of een maritieme dodendans op te voeren, moet ik mezelf matigen, ter zake komen. Hij bedoelt: mijn geboorte.

Nog was het niet zover. In de boot waarin moeder zonder ouders en vluchtbagage maar met afgeremde weeën zat, hadden alle inzittenden met het groeien van de afstand en zodra een golf hen optilde de blik vrij op de met verbijsterende slagzij zinkende Wilhelm Gustloff. Omdat de zoekschijnwerper van het escorterende schip, dat terzijde in zware zee zijn positie hield, steeds weer de brugconstructie, het beglaasde promenadedek en het schuin naar stuurboord omhoogstekende zonnedek schampte, zagen degenen die zich in de reddingsboot in veiligheid hadden gebracht hoe mensen alleen en in kluwens op elkaar gedrongen overboord gingen. En vlakbij zag moeder en zag iedereen die het wilde zien mensen in hun zwemvesten drijven, onder hen nog levenden die hard of gedempt om hulp riepen, om opname in de boten smeekten, en anderen die al gestorven waren en leken te slapen. Maar erger nog, zei moeder, was het de kinderen vergaan: 'Die zijn allemaal verkeerd van het schip gegaan, met hun hoofd eerst. Nu hingen ze in die dikke zwemworsten met hun beentjes die d'r boven uitstaken...'

En zodra moeder later, bijvoorbeeld van de gezellen van haar meubelmakersbrigade of van een van haar tijdelijke bedgenoten, de vraag kreeg hoe ze als jonge vrouw aan haar witte haren was gekomen, zei ze: 'Dat is gebeurd toen ik al die kindertjes op hun kop zag...'

Het kan zijn dat nu pas of nu al de shock zijn uitwerking had. Toen ik een kind was en mijn moeder midden twintig, stelde ze haar kortgeknipte witte haar als een trofee tentoon. Want zodra iemand ernaar vroeg kwam iets ter sprake dat in de Arbeiders- en Boerenstaat geen geoorloofd onderwerp was: de Gustloff en haar ondergang. Maar soms en eerder terloops voorzichtig vertelde ze ook over de Sovjetrussische onderzeeër en de drie torpedo's, waarbij moeder telkens hoogdravend Hoogduits ging praten zodra ze de commandant van de S 13 en zijn mannen 'de in vriendschap met ons arbeiders verbonden helden van de sovjetmarine' noemde.

Rond de tijd dat volgens moeders verklaring haar haar in één klap wit werd – het zal ruim een halfuur na de torpedovoltreffers zijn geweest –, hield de bemanning van de ondergedoken onderzeeër zich stil en wachtte op waterbommen, die echter niet kwamen. Geen naderend geluid van scheepsschroeven. Niets van de dramatiek die had kunnen herinneren aan scènes in duikbootfilms. Maar sergeant-majoor Sjnaptsev, wiens taak het was geluiden van buiten met zijn hoofdtelefoons te registreren, hoorde welke geluiden de romp van het zinkende schip maakte: een kabaal zodra de machineblokken uit hun verankeringen losschoten, een knal wanneer na een kort gekreun de schotten onder de druk van het water braken en nog meer ondefinieerbaar lawaai. Dat alles meldde hij met gedempte stem aan zijn commandant.

Omdat intussen de torpedo die in lanceerbuis twee was blijven hangen en die aan Stalin was opgedragen onschadelijk was gemaakt en in de boot de order 'absolute stilte' bleef gelden, registreerde de sergeant-majoor met zijn hoofdtelefoons, behalve dat wat het afstervende en voor hem naamloze schip van zich liet horen, slechts in de verte het schroefgeluid van het langzaam varende escorterende schip. Daar ging geen gevaar van uit. Menselijke stemmen hoorde hij niet.

Het was de torpedoboot die met verminderde machinekracht op haar positie bleef en vanaf de reling met vanglijnen in het water drijvende levenden en doden opviste. Omdat de enige motorjol onder het ijs zat, bovendien de motor niet aansprong, kon ze niet worden ingezet en bij de reddingspogingen behulpzaam zijn. Alleen met de lijn werd geborgen. Tegen de tweehonderd overlevenden kwamen op die manier aan boord.

Toen de eerste van de weinige reddingsboten zich van het aarzelend kapseizende schip konden losmaken en in de lichtkegel van de zoekschijnwerper in de richting van de Löwe voeren, werd het moeilijk om met de nog steeds hoge zee aan te leggen. Moeder, die in een van de boten zat, zei: 'De ene keer tilde zo'n golf ons helemaal op, zodat we op de Löwe konden neerkijken, en dan weer zaten we in de kelder en was de Löwe hoog boven ons...'

Alleen wanneer de reddingsboot ter hoogte van de reling van de torpedoboot was, een paar seconden dus, lukte het telkens weer om enkele schipbreukelingen over te nemen. Wie er niet in slaagde te springen raakte tussen de boten, bleef weg. Maar moeder kwam met geluk aan boord van een oorlogsschip met slechts zevenhonderdachtenzestig ton waterverplaatsing, dat in het jaar achtendertig op een Noorse werf van stapel was gelopen, Gyller was gedoopt, in Noorse dienst was gekomen en na de bezetting van Noorwegen in het jaar veertig als buit door de Duitse oorlogsmarine was overgenomen.

Zodra twee matrozen van het escorterende schip met voorgeschiedenis moeder over de reling hadden getild – waarbij ze haar schoenen verloor –, haar vervolgens in een deken hadden gewikkeld en naar de kajuit van de dienstdoende machineofficier hadden gebracht, begonnen de weeën opnieuw.

Doe maar een wens! Ik wil niet afleiden, zoals iemand van me zou kunnen denken, maar liever dan door moeder op de Löwe ter wereld te zijn gebracht had ik de vondeling willen zijn die zeven uur na de ondergang van het schip door de voorpostboot VP 1703 werd geborgen. Dat gebeurde nadat nog meer reddingsschepen, de torpedoboot T 36 voorop, vervolgens de stoomschepen Gotenland en Göttingen, de weinige overlevenden in de golven tussen ijsgort, losse schotsen en veel levenloos drijvende lichamen aan boord hadden gehaald.

De kapitein van de voorpostboot had in Gotenhafen melding gekregen van de SOS-signalen die de marconist van de Löwe voortdurend uitzond. Meteen was hij met zijn aftandse schuit uitgevaren en hij had een lijkenveld aangetroffen. Desondanks liet hij telkens weer met de boordschijnwerper de zee afzoeken, totdat de lichtkegel een onbemand lijkende reddingsboot vond. Sergeant-majoor Fick klom erin en ontdekte naast het verstijfde lijk van een vrouw en een tienermeisje een stijf bevoren wollen bundel dekens, die, aan boord van de VP 1703 gebracht, van de bovenste ijslaag werd bevrijd en vervolgens ontrold, waarop de zuigeling aan het licht kwam die ik graag was geweest: een ouderloze vondeling, de laatste overlevende van de Wilhelm Gustloff.

De officier van gezondheid die die nacht toevallig op het voorpostschip dienstdeed voelde de matte polsslag van de zuigeling, begon reanimatiepogingen, waagde een kamferinjectie en bleef doorgaan totdat het kind, een jongen, zijn ogen opende. Hij schatte de leeftijd van de zuigeling op elf maanden en vulde alle belangrijke details, het ontbreken van de naam en de onbekende herkomst, de geschatte leeftijd, de dag en het uur van de redding en de naam en de rang van de redder op een provisorische oorkonde in.

Dat had ik wel prettig gevonden: niet, zoals gebeurd, op

die fatale 30e januari geboren te zijn maar eind februari, begin maart vierenveertig in het een of andere Oost-Pruisische gat, op een niet te benoemen dag, gebaard door een moeder Onbekend, verwekt door vader Bestaatniet, maar geadopteerd door de reddende sergeant-majoor Werner Fick, die me bij de eerstvolgende gelegenheid – dat gebeurde in Swinemünde – aan de zorg van zijn echtgenote zou hebben toevertrouwd. Met mijn verder kinderloze adoptieouders zou ik, toen de oorlog was afgelopen, eerst naar de Brits bezette zone, daarna naar de kapotgebombardeerde stad Hamburg zijn verhuisd. Maar een jaar later zouden we in Ficks geboortestad Rostock, die in de Russisch bezette zone lag en eveneens kapotgebombardeerd was, desondanks onderdak hebben gevonden. Vanaf dat moment zou ik weliswaar parallel met mijn aan moeder gebonden biografie zijn opgegroeid, ik zou aan alles, aan het zwaaien met vaantjes bij de Jonge Pioniers, aan het gemarcheer met de FDJ, hebben meegedaan, maar ik zou toch onder de hoede van de Ficks zijn gebleven. Dat had ik wel zien zitten. Vertroeteld door vader en moeder zou ik als vondeling wiens luiers niets over zijn herkomst hadden willen vertellen in een systeembouwwijk zijn opgegroeid, ik zou Peter hebben geheten en niet Paul, zou als student scheepsbouw later door de Vulkan-werf in Rostock zijn overgenomen, had als constructeur een gegarandeerde baan gehad totdat alles veranderde en zou, vijftig jaar na mijn redding, alleen en als vutter of met mijn oud geworden adoptieouders bij de bijeenkomst van de overlevenden in Ostseebad Damp zijn geweest, door alle deelnemers van de bijeenkomst gevierd en geshowd op het toneel: de vondeling van toen.

Iemand, wat mij betreft die vervloekte voorzienigheid, was ertegen. Er was geen vluchtmogelijkheid. Ik mocht niet als naamloos gevonden voorwerp overleven. Bij een gunstige ligging van de boot werd, zoals in het logboek staat, juffrouw Ursula Pokriefke, hoogzwanger, door de torpedoboot Löwe overgenomen. Zelfs de tijd werd vermeld: tweeëntwintig uur vijf. Terwijl in de omgewoelde zee en binnen in de Gustloff de dood zijn winst bleef opstrijken, stond moeders bevalling niets meer in de weg.

Dit voorbehoud moet blijven staan: mijn geboorte was niet uniek. De aria 'Stirb und werde' heeft diverse coupletten. Want voor en na mij zagen kinderen het levenslicht. Bijvoorbeeld op de torpedoboot T 36 en op het laat gearriveerde stoomschip Göttingen, een zesduizendtonner van de Norddeutsche Lloyd, die in de Oost-Pruisische haven Pillau tweeënhalfduizend gewonden en meer dan duizend vluchtelingen aan boord had genomen, onder hen tegen de honderd zuigelingen. Tijdens de vaart werden nog vijf kinderen geboren, het laatste kort voordat het escorterende schip een lijkenveld bereikte waar nauwelijks nog hulpkreten te horen waren. Maar op het moment van de ondergang, tweeënzestig minuten na de torpedovoltreffers, kroop alleen ik uit het gat.

'Op de minuut krek toen de Gustloff zonk,' zoals moeder beweert, of, zoals ik zeg: toen de Wilhelm Gustloff met de boeg vooruit en met extreme bakboordslagzij tegelijkertijd zonk en kapseisde, waarbij van alle opperdekken glijdende mensen en opgestapelde vlotten, alles wat geen houvast meer vond, in de opschuimende zee viel, toen, op de seconde precies, als op bevel uit het niets, nog één keer de sinds de torpedovoltreffers uitgevallen scheepsverlichting binnen en zelfs op de dekken aansprong en – zoals in vredes- en KdF-tijden – aan iedereen die ogen had voor het laatst een feestverlichting toonde, toen alles afgelopen was, schijn ik heel normaal in de krappe kooi van de machineofficier ter wereld te zijn gebracht, in hoofdligging en zonder complicaties, of, zoals moeder zei: 'Dat ging vanzelf. Je bent d'r gewoon uit gefloept...'

Ze heeft van alles wat buiten de kooi gebeurde niets gemerkt. De feestverlichting van het kapseizend zinkende schip noch de val van in elkaar kluwende mensentrossen vanaf de achtersteven, die het langst boven water bleef. Maar ik schijn, volgens moeders herinnering, met mijn eerste schreeuw die ver dragende en uit duizend stemmen gemengde schreeuw te hebben overstemd, die finale schreeuw, die van overal kwam: uit het binnenste van de wegzakkende scheepsromp, uit het barstende promenadedek, uit de snel verdwijnende achtersteven en opstijgend vanuit het bewogen wateroppervlak, waar duizenden levend of dood in hun zwemvesten hingen. Vanuit half- en overvolle boten, vanaf dicht bezette vlotten die door golven werden opgetild en in golfdalen verdwenen, van overal steeg gebundeld de schreeuw op en groeide met het plotseling beginnende, vervolgens in één klap verstikkende geloei van de scheepssirene aan tot een gruwelijke tweestemmigheid. Een nooit gehoorde, een collectieve eindschreeuw, waarover moeder zei en zal blijven zeggen: 'Zo'n geschreeuw krijg je niet meer uit je oren...'

De stilte daarna schijnt alleen nog door mijn gejengel te zijn geïrriteerd. Nauwelijks was mijn navelstreng afgebonden, of ik was stil. Toen de kapitein als getuige van de ondergang volgens voorschrift het tijdstip in het logboek had genoteerd, begon de bemanning van de torpedoboot weer met het uit zee vissen van overlevenden.

Maar dat klopt allemaal niet. Moeder liegt. Ik weet zeker dat ik niet op de Löwe... Het tijdstip was namelijk... Omdat al toen de tweede torpedo... En bij de eerste weeën van dokter Richter geen spuit, maar meteen de geboorte... Het ging gemakkelijk. Geboren op een schuine, glijdende brits.

Alles hing scheef toen ik… Alleen jammer dat dokter Richter geen tijd had om ook nog de oorkonde – geboren op, aan boord van, met de precieze tijd – met de hand… Ja zeker, niet op een torpedoboot maar op het vervloekte, naar de bloedgetuige vernoemde, tewatergelaten, eens witglanzende, populaire, krachtdoorplezierbevorderende, klasseloze, driemaal vermaledijde, overladen, oorlogsgrijze, geraakte, steeds zinkende schip werd ik in hoofd- en scheefligging geboren. En met de zuigeling, die met afgebonden navelstreng werd ingepakt en in een wollen scheepsdeken gerold, is moeder vervolgens, steunend op dokter Richter en hoofdverpleegster Helga, in de reddende boot gestapt.

Maar zij wil niet op de Gustloff gebaard hebben. Ze liegt twee matrozen bij elkaar die in de kajuit van de machineofficier mijn navelstreng hebben afgebonden. Dan weer zegt ze dat het de dokter was, die echter op dat tijdstip nog helemaal niet aan boord van de torpedoboot was. Zelfs moeder, die anders altijd alles zeker weet, twijfelt en laat, behalve de 'twee marinegasten' en 'die Ome Dokter, die mij op de Gustloff nog een spuit heeft gegeven', nog een kraamhulp actief worden: de kapitein van de Löwe, Paul Prüfe, heeft, zegt ze, mijn navelstreng afgebonden.

Omdat ik mijn geboorteversie, die – toegegeven – eerder een visioen is, niet kan staven, houd ik me aan de door Heinz Schön overgeleverde feiten, volgens welke dokter Richter na middernacht door de torpedoboot werd overgenomen. Toen pas werd hij actief bij de geboorte van een ander kind. Maar vast blijft staan dat de scheepsarts van de Gustloff achteraf mijn geboortebewijs, gedateerd op 30 januari 1945, zij het zonder precieze tijd, heeft ingevuld. Mijn voornaam echter heb ik aan kapitein-luitenant-ter-zee Prüfe te danken. Moeder zegt dat ze erop stond dat ik Paul zou heten, 'krek als die kapitein van de Löwe', en onvermijdelijk van achteren Pokriefke. Later noemden de jongens op school en bij de FDJ, maar ook journalisten uit mijn kennissenkring mij Pépé. Met P punt P punt onderteken ik mijn artikelen.

De jongen overigens die twee uur na mijn geboorte, op 31 januari dus, op de torpedoboot werd geboren droeg voortaan volgens de wens van zijn moeder en vanwege het reddende schip de voornaam Leo.

Over dat alles, mijn geboorte en over personen die daarbij op het ene of het andere schip geholpen schijnen te hebben, werd op het internet geen ruziegemaakt. Op de website van mijn zoon kwam een Paul Pokriefke niet eens met de afkorting van zijn naam voor. Absoluut zwijgen over alles wat mij betrof. Mijn zoon sloeg mij over. Online bestond ik niet. Maar een ander schip, dat op het ogenblik van de ondergang of enkele minuten later geëscorteerd door de torpedoboot T 36 de plek van het ongeluk bereikte, de zware kruiser Admiral Hipper, veroorzaakte een later wereldwijd uitrafelend geruzie tussen Konrad en zijn zich David noemende tegenspeler.

Feit is dat de Admiral Hipper, eveneens te vol met vluchtelingen en gewonden, slechts even was gestopt en vervolgen zijn koers had gewijzigd om verder in de richting van zijn eindbestemming Kiel te varen. Terwijl Konny zich als marine-expert voordeed en het door het escorterende schip gesignaliseerde duikbootgevaar voldoende reden vond voor de koersverandering van de zware kruiser, wierp David tegen: de Admiral Hipper had op zijn minst enkele van zijn motorbarkassen moeten uitzetten en voor een permanente reddingsdienst moeten vrijmaken. Bovendien, zei hij, waren door de draaimanœuvres van het toch tienduizend ton verplaatsende oorlogsschip, die met volle kracht vlak bij de plek van het ongeluk plaatsvonden, een groot aantal van de in zee drijvende mensen in het zog van de hekgolf terechtgekomen. Velen waren volgens hem door de scheepsschroeven in stukken gehakt.

Maar mijn zoon deed alsof hij precies wist dat de peilapparatuur van het escortevaartuig van de Admiral Hipper niet alleen duikbootgevaar had ontdekt, maar dat de T 36 twee doelgerichte torpedo's had ontweken. Waarop David, alsof hij er onder water bij was geweest, getuigde hoe onbewogen, zonder de periscoop uit te schuiven, de succesvolle Sovjetrussische onderzeeër zich had gedragen en geen enkele torpedo had afgeschoten, maar dat door de detonaties van de waterbommen, afgevuurd door de T 36, velen van hen die in zwemvesten dreven en hulp zochten aan flarden werden gereten. Er had, als naspel van de tragedie, een moordpartij plaatsgevonden.

Nu begon de op internet mogelijke vrijheid van communicatie. Binnen- en buitenlandse stemmen vermengden zich met elkaar. Zelfs uit Alaska meldde zich iemand. Zo actueel was de ondergang van het allang vergeten schip geworden. Met de als uit het heden echoënde kreet 'De Gustloff zinkt!' zette de homepage van mijn zoon voor de hele wereld een windowtje open. Het was de aanleiding voor een, zoals zelfs David aan het net toevertrouwde, 'discours dat allang had moeten plaatsvinden'. Maar natuurlijk! Iedereen moest nu weten en beoordelen wat op 30 januari 1945 ter hoogte van de Stolpebank was gebeurd. De webmaster had een kaart van de Oostzee ingescand en alle naar de plek van het ongeluk leidende scheepsroutes met instructieve handigheid aanschouwelijk gemaakt.

Helaas liet Konny's tegenspeler het tegen het eind van het zich wereldwijd verspreidende gechat niet achterwege te herinneren aan de verdere betekenis van de vervelende datum en aan de naamgever van het gezonken schip door de moord op de partijfunctionaris Wilhelm Gustloff door de student medicijnen David Frankfurter 'een enerzijds voor de weduwe betreurenswaardige, anderzijds – gezien het lijden van het joodse volk – noodzakelijke en vooruitziende daad' te noemen, sterker nog, hij ging het tot zinken brengen van het grote schip door een kleine onderzeeër vieren als de voortzetting van de 'eeuwige strijd van David tegen Goliath'. Hij werd steeds enthousiaster en gooide woorden als 'erflast' en 'verplichte boetedoening' in de discussiegroep. Hij prees de trefzekere commandant van de S 13 als waardig opvolger van de schietende student medicijnen: 'Marinesko's moed en de heldendaad van Frankfurter mogen nooit worden vergeten!'

Meteen brak in de chatbox haat uit. 'Joods schorem' en 'Auschwitz-leugenaar' waren de meest milde scheldwoorden. Met de actualisering van de scheepsondergang kwam de zo lang ondergedoken strijdkreet 'Juda verrecke!' aan de digitale oppervlakte van de huidige werkelijkheid: opschuimende haat, haatkolken. Mijn god! Wat heeft zich niet allemaal opgehoopt, wordt elke dag meer, wil iets doen.

Maar mijn zoon beheerste zich. Eerder hoffelijk vroeg hij: 'Zeg eens, David, zou het kunnen dat jij van joodse afkomst bent?' Waarop een dubbelzinnig antwoord kwam: 'Mijn beste Wilhelm, als het je leuk lijkt of op een andere manier helpt, kun je me bij de eerstvolgende gelegenheid het gas in sturen.'

7

Joost mag weten wie moeder dik heeft gemaakt. De ene keer zegt ze dat het in de Elsenstraße in Langfuhr haar neef in de donkere brandhoutschuur was, de andere keer een luchtmachthelper van de afweerbatterij in de buurt van de Kaiserhafen – 'met uitzicht op de beenderberg' –, dan weer een sergeant-majoor over wie wordt verteld dat hij bij de geslachtsdaad met zijn tanden knarste. Wie het ook met haar deed, voor mij betekende haar willekeurige aanbod: vaderloos geboren en opgegroeid om eens vader te worden.

Toch is iemand die van moeders leeftijd is en die beweert haar als Tulla slechts vluchtig te hebben gekend zo aardig mij mijn scheluwe bestaan in trefwoorden te laten verklaren. Hij is van mening: het tekortschieten tegenover de zoon is wel al duidelijk, maar als ik per se wil, kan mijn geboortetrauma als verzachtende omstandigheid voor vaderlijk onvermogen in aanmerking worden genomen. Maar daarbij moeten volgens hem – alle particuliere vermoedens buiten beschouwing latend – de eigenlijke gebeurtenissen op de voorgrond blijven.

Hartelijk dank! Voor mij geen verklaringen meer. Aan afrondende beoordelingen heb ik altijd al een hekel gehad.

Alleen dit nog: mijn persoontje bestaat slechts bij toeval, want in de kajuit van kapitein Prüfe lagen, toen ik in de kooi ernaast werd geboren en mijn eerste schreeuw zich vermengde met de schreeuw die voor moeder geen einde kende, drie bevroren zuigelingen onder een doek. Later schijnen er nog meer bij gekomen te zijn: blauw bevroren.

Nadat de zware kruiser Admiral Hipper met zijn tienduizend ton waterverplaatsing doden en nog levenden door zijn draaimanœuvres in stukken had gereten en door het zog had opgeruimd, werd de zoektocht voortgezet. Steeds meer andere schepen kwamen de twee torpedoboten te hulp, behalve de stoomschepen enkele mijnenvegers en een torpedobootjager, tot slot de VP 1703, die de vondeling redde.

Daarna gebeurde er niets meer. Opgevist werden nog slechts doden. De kinderen met hun benen omhoog. Uiteindelijk kalmeerde de zee boven het massagraf.

Wanneer ik nu getallen noem, kloppen ze niet. Alles blijft vaag. Bovendien zeggen getallen weinig. Die met de vele nullen zijn niet te bevatten. Ze spreken elkaar uit principe tegen. Niet alleen is het aantal personen aan boord van de Gustloff tientallen jaren lang wisselend gebleven – het ligt tussen de zesduizendzeshonderd en tienduizendzeshonderd –, ook moest het aantal overlevenden steeds weer worden gecorrigeerd: van aanvankelijk negenhonderd tot uiteindelijk twaalfhonderdnegenendertig. Zonder hoop op een antwoord kwam de vraag op: wat betekent een leven meer of minder?

Vaststaat dat overwegend vrouwen en kinderen de dood vonden; in een pijnlijk duidelijke meerderheid werden mannen gered, zo ook alle vier de kapiteins van het schip. Petersen, die kort na afloop van de oorlog stierf, zorgde als eerste voor zichzelf. Zahn, die in vredestijd zakenman werd, verloor alleen zijn herdershond Hassan. Gemeten aan het aantal van grof geschat vijfduizend verdronken, bevroren, op scheepstrappen doodgetrapte kinderen tellen de voor en na het ongeluk gemelde geboorten, waaronder de mijne, nauwelijks. Ik tel niet mee.

De meeste overlevenden werden in Saßnitz op het eiland Rügen, in Kolberg en in Swinemünde aan land gezet. Veel van de weinigen stierven tijdens de vaart. Een aantal levenden en doden moest naar Gotenhafen terug, waar de levenden op transport met andere vluchtelingenschepen moesten wachten. Sinds eind februari werd er om Danzig gevochten, het werd platgebrand, liet vluchtelingenstromen gaan die zich tot op het laatste moment samenpakten op de kaden waar stoomschepen, veerschuiten en viskotters gereedlagen.

De torpedoboot Löwe legde in de vroege ochtend van 31 januari in de haven van Kolberg aan. Met moeder en haar bakerkind, dat Paul heette, ging Heinz Köhler van boord. Hij was een van de vier ruziemakende kapiteins van het vergane schip en maakte – zodra de oorlog afgelopen was – een eind aan zijn leven.

De zwakken, zieken en alle mensen met bevroren voeten werden met ziekenauto's opgehaald. Typisch moeder, dat zij zichzelf tot degenen rekende die konden lopen. Steeds wanneer het aan wal gaan een episode van haar verhaal-zonder-eind was, zei ze: 'Terwijl ik alleen maar sokken aan m'n voeten had, totdat 'n oma, die zelf op de vlucht was, me 'n paar schoenen uit 'n koffer cadeau deed. Ze zat op 'n handkar aan de kant van de weg en wist helemaal niet waar wij vandaan kwamen en wat we allemaal hadden doorgemaakt...'

Dat zal wel kloppen. De ondergang van het eens populaire KdF-schip werd in het Rijk niet bekendgemaakt. Een dergelijk bericht zou de houd-de-moed-erin-stemming hebben kunnen schaden. Alleen geruchten waren er. Maar ook het Sovjetrussische opperbevel vond redenen het succes van de onderzeeër S 13 en zijn commandant niet in het dagelijkse bulletin van de Rode-Vlagvloot te publiceren.

Men zegt dat Alexander Marinesko na zijn terugkeer in de haven Turku teleurgesteld was omdat men hem niet passend als held had gevierd, hoewel hij op zijn voortgezette vaart nog een ander schip, de voormalige oceaanstomer General von Steuben, met twee torpedovoltreffers tot zinken had gebracht. Dat gebeurde op 10 februari uit de buizen in de achtersteven. De vijftienduizendtonner, die vanuit Pillau met meer dan duizend vluchtelingen en tweeduizend gewonden – alweer die afgeronde getallen – onderweg was, zonk binnen zeven minuten over de boeg. Ongeveer driehonderd overlevenden werden geteld. Een deel van de zwaargewonden lag dicht op elkaar op het opperdek van het snel zinkende schip. Met hun britsen gleden ze overboord. Deze aanval had Marinesko, tot gevechtsdiepte gedoken, door de periscoop kijkend uitgevoerd.

Desondanks aarzelde het opperbevel van de Baltische Rode-Vlagvloot om de dubbel succesvolle kapitein na het binnenlopen van zijn boot in de basishaven tot 'Held van de Sovjet-Unie' te benoemen. Men bleef aarzelen. Terwijl de kapitein en zijn bemanning tevergeefs op het traditionele feestmaal – een gebraden big, veel wodka – wachtten, ging de oorlog op alle fronten verder en naderde aan het Pommerse front de stad Kolberg. Voorlopig bleven moeder en ik daar in een school ingekwartierd, waarover ze later op zijn Langfuhrs tegen mij zei: 'Op z'n minst gezellig warm was 't daar. En zo'n oude schoolbank met 'n klep was jouw wieg. Ik dacht bij mezelf: mijn Paultje begint al vroeg met vlijtig leren...'

Toen de school na artillerievoltreffers onbewoonbaar werd, vonden we een onderkomen in een kazemattengewelf. Kolberg had als stad en vesting een in de geschiedenis wortelende reputatie. Vanaf zijn wallen en bastions had men ten tijde van Napoleon verzet geboden, reden waarom op instigatie van het propagandaministerie een houd-de-moed-erin-film genaamd *Kolberg* met Heinrich George in de hoofdrol en andere Ufa-sterren was gemaakt. Deze kleurenfilm werd in alle nog niet kapotgebombardeerde bioscopen van het resterende Rijk getoond: heldenstrijd tegen overmacht.

Nu, eind februari, herhaalde de geschiedenis van Kolberg zich. Al snel waren stad, haven en badplaats door eenheden van het Rode Leger en een Poolse divisie ingesloten. Onder artilleriebeschieting begon de evacuatie via het water van de burgerbevolking en de vluchtelingen die de stad vulden. Opnieuw groot gedrang op de kaden. Maar moeder weigerde ooit weer aan boord van een schip te gaan. 'Zelfs als ze me met 'n knuppel hadden geslagen, zou ik niet weer op zo'n schuit zijn gestapt...' zei ze zodra iemand wilde weten hoe ze toen met zuigeling uit de belegerde en brandende stad was gekomen. 'Nou, een gat is altijd te vinden,' was haar antwoord. In elk geval heeft moeder ook later, zelfs bij bedrijfsuitstapjes op het Meer van Schwerin, nooit meer voet op een schip gezet.

Waarschijnlijk is ze midden maart, beladen met een rugzak en met mij, door de Russische stellingen geslopen. Maar het kan ook zijn dat de Russische wachtposten begrip hadden voor de jonge vrouw en haar zuigeling en ons gewoon lieten lopen. Wanneer ik mezelf hier, op het moment van de volgende vlucht, een zuigeling noem, klopt dat maar beperkt: moeders borsten hadden niets te bieden. De melk wilde niet schieten. Op de torpedoboot sprong een van de Oost-Pruisische kraamvrouwen in: zij had meer dan genoeg. Daarna was het een vrouw wier zuigeling onderweg was gestorven. En ook later – zolang de vlucht duurde en langer – lag ik steeds weer aan vreemde borsten.

Rond deze tijd waren alle steden langs de Pommerse kust door de vijand bezet of bedreigd: Stettin omsingeld, Swinemünde hield nog stand. Verder oostelijk waren Danzig, Zoppot, Gotenhafen gevallen. In de buurt van de kust hadden eenheden van het Tweede Sovjetrussische leger bij Putzig het schiereiland Hela afgegrendeld, en verder westelijk, bij de Oder, werd al om Küstrin gevochten. Het Groot-Duitse Rijk kromp aan alle kanten. Waar Rijn en Moezel samenstromen bevond Koblenz zich in Amerikaanse handen. Maar de brug van Remagen was eindelijk ingestort. Aan het oostfront meldde de *Heeresgruppe Mitte* nog meer terugtrekking van het front in Silezië en de steeds kritischer wordende situatie van het tot vesting verklaarde Breslau. Bovendien hielden de aanvallen van Amerikaanse en Britse bommenwerperseskaders op grote en middelgrote steden niet op. Terwijl tot vreugde van de Engelse luchtmaarschalk Harris de ruïnes van de stad Dresden nog rookten, vielen bommen op Berlijn, Regensburg, Bochum, Wuppertal... De dammen van stuwmeren waren regelmatig doelwit. En in alle richtingen maar onder dwang van Oost naar West trokken vluchtelingen en wisten niet waarheen.

Ook moeder had geen bepaald doel toen ze met mij, haar belangrijkste stuk bagage, dat voortdurend jankte wegens gebrek aan moedermelk, uit Kolberg wegkwam, vervolgens tussen de fronten terechtkwam, 's nachts op delen van het traject in goederenwagons of in Wehrmacht-jeeps een stuk verder kwam, op de been bleef, onderwijl niet zelden platlag en beschoten werd door laagvliegers, steeds verder weg van de kust wilde en het – altijd op zoek naar moeders met overtollige melk – tot Schwerin redde. Ze vertelde me haar vluchtweg nu eens zus en dan weer zo. Eigenlijk wilde ze verder, over de Elbe naar het Westen, maar we zijn in de onverwoeste hoofdstad van de Rijksgouw Mecklenburg blijven hangen. Dat was eind april, toen de Führer er een eind aan maakte.

Later, als meubelmakersleerling en omgeven door mannen, zei moeder wanneer men naar haar vluchtroute vroeg: 'Ik zou d'r hele boeken over kunnen schrijven. 't Ergst waren de vliegtuigen, als ze vlak boven ons ratatata... Maar altijd geluk gehad. Want onkruid vergaat niet!'

Waarmee ze bij haar eigenlijke onderwerp was beland, het permanent zinkende schip. Al het andere telde niet. Zelfs de krapte in ons volgende noodonderkomen – opnieuw een school – was voor moeder geen reden tot klagen, vooral omdat ze intussen wist dat ze met haar Paultje in een stad toevlucht had gezocht waar de man geboren was naar wie het ongeluksschip tijdens ogenschijnlijk vreedzame tijden was vernoemd. Overal stond zijn naam. Zelfs de middelbare school waar we waren ondergebracht heette naar hem. Toen we naar Schwerin kwamen was hij, waar je ook keek, met naam aanwezig. Zo stond op de zuidelijke oever van het meer nog onverwoest die van zwerfstenen gemaakte eregalerij en te midden ervan het grote granieten blok, dat in zevenendertig ter ere van de bloedgetuige was neergezet. Ik weet zeker dat moeder alleen daarom met mij in Schwerin is gebleven.

Opmerkelijk blijft, dat sinds achteraf en toch alsof hij nu plaatsvindt de ondergang van het schip werd gevierd en alle doden al naargelang de manier van rekenen werden geteld, geschat, uitgerekend, vervolgens met het aantal overlevenden vergeleken en uiteindelijk naast de veel minder talrijke doden van de Titanic werden gezet, op die terreinen van het internet die ik uit gewoonte opzocht een tijdlang windstilte heerste. Ik dacht al dat zijn systeem was gecrasht, dat de fut eruit was, dat met het zinkende schip moeders influisteringen overbodig waren geworden. Maar de rust was slechts gesimuleerd. Plotseling presenteerde hij met een nieuw opgemaakte homepage zijn vanouds bekende aanbod.

Deze keer waren de plaatjes in de meerderheid. Tamelijk grijzig afgebeeld maar met vette letters gespeld was het oprijzende blok graniet voor iedereen te bewonderen en kon de onder de levensrune in spijkerschrift gebeitelde naam van de bloedgetuige worden ontcijferd. Bovendien werd de betekenis ervan benadrukt aan de hand van opgesomde data, organisatorische prestaties en met uitroeptekens geaccentueerde bekentenissen en tot en met de dag en het uur van zijn gewelddadige dood in het longenkuuroord Davos als info tussen het doorlopende programma gezet.

Als op bevel of na een andersoortige dwang meldde David zich. In het begin was echter niet de gedenksteen onderwerp van gesprek, maar de moordenaar van de bloedgetuige. Triomfantelijk maakte David bekend dat in maart van het jaar vijfenveertig iets ten gunste van de sinds meer dan negen jaar in de gevangenis verblijvende David Frankfurter was gebeurd. Na een vergeefse poging een revisie van het proces te bewerkstelligen, werd nu door de Bernse advocaten Brunschwig en Raas een gratieverzoek ingediend dat gericht was aan de Grote Raad van het kanton Graubünden. De tegenspeler van mijn zoon moest toegeven dat aan het verzoek om de rest van de op achttien jaar gestelde gevangenisstraf bij wijze van gratie kwijt te schelden pas op 1 juni 1945, dus na afloop van de oorlog, werd voldaan. Men had moeten afwachten tot de machtige nabuur van Zwitserland als het ware levenloos op de grond lag. Omdat David Frankfurter na zijn ontslag uit de Sennhofgevangenis het land werd uitgezet, was hij, zo stond er te lezen, tot het besluit gekomen dat hij meteen, vanachter de weefgetouwen, naar Palestina wilde vertrekken, hopend op een toekomstig Israël.

Bij dit onderwerp verliep de ruzie tussen de twee verbeten online-kemphanen tamelijk beheerst. Genereus oordeelde Konny: 'Israël is oké. Precies daar hoorde die moordjood thuis. Daar kon hij nuttig zijn, in de kibboets of waar dan ook.' Over het algemeen had hij niets tegen Israël, zei hij. Hun slagvaardige leger bewonderde hij zelfs. En volledig eens was hij het met de vastbeslotenheid van de Israëli's om hard op te treden. Ze hadden immers geen andere keuze. Aan Palestijnen en soortgelijke moslims moest je geen duimbreed toegeven. Natuurlijk, als alle joden, zoals indertijd de moordjood Frankfurter, er naar het Beloofde Land vandoor zouden gaan, had hij daar geen moeite mee, 'dan is de rest van de wereld eindelijk jodenvrij!'

Deze afschuwelijke uitspraak accepteerde David, hij gaf mijn zoon in principe zelfs gelijk. Blijkbaar maakte hij zich zorgen: wat de veiligheid van de in Duitsland levende joodse medeburgers betrof, tot wie hij zichzelf rekende, viel het ergste te vrezen, het antisemitisme nam in snel tempo toe. Andermaal moest men emigratie overwegen. 'Ook ik zal waarschijnlijk binnenkort mijn koffers pakken...' Waarop Konny 'goede reis' wenste, maar toen indirect liet doorschemeren dat hij het leuk zou vinden als er een mogelijkheid was om zijn vriendvijand David vóór diens vertrek – niet slechts online – te ontmoeten: 'We moeten elkaar eigenlijk leren kennen, een beetje aan elkaar ruiken, zo snel mogelijk...'

Zelfs een ontmoetingsplek stelde hij voor, maar hij liet de datum van de gewenste ontmoeting open. Daar waar eens in de eregalerij het granieten blok een eminente plek had gehad en waar tegenwoordig zo goed als niets aan de bloedgetuige herinnerde omdat grafschenners de steen en de erehal hadden weggehaald, precies daar, zo zei hij, waar over niet al te lange tijd opnieuw een gedenksteen neergezet moest worden, op die historische plek, daar moesten ze elkaar ontmoeten.

Meteen begon de ruzie weer. David was wel voor een ontmoeting ergens, maar niet op die vervloekte plek. 'Absoluut bezwaar heb ik tegen jouw revisionistisch geschiedenisrelativisme...' Mijn zoon sloeg op dezelfde trom: 'Wie de geschiedenis van zijn volk vergeet, is haar niet waard!' Daar was David het mee eens. Daarna alleen nog maar kinderachtigheden. Zelfs moppen vertelden ze elkaar. Een ervan – 'Wat is het verschil tussen e-mail en email?' – bleef helaas zonder pointe. Ik logde te vroeg uit.

Ik was er steeds weer. De laatste keer een paar weken geleden, alsof *ik* de dader ben, alsof ik steeds weer naar de plaats van het delict terug moet, alsof de vader zijn zoon achternaloopt.

Vanuit Mölln, waar Gabi noch ik woorden vond, naar Ratzeburg. Vandaar reed ik via Mustin, een dorpje waarachter vroeger inclusief doodsstrook de grens liep en de straat blokkeerde, naar het oosten. Nog steeds is de oude beplanting van de straatweg met kastanjebomen over zo'n driehonderd meter onderbroken: links rechts geen bomen. Te vermoeden blijft in hoeveel lagen de Arbeiders- en Boerenstaat zijn volk wilde beveiligen.

Toen ik de nagelaten kaalslag achter me had, lag aan beide zijden van de nu weer beboomde straatweg het ruime akkerland van Mecklenburg tot aan de horizon voor me. Nauwelijks golvend, weinig bos. Vóór Gadebusch nam ik de nieuw aangelegde rondweg. Langs bouwmarkten, winkelcentra, de platte gebouwen van de autohandelaren die met slaphangende vlaggen probeerden de conjunctuur te stimuleren. Het Wilde Oosten! Pas vlak voor Schwerin, nu op een door kleine bomen omzoomde straatweg, werd de streek heuvelachtig. Ik reed door redelijk grote stukken bos en luisterde naar de radio: klassiek op verzoek.

Rechts afslaand nam ik vervolgens de 106 naar Ludwigslust, naderde de in enkele sectoren opgetrokken systeembouwwijk Großer Dreesch – eens door vijftigduizend DDR-burgers bewoond – en parkeerde mijn Mazda in sector drie, vlak naast het Lenin-monument in een bocht die de Gagarinstraße afsluit. Het weer bleef goed. Het regende niet. Intussen gesaneerd en met pastelkleuren toonbaar gemaakt, stonden de woonblokken op rij.

Telkens wanneer ik moeder opzoek ben ik verbaasd dat dit reusachtig uit de handen van een Estse beeldhouwer gekomen brons daar nog steeds staat. Lenin kijkt weliswaar in de richting van het Westen, maar hem werd geen richtingwijzend gebaar gegund. Met beide handen in zijn jaszakken, als een wandelaar die zichzelf een pauze gunt, staat hij op de lage sokkelplaat, waarvan de met graniet beklede onderste tree in de linkerhoek eveneens in brons is gezet. De in het gietwerk aangebrachte inscriptie herinnert in hoofdletters aan een revolutionair besluit: HET DECREET OVER DE GROND. Alleen aan de voorkant heeft Lenins jas kleurresten van een nietszeggend gesprayd opschrift. Weinig duivenmest op zijn schouders. Zijn gekreukelde broek is schoon gebleven.

Ik hield me niet lang op in de Gagarinstraße. Moeder woonde op de tiende verdieping met balkon en uitzicht op de televisietoren vlakbij. Haar steeds te sterke koffie kon ik niet afwijzen. Na de renovatie van de systeembouwflats werden de huren verhoogd, draaglijk, vindt moeder. Daarover, alleen daarover spraken we. Voor de rest was er niet veel te zeggen. Ze wilde ook niet weten wat mij, behalve het korte bezoek aan haar, naar de stad met de vele meren had gebracht: 'De verjaardag van de Führer beslist niet!' De datum van mijn reis deed mijn doel vermoeden, want ik hoorde, al bijna buiten en nadat ik een blik in de kamer van Konny had onderdrukt, haar commentaar: 'Wat wil je daar nou. Dat helpt nu ook niet meer.'

Via de Hamburger, vroeger Lenin-Allee reed ik in de richting van de dierentuin, vervolgens over Am Hexenberg, ik parkeerde de auto, toen ik als in mijn slaap de plek had gevonden, naast de jeugdherberg. Achter de achtergevel van het grijs gepleisterde gebouw uit de jaren vijftig gaat de beplanting van de zuidelijke oever van het Meer van Schwerin steil naar beneden. Beneden zie je de vlak aan het water grenzende Franzosenweg, die door voetgangers en fietsers graag wordt gebruikt.

Het was een zonnige dag. Eigenlijk geen aprilweer. Zodra ze doorbrak was de zon warm. Op enige afstand van de kant waar zich de ingang van de herberg bevond lagen nog steeds onbewogen, alsof hier niets was gebeurd, de bemoste blokken graniet als resten van de tientallen jaren geleden al te nonchalant opgeruimde eregalerij. Tussen de toen geplante bomen wilde exemplaren met dunne stammen. Duidelijk, want slechts zuinig opgevuld, was het vierkante fundament van de erehal zichtbaar, waarvan op die manier de omtrekken te vermoeden waren, hoewel de frontaal ervoor neergezette jeugdherberg elke voorstelling in de weg stond. Links van de ingang, waarboven in reliëf de naam van de herberg, ‘Kurt Bürger’, te lezen was, wachtte op haar schragen een tafeltennistafel op een potje. Op de deur hing enigszins scheef een bord: ‘Van 9-16 uur gesloten’.

Ik stond nog lang tussen de bemoste brokken graniet, waarvan er een zelfs nog de restanten van een opschrift en een gebeiteld runeteken droeg. Gevonden voorwerpen, uit welke eeuw?

Toen moeder en ik in Schwerin toevlucht zochten, stond hier nog alles: zwerfkei naast zwerfkei, het nazi-bouwwerk van de erehal en het grote granieten blok met de naam van de bloedgetuige. Onverzorgd al, maar nog steeds onder de hoede van de vanaf de randen afbrokkelende partij, was de gedenkplaats zoals moeder die aantrof. Ze heeft me verteld dat ze op zoek naar hout tot bij de in die tijd lage eiken en beuken kwam: 'Nou, waar woningbouw ons had neergezet was er niks voor de oven...' Samen met haar waren veel vrouwen en kinderen op zoek.

Nog voordat op 3 mei eerst de Amerikanen vanaf hun bruggenhoofd aan de Elbe ten zuidoosten van Boizenburg met tanks tot Schwerin optrokken en vervolgens de Engelsen kwamen – 'Echte Schotten waren dat...' – hadden ze ons in de Schelfstadt, die tegen het einde van de oorlog al tamelijk bouwvallig moet zijn geweest, vanuit de schoolkelder in de Lehmstraße ingekwartierd. In een bakstenen gebouw met een teervilten dak, dat natuurlijk op de achterplaats stond, werden we gedwongen ondergebracht. Het staat er nog, het huis. Het waren twee kamertjes met keuken, wc buiten. Zelfs een potkachel hadden ze er neergezet. De pijp ging via het keukenraam naar buiten. En om de kachel te vullen – moeder kookte op het deksel – moest ze op zoek naar brandhout ver lopen.

Zo kwam ze bij de eregalerij. Ook toen in juni de Engelsen waren vertrokken en het Rode Leger kwam en langdurig bleef, stonden de zwerfkeien nog lang met hun ingebeitelde namen en runen. De Russen interesseerde dat niet.

Dat was sinds de ontmoeting van de overwinnaars in Potsdam zo afgesproken: wij zaten vast in de Sovjetrussisch bezette zone, moeder zelfs vrijwillig sinds ze op de grootste van de achtergebleven stenen dicht bij de meeroever een haar niet onbekende naam had ontdekt. 'Die steen heette zoals eens onze Gustloff heette...'

Toen ik tijdens mijn laatste bezoek in Schwerin tussen de bemoste brokken graniet voor een gespleten zwerfkei stond en uit het ingebeitelde spijkerschrift de rest van de naam Wilhelm Dahl kon raden – van de voornaam was tot het breukvlak slechts de lettergreep 'helm' over – gaf ik toe aan de verleiding me moeder op zoek naar hout voor te stellen, hoe ze, beladen met een bos takken en rijshout, de nog ongeschonden eregalerij en de open erehal gezien zal hebben. Op het kleine dozijn op een rij staande zwerfkeien zal ze de namen van haar onbekende maar blijkbaar verdienstelijke partijleden – onder hen de Wismarse districtsvoorzitter Dahl – hebben ontcijferd. Ik zie hoe ze verbaasd, klein van stuk, bovendien vermagerd voor het vier meter hoge blok graniet staat, maar kan haar gedachten niet raden, die in de war geraakt zouden kunnen zijn toen ze de inscriptie op de steen van de bloedgetuige had gelezen. Maar moeder, zoals ik haar ken, zal er geen moeite mee hebben gehad de galerij in de erehal te betreden.

Gemaakt van rechthoekige blokken graniet was ze vanaf de grond opgebouwd. In de gladgeslepen oppervlakken van de zuilen die aan de open zijden de hal steunden had een kunstenaar uit die tijd de omtrekken van meer dan levensgrote SA-vaandeldragers gebeiteld. Bovendien bevonden zich binnen in de hal, die geen dak had, tien bronzen platen waarop de namen van de doden stonden. En acht keer schijnt achter de sterfdatum als doodsoorzaak 'vermoord' te hebben gestaan. De bodem van de hal was vies. Dat weet ik van moeder: 'Daar hadden honden zitten schijten...'

Het graniet voor Wilhelm Gustloff echter stond buiten de rij zwerfkeien op een plek die door de open erehal als bijzondere plaats gezien kon worden. Vandaar had je een panoramablik over het meer. Moeder zal een andere kant op gekeken hebben. En ik was er bij het houtzoeken nooit bij. Tijdens de zoektocht naar iets brandbaars zal een vrouw uit de buurt me in de Lehmstraße gezoogd hebben: ze heette mevrouw Kurbjun. Want moeder had nauwelijks boezem, ook later niet, twee puntzakjes slechts.

Zo gaat dat met monumenten. Sommige worden te vroeg opgericht en vervolgens, zodra de periode van speciaal heldendom voorbij is, opgeruimd. Andere, zoals het Leninmonument op de Großer Dreesch, hoek Hamburger Allee/-Plater Straße, staan er nog altijd. En het monument voor de commandant van de onderzeeër s 13 werd pas krap tien jaar geleden, op 8 mei 1990, dus vijfenveertig jaar na afloop van de oorlog en zevenentwintig jaar na de dood van Marinesko, in Leningrad, het huidige Sint-Petersburg, opgericht: een driehoekige granieten zuil tilt het meer dan levensgrote, hoofddekselloze bronzen borstbeeld van de met vertraging tot 'Held van de Sovjet-Unie' benoemde man.

Voormalige marineofficieren, intussen gepensioneerd, hadden in Odessa, Moskou en elders comités opgericht en vasthoudend de roem van de in drieënzestig gestorven kapitein opgeëist. In Königsberg, zoals Kaliningrad tot het einde van de oorlog heette, is zelfs de oever van de Pregel achter het streekmuseum naar hem genoemd. Zo heet deze straat nog altijd, terwijl de Schloßgartenallee in Schwerin, die vanaf zevenendertig Wilhelm-Gustloff-Allee heette, weer onder de oude naam tot in de buurt van de voormalige eregalerij leidt. Net zoals sinds de *Wende* de Lenin-Allee als Hamburger Allee langs het nog steeds standvastige monument door de systeembouwkolonie Großer Dreesch loopt. Moeders adres, gewijd aan de roem van de kosmonaut Gagarin, is zichzelf op zijn minst trouw gebleven.

Een hiaat valt op. Naar de student medicijnen David Frankfurter is niets vernoemd. Geen straat, geen school heet naar hem. Nergens werd voor de moordenaar van Wilhelm Gustloff een monument opgericht. Geen website maakte propaganda voor een David-en-Goliath-sculptuur, eventueel op de plaats van het delict Davos. En als de vijandvriend van mijn zoon een dergelijke eis op het net had gezet, dan zou beslist op haatpagina's het verwijderen van het monument door een kaalhoofdig speciaal commando zijn aangekondigd.

Dat was altijd al zo. Niets duurt eeuwig. Terwijl de districtsleiding van de NSDAP-Schwerin en de burgemeester van de stad meteen na de moord op Gustloff moeite hadden gedaan de eregalerij voor alle eeuwigheid te laten zijn. Al in december zesendertig, toen in het Zwitserse Chur het proces tegen Frankfurter was afgerond en het vonnis geveld, werden op de akkers van Mecklenburg zwerfkeien gezocht om er een muur als omheining voor de eregalerij van te maken. In de instructie stond: 'Voor dat doel zijn alle natuurstenen van welke afmeting dan ook nodig die bij bouwwerkzaamheden en op de Schweriner Feldmark gevonden worden...' En uit een schrijven van gouwscholingsleider Rohde blijkt dat de deelstaathoofdstad zich verplicht voelde de gouwleiding in financieel opzicht te ondersteunen, en wel 'met een subsidie van circa RM 10.000'.

Toen op 10 september 1949 de afbraak van de eregalerij en de herbegrafenis van de lijken en urnen zo goed als afgerond was, waren de kosten lager, want onder het gedenazificeerde briefhoofd van de burgemeester staat: 'De uitgaven zijn aan de deelstaatregering meegedeeld in verband met de restitutie ten bedrage van 6096,75 mark...'

Maar er staat ook te lezen dat de 'asresten van Wilhelm Gustloff' niet naar de stedelijke begraafplaats overgebracht konden worden: 'De urn van G. bevindt zich volgens de steenhouwer Kröpelin in het fundament van de gedenksteen. Het verwijderen van de urn is momenteel onmogelijk...'

Dat gebeurde pas in het begin van de jaren vijftig, kort voordat de jeugdherberg werd gebouwd en ter herdenking naar de kort daarvoor overleden antifascist Kurt Bürger werd vernoemd. Rond die tijd bevond de duikbootheld Marinesko zich al drie jaar in Siberië.

Meteen nadat de S 13 in de Finse haven Turku was aangekomen, begonnen met de eerste stappen aan wal de moeilijkheden voor een man die zichzelf graag gevierd had zien worden. Hoewel het NKVD-dossier en zijn tot nu toe voor de rechtbank niet behandelde vergrijpen hem bleven bedreigen, hield hij niet op, nuchter of door de wodka ontremd, de erkenning van zijn heldendaden op te eisen. De S 13 werd weliswaar als 'Rode-Vaandelschip' onderscheiden, alle bemanningsleden van het schip konden zich weliswaar de 'Orde van de Vaderlandse Oorlog' op de borst spelden, ook kregen ze nog een onderscheiding, die van de 'Rode Vlag', die als motief ster, hamer en sikkel had, maar tot 'Held van de Sovjet-Unie' werd Alexander Marinesko niet uitgeroepen. Erger nog: in de officiële bulletins van de Baltische Rode-Vlagvloot ontbrak nog steeds elke verwijzing naar het tot zinken brengen van de vijfentwintigduizendtonner Wilhelm Gustloff, en geen woord bevestigde het snelle zinken van de General von Steuben.

Het was alsof vanuit de buizen op de boeg en de achtersteven van de onderzeeër slechts fantoomtorpedo's nietbestaande doelwitten hadden gezocht en zonder gevolgen geraakt. De toch ruim twaalfduizend doden op zijn conto telden niet. Schaamde het opperbevel van de marine zich vanwege het slechts ruw te schatten aantal verdronken kinderen, vrouwen en zwaargewonden? Of zijn Marinesko's successen ondergegaan in de overwinningsroes van de laatste oorlogsmaanden, toen heldendaden in overvloed werden geproduceerd? Zijn luidruchtige volharding was niet te negeren. Niets kon hem beletten bij elke mogelijke gelegenheid zijn successen hardop te melden. Hij werd lastig.

Toen hem in september vijfenveertig het commando over zijn onderzeeër werd ontnomen en hij kort daarna tot eerste luitenant werd gedegradeerd en in oktober uit de Sovjetrussische marine werd ontslagen, luidde de motivatie voor het oneervolle afscheid in drie fasen: '... vanwege een onverschillige en nalatige instelling ten aanzien van de dienst.'

Nadat zijn sollicitatie bij de koopvaardij was afgewezen – hij was aan één oog bijziend, was de smoes – vond Marinesko werk als beheerder van een magazijn dat de toewijzing van bouwmateriaal regelde. Het duurde niet lang of hij zag een aanleiding met te weinig bewijzen de directeur van het collectief ervan te beschuldigen steekpenningen te hebben aangenomen, partijfunctionarissen te hebben omgekocht, materiaal zwart te hebben verhandeld. Waarna men hem ervan verdacht bij het al te royaal toewijzen van licht beschadigd bouwmateriaal bepaalde wetten te hebben overtreden. Een speciale rechtbank veroordeelde Marinesko tot drie jaar werkkamp.

Hij werd naar Kolyma in Oost-Siberië gedeporteerd, naar een plek die tot de 'Goelag Archipel' behoorde, over het dagelijks leven waarvan geschreven is. Pas twee jaar na Stalins dood had hij, ruimtelijk gezien, Siberië achter zich. Ziek kwam hij terug. Maar pas begin jaren zestig werd de beschadigde duikbootheld gerehabiliteerd. Opnieuw kwam hem de rang van kapitein derde klasse toe, nu in ruste en met recht op pensioen.

Nu moet ik mezelf teruggrijpend herhalen. Daarom staat hier: toen in Oost en West Stalins dood bekend werd gemaakt heb ik moeder zien huilen. Zelfs kaarsen liet ze branden. Ik stond acht jaar oud aan de keukentafel, hoefde niet naar school, had de mazelen of een andere jeukziekte achter me, ontdeed aardappels die met margarine en kwark op tafel moesten van hun schil en zag hoe moeder achter brandende kaarsen om Stalins dood huilde. Aardappels, kaarsen en tranen waren in die tijd schaars. Tijdens mijn kinderjaren in de Lehmstraße en zolang ik in Schwerin op de middelbare school zat, heb ik haar nooit meer zien huilen. Toen moeder klaar was met huilen kreeg ze een afwezige, haar ik-ben-niet-thuis-blik, die ook tante Jenny sinds haar kinderjaren kent. Op de binnenplaats van de meubelmakerij in de Elsenstraße in Langfuhr zei men daarover: 'Tulla heeft weer d'r ingeslagen ruitjes.'

Nadat ze de dood van de grote kameraad Stalin genoeg had beweend en daarna lange tijd blikloos was geweest aten we, zoals klaargemaakt, in de schil gekookte aardappels met kwark en een klodder margarine.

Rond die tijd werd moeder volleerd meubelmaker en leidde al snel in de meubelfabriek van Schwerin een meubelmakersbrigade, die volgens de productienorm slaapkamermeubels maakte en de opdracht had deze in het kader van de volkerenvriendschap aan de Sovjet-Unie te leveren. Hoe diffuus haar beeld in die tijd ook was, op de keper beschouwd is moeder tot op de dag van vandaag staliniste gebleven, zelfs wanneer ze, door mij er al ruziënd op aangesproken, haar held kleiner probeert te maken, te relativeren: 'Dat was ook maar 'n mens...'

En rond deze tijd, toen Marinesko blootgesteld bleef aan het Siberische klimaat en aan de omstandigheden in Sovjetrussische kampen, moeder Stalin trouw bleef en ik als Jonge Pionier trots was op mijn halsdoek, maakte David Frankfurter, die van zijn als chronisch beoordeelde beenderziekte in de gevangenis was genezen, zich als ambtenaar nuttig in het Israëlische ministerie van Defensie. Intussen was hij getrouwd. Later kwamen er twee kinderen.

En er gebeurde in die jaren nog meer: Hedwig Gustloff, de weduwe van de vermoorde Wilhelm, verliet Schwerin. Sindsdien woonde ze ten westen van de Duits-Duitse grens in Lübeck. Het bakstenen huis in de Sebastian-Bach-Straße 14, dat het echtpaar vlak voor de moord had laten bouwen, was kort na afloop van de oorlog onteigend. Ik zag het solide gebouw, de typische eengezinswoning, op het internet. Op zijn website was mijn zoon gestoord genoeg om de eis te formuleren dat het ten onrechte onteigende gebouw als 'Gustloffmuseum' moest worden ingericht en voor een geïnteresseerd publiek toegankelijk moest worden gemaakt. Ver buiten Schwerin bestond volgens hem behoefte aan deskundig tentoongestelde informatie. Wat hem betrof mocht links van het raam van de balkonuitbouw een bronzen plaquette blijven verkondigen dat van vijfenveertig tot eenenvijftig de eerste minister-president van Mecklenburg, een zekere Wilhelm Höcker, in het onteigende huis had gewoond. Ook zei hij geen moeite te hebben met de als volgt eindigende inscriptie erop: '... na het onschadelijk maken van het Hitler-fascisme'. Dat was nu eenmaal een feit, zoals de moord op de bloedgetuige een feit bleef.

Mijn zoon wist hoe hij afbeeldingen en plaatjes, tabellen en documenten handig moest arrangeren. Zo kon op zijn website niet alleen de voor-, ook de achterkant van het uitzonderlijke stuk graniet, neergezet op de zuidelijke oever van het Meer van Schwerin, worden bezichtigd. Hij had moeite gedaan behalve de gefotografeerde hele steen een vergroting te laten zien van de anders moeilijk leesbare inscriptie die op de achterzijde gebeiteld stond. Boven elkaar drie regels: 'Geleefd voor de beweging – Verraderlijk vermoord door de jood – Gestorven voor Duitsland'. Omdat de middelste regel niet alleen de naam van de dader wegliet maar nadrukkelijk alle joden tot laffe moordenaars verklaarde, was aan te nemen – en zo werd het later ook uitgelegd – dat Konny zich van de eenzijdige fixatie op de historische David Frankfurter had losgemaakt en zijn haat tegen 'de jood *an sich*' wilde demonstreren.

Maar deze verklaring en ook een verdere zoektocht naar het motief brengen nauwelijks helderheid in wat op de middag van 20 april 1997 gebeurde. Voor de rond die tijd gesloten en een uitgestorven indruk makende jeugdherberg speelde zich iets af dat niet voorzien was en toch op het bemoste fundament van de voormalige erehal, alsof het zo had moeten zijn, zijn afronding vond.

Wat had de virtuele David bewogen om van ver, vanuit Karlsruhe, waar de achttienjarige gymnasiast als oudste van drie zonen bij zijn ouders woonde, in eigen persoon per trein naar Schwerin te reizen en gevolg te geven aan een vage uitnodiging? En waarom had Konny het interessant gevonden de via het internet ontstane, eigenlijk fictieve vriendvijandschap door een feitelijke ontmoeting naar de werkelijkheid te verplaatsen? De uitnodiging voor de ontmoeting zat zo verstopt in de overige woordenafval van hun communicatie, dat ze alleen begrijpelijk kon zijn voor de als David ondertekenende twistbroeder.

Nadat de jeugdherberg als ontmoetingsplek was afgewezen, waren ze gemakshalve tot een compromis gekomen. Men wilde elkaar daar zien waar de bloedgetuige geboren werd. Een quizvraag, want op de website van mijn zoon werd stad, straat noch huisnummer aangegeven. Desondanks was de aanwijzing genoeg voor een kenner van de materie. En net als Konny was David, die zich online Wilhelm noemde, vertrouwd met alles, zelfs met de meest onzinnige details van de vervloekte Gustloff-geschiedenis. Zoals tijdens het bezoek zou blijken wist hij zelfs dat het gymnasium waar Wilhelm tot zijn eindexamen scholier was geweest en dat men na de moord op hem, nu als middelbare school, naar hem had vernoemd, sinds DDR-tijden Friedensschule heet. Mijn zoon respecteerde niet alleen de uitgebreide kennis van zijn tegenspeler, hij bewonderde diens 'nauwkeurigheidstic'.

Dus ontmoetten ze elkaar bij zeer mooi lenteweer in de Martinstraße voor huis nummer 2, hoek Wismarsche

Straße. De speciale datum had David zwijgend geaccepteerd. Hun ontmoeting vond plaats voor een kort daarvoor nieuw gepleisterde gevel die de tijd van het al zo lang durende verval moest doen vergeten. Men zegt dat ze elkaar met een handdruk hebben begroet, en dat David, zichzelf voorstellend, de hoog opgeschoten Konrad Pokriefke als David Stremplin tegemoet is getreden.

Daarna stond, op Konny's voorstel, een stadswandeling op het programma. Zelfs het nog steeds op zijn plek staande bakstenen gebouw met het teervilten dak op een van de achterplaatsen van de Lehmstraße, waar moeder en ik tijdens de naoorlogse jaren hadden gehuisd, kreeg de bezoeker tijdens de bezichtiging van de Schelfstadt als een bezienswaardigheid te zien, net als de nog steeds vervallen en de al gerenoveerde vakwerkhuizen van de pittoreske wijk. Konny leidde David zo trefzeker naar alle plekken en schuilplaatsen van mijn jeugd alsof het de zijne was geweest.

Na de Schelfkirche Sankt Nikolai, zowel vanbinnen als vanbuiten, was natuurlijk het kasteel op het Schloßinsel aan de beurt. Ze namen de tijd. Mijn zoon joeg niet op. Zelfs een bezoek aan het museum vlakbij had hij voorgesteld, maar zijn gast toonde geen belangstelling, werd ongeduldig, wilde nu eindelijk toch het terrein bij de jeugdherberg zien.

Tijdens hun stadswandeling pauzeerden ze toch een keer. In een Italiaanse ijssalon lepelden ze allebei een behoorlijke portie *gelati*. Konny was de betalende gastheer. En David Stremplin schijnt vriendelijk maar met een ironische distantie over zijn ouders te hebben verteld, de kernfysicus en de muziekpedagoge. Ik durf te wedden dat mijn zoon over zijn vader en moeder geen woord vuilmaakte. Ongetwijfeld vond hij de overlevingsgeschiedenis van zijn grootmoeder in toespelingen belangrijk.

Toen eindelijk naderden de ongelijke vijandvrienden – de meer in de breedte gaande David was een hoofd kleiner – door de kasteeltuin, langs de Schleifmühle, over de Schloßgartenallee, die door stralend wit gepleisterde villa's een duur adres was geworden, vervolgens over de Waldschulweg de plek van het misdrijf, die zich plat onder bomen uitstrekte. In het begin ging het er zonder spanningen aan toe, zo wordt verteld. David Stremplin had het uitzicht op het meer geprezen. Als op de tafeltennistafel voor de jeugdherberg batjes en een balletje hadden gelegen, zou het misschien tot een wedstrijd zijn gekomen. Konny en David waren gepassioneerde tafeltennissers en zouden een gelegenheid om te spelen nauwelijks hebben laten lopen. Mogelijk zou een snel partijtje over het net ontspannend zijn geweest en had het de middag een ander verloop gegeven.

Toen stonden ze als het ware op historische bodem. Maar zelfs de bemoste granieten brokken en het fragment van de zwerfkei met het ingebeitelde runenteken en de rest van de naam waren geen aanleiding tot onenigheid. Allebei lachten ze zelfs tweestemmig om een eekhoorntje dat van beuk naar beuk sprong. Pas toen ze op het fundament van de voormalige erehal stonden en mijn zoon zijn gast had uitgelegd waar precies de grote gedenksteen had gestaan, achter de toen niet aanwezige jeugdherberg namelijk, toen pas, toen hij de kijkas in de richting van het graniet had aangeduid en daarna de naam van de bloedgetuige op de voorkant van de steen en vervolgens de drie gebeitelde regels van de achterkant woord voor woord had gedeclameerd, schijnt David Stremplin 'Als jood schiet me alleen dit te binnen' te hebben gezegd en vervolgens drie keer op het bemoste fundament te hebben gespuugd en dus de plek van herinnering, zoals mijn zoon later verklaarde, te hebben 'ontwijd'.

Meteen daarna vielen de schoten. Ondanks de zonnige

dag droeg Konny een parka. Uit een van de ruime zakken, de rechter, trok hij het wapen en schoot vier keer. Het was een pistool van Russische herkomst. Het eerste schot trof de buik, de volgende schoten hoofd, nek en hoofd. David Stremplin viel woordloos achterover. Later hechtte mijn zoon er waarde aan dat hij precies zo getroffen had als eens in Davos de jood Frankfurter, al was het dan niet met een revolver. En net als deze had hij zichzelf vanuit de dichtstbijzijnde telefooncel bij de politie gemeld, nadat hij 110 had gedraaid. Zonder terug te keren naar de plek van het misdrijf ging hij op weg naar de dichtstbijzijnde politiepost, waar hij zichzelf aangaf met de woorden: 'Ik heb geschoten, omdat ik Duitser ben.'

Toen hij op weg daarheen was, kwamen hem al een politieauto en een ambulance tegemoet, allebei met zwaailicht. Maar voor David kwam elke hulp te laat.

8

Degene die zegt dat hij mij kent beweert dat ik mijn eigen vlees en bloed niet ken. Het kan zijn dat zijn allerbinnenste folterkamers voor mij gesloten zijn gebleven. Of ben ik niet slim genoeg geweest om te ontdekken hoe ik de geheimen van mijn zoon moet ontrafelen? Pas toen het proces bezig was, werd de afstand tot Konny kleiner, geen armlengte weliswaar, maar toch gehoorsafstand, ik heb echter verzuimd vanuit de toeschouwersbanken kreten als deze te wagen: 'Je vader staat achter je!' – of: 'Geen lezingen houden, zoon. Wees minder lang van stof!'

Waarschijnlijk daarom vindt iemand dat hij mij een 'verlate vader' moet noemen. Alles wat ik van mezelf terugkrabbelend doe, tamelijk dicht bij de waarheid opbiecht of als onder dwang prijsgeef, gebeurt volgens zijn oordeel 'achteraf en met een slecht geweten'.

En nu, nu mijn inspanningen het etiket 'Te laat!' hebben gekregen, schift hij mijn berg materiaal, de papierwinkel, hij wil weten wat er van moeders vossenbont is geworden. Deze nog na te leveren aanvulling vindt hij, de chef, blijkbaar bijzonder belangrijk: of ik mijn gedetailleerde kennis niet meer wil achterhouden, maar stukje bij beetje verslag wil doen over Tulla's vos, ook al heb ik een enorme hekel aan dit uit de mode geraakte kledingstuk.

Klopt. Van meet af aan had moeder er een en ze draagt hem nog steeds. Ongeveer zestien was ze toen ze, als tramconductrice met kepie en kaartjesblok die op de lijnen 5 en 2 dienstdeed, bij de halte Hochstrieß van een korporaal, die bovendien als een van mijn mogelijke vaders in aanmerking komt, de gave en al door de bontwerker geprepareerde vossenpels cadeau schijnt te hebben gekregen. 'Hij kwam gewond van het front in de Noordelijke IJszee terug en was nu in Oliva op herstelverlof' was en is de korte omschrijving van mijn toch denkbare verwekker, want de omineuze Harry Liebenau noch een andere onrijpe luchtmachthelper had op het idee kunnen komen om moeder een vos cadeau te doen.

En met deze verwarmende pels rond haar nek ging ze, toen de Pokriefkes werden ingescheept, aan boord van de Gustloff. Kort nadat het schip had aangelegd en de zwangere zich, steunend op een bloedjonge marinerekruut, stapje voor stapje op het bevroren zonnedek waagde, droeg ze het bont. Voor het grijpen lag de vossenpels naast het zwemvest toen ze op de afdeling voor kraamvrouwen en zwangeren lag en dokter Richter haar, meteen na de derde torpedo en de eerste weeën, een spuitje gaf. En met niets dan dat – de rugzak bleef achter –, alleen met het omgegespte zwemvest en de vos om haar nek stapte moeder, voordat ze het werd, in de reddingsboot, en ze zegt dat ze de pels eerder beethad dan het vest.

Zo, zonder schoenen aan haar voeten maar verwarmd door het bont, kwam ze aan boord van de torpedoboot Löwe. En alleen tijdens de al snel daarna beginnende bevalling, dus rond het moment dat de Gustloff met de boeg eerst en naar bakboord kenterend zonk, waarna de schreeuw van de tigduizend zich met mijn eerste schreeuw vermengde, lag de pels opgerold opnieuw naast haar. Maar toen ze, intussen in één klap witharig geworden, in Kolberg de torpedoboot verliet, liep de moeder met zuigeling weliswaar op kousen, maar ze droeg de vos, die niet door een shock was gebleekt, wurgend rond haar nek.

Ze beweert dat ze me tijdens de voortdurende vlucht voor de Russen vanwege de ijzige kou in de pels heeft gewikkeld. Zonder vos zou ik ongetwijfeld in de vluchtelingenstroom voor de Oderbrug bevroren zijn. Alleen aan de vos – en niet aan de vrouwen met overtollige melk – dank ik mijn leven. 'Zonder dat ding zou je 'n ijsklomp zijn geweest...' En de korporaal die haar het bont – naar men zegt het werk van een bontwerker in Warschau – heeft geschonken schijnt ten afscheid te hebben gezegd: 'Wie weet, meiske, waarvoor die eens goed zal zijn.'

In vredestijd echter, toen we geen kou meer hoefden te lijden, was het vosrode bont alleen van haar, lag het in de kast in een schoenendoos. Bij passende en niet-passende gelegenheden droeg ze het. Bijvoorbeeld toen ze haar patroonsbrevet kreeg, daarna bij haar onderscheidingen als 'modelarbeidster', zelfs bij bedrijfsfeestjes, wanneer er een 'bonte avond' op het programma stond. En toen ik genoeg had van de Arbeiders- en Boerenstaat en vanuit Oost-Berlijn naar het Westen wilde, begeleidde ze me met de vos om haar nek naar het station. Later, veel later, toen na een kleine eeuwigheid de grens weg was en moeder haar pensioen kreeg, trad ze bij de bijeenkomst van de overlevenden in Ostseebad Damp met haar altijd goed onderhouden vossenbont op. Onvergelijkelijk zag ze eruit tussen de modern opgetakelde dames van haar leeftijd.

En toen moeder op de eerste procesdag, waarop alleen de aanklacht werd voorgelezen en mijn zoon de daad onomwonden toegaf, zich echter boven alle schuld verheven voelde – 'Ik deed wat ik moest doen!' –, niet ging zitten waar Gabi en ik noodgedwongen zij aan zij zaten, maar demonstratief naast de ouders van de door vier schoten dodelijk getroffen David plaatsnam, droeg ze als vanzelfsprekend de vos, die als een strop om haar hals lag. Zijn spits toelopende snuit beet ongeveer daar waar de staart begon in de pels, zodat de bedrieglijk echt lijkende glazen ogen, waarvan er een tijdens de vlucht verloren was gegaan en vervangen had moeten worden, schuin ten opzichte van moeders lichtgrijze ogen stonden, waardoor permanent een dubbele blik op de aangeklaagde gericht was of de rechtersbalie fixeerde.

Ik vond het altijd pijnlijk haar zo ouderwets gekostumeerd mee te maken, vooral omdat de vos niet naar moeders lievelingsparfum Tosca rook maar vooral en in elk jaargetijde naar mottenballen. En tussendoor had het er ook wel eens schurftig uitgezien, het beest. Maar zodra ze op de tweede procesdag als getuige van de verdediging werd opgeroepen en in de getuigenbank optrad, was zelfs ik onder de indruk: als een anorectische diva droeg ze de pels bij haar witvlammende kapsel, en ze begon haar eerste antwoorden, hoewel ze niet beëdigd was, met de formule ‘Ik zweer...’, waarna ze alles wat ze te zeggen had klaarblijkelijk moeiteloos, zij het een beetje hoogdravend, in het Hoogduits zei.

In tegenstelling tot Gabi en mij, die gebruikmaakten van ons recht om geen informatie te verstrekken, was moeder graag bereid verklaringen af te leggen. Voor de verzamelde rechtbank, dat wil zeggen voor drie rechters – de voorzitter en de bijzitters –, daarnaast de twee lekenleden van de jeugdrechtbank, sprak ze als voor een pinkstergemeente. Men luisterde naar haar toen ze de officier van justitie de levieten las: eigenlijk was deze vreselijke daad ook haar op een pijnlijke wijze aangedaan. Haar hart was sindsdien verscheurd. Een vurig zwaard had haar gespleten. Door een reusachtige vuist was ze verpletterd.

Op het Demmlerplatz, waar in de arrondissementsrechtbank van Schwerin voor de uitgebreide jeugdrechtbank het proces plaatsvond, deed moeder alsof ze psychisch geknakt was. Nadat ze het noodlot had vervloekt, deelde ze in kleine en grote porties uit, verklaarde het niet tot liefde capabele echtpaar schuldig en prees haar door boze krachten en door dat duivelsapparaat, dat 'computerding', op dwaalwegen gebrachte kleinkind als steeds ijverig en beleefd, niet alleen wat het verschijnen bij het avondeten aanging. Ze verzekerde: sinds Konny bij haar in- en uitliep – daar genoot ze al sinds zijn vijftiende levensjaar van –, had ze zich aangewend haar dag tot op de minuut precies te organiseren. Ja, ze gaf toe: het computerding met alles wat erbij hoort was helaas haar geschenk geweest. Niet dat de jongen door zijn grootmoeder verwend was, integendeel. Omdat hij zich zo ongewoon bescheiden had getoond, had ze zijn wens zo'n 'modern ding' te hebben, graag vervuld. 'Want hij wilde anders nooit iets!' riep ze en wist nog: 'Urenlang was mijn Konradchen zoet met dat ding.'

Vervolgens, nadat ze het verleidelijk moderne spul had vervloekt, was ze bij haar onderwerp aanbeland. Het schip namelijk, waarover tot nu toe niemand iets had willen weten, was voor haar kleinzoon de aanleiding geweest voor nooit aflatend gevraag. Maar 'Konradchen' had zich niet alleen voor de ondergang 'van het mooie KdF-stoomschip vol vrouwen en kindertjes' geïnteresseerd en alleen daarover zijn overlevende grootmoeder het hemd van het lijf gevraagd, hij was ook, niet in de laatste plaats op haar verzoek, bereid geweest zijn enorme kennis, 'dat hele gedoe', met behulp van de computer overal heen te verspreiden, tot naar Australië en Alaska zelfs. 'Dat is niet verboden, meneer de rechter. Toch?' riep moeder en zette de kop van de vos in een centrale positie.

Eerder terloops kwam ze toen over de vermoorde te spreken. Dat haar 'Konradchen' op die manier – 'via zijn computerding namelijk' – met een andere jongen, zonder hem persoonlijk te kennen, bevriend was geraakt, ondanks het feit zelfs dat de twee vaak erg van mening verschilden, had ze leuk gevonden, want haar lieve kleinzoon gold anders overal als einzelgänger. Zo was hij nu eenmaal. Zelfs zijn relatie met zijn vriendinnetje uit Ratzeburg – 'die helpt bij een tandarts' – moest, meende zij, als nogal losjes worden beschouwd: 'Daar is nooit iets gebeurd met seks enzovoorts,' dat wist ze zeker.

Zoveel en nog meer vertelde moeder tamelijk correct als getuige van de verdediging op zijn Hoogduits, waarbij ze nadrukkelijk verzorgd sprak. Konrads 'sensibele omgang met gewetensvragen', zijn 'onverzettelijke waarheidsliefde' en zijn 'onwrikbare trots op Duitsland' werden voor de rechtbank geprezen. Maar toen de officier van justitie, zodra ze had bezworen dat het haar heel weinig kon schelen dat Konrads computervriend een jodenjongen was geweest, haar verzekerde dat al tamelijk lang bekend en bewezen was dat de ouders van de vermoorde helemaal niet van joodse afkomst waren, dat vader Stremplin uit een domineesgezin in Württemberg kwam en diens vrouw van een sinds generaties in Baden wonende boerenfamilie was, werd moeder zichtbaar opgewonden. Ze prutste aan haar vossenbont, gaf toen haar Hoogduitse pogingen op en riep: 'Wat 'n oplichterij! Dat kon mijn Konradchen niet weten, dat die David 'n onechte jood is. Iemand die zichzelf en anderen voor de gek heeft gehouden omdat-ie bij elke gelegenheid deed alsof-ie 'n echte jood is en altijd alleen maar over onze schande zat te kletsen...'

Toen zij de vermoorde voor 'gemene leugenaar' en 'valse kerel' ging uitschelden, ontnam de rechter haar het woord. Natuurlijk deed Konny, die tot dan toe moeders verbeten bezweringen met een subtiele glimlach had aangehoord, helemaal niet geschrokken, misschien zelfs teleurgesteld, toen de officier van justitie met een ironische houding voor Wolfgang Stremplin, die zich online David had genoemd, een, zoals hij zei, 'bewijs van Arische afkomst' voorlegde. Het commentaar bij dat wat hij toch al wist leverde mijn zoon vanuit een rustige zekerheid: 'Dat verandert niets aan de feiten. Alleen *ik* moest bepalen of de mij als David bekende persoon als jood sprak en handelde.' Toen hij van de rechter de vraag kreeg of hij ooit, in Mölln of in Schwerin, een echte jood had ontmoet, antwoordde hij met een duidelijk nee, maar hij voegde eraan toe: 'Voor mijn beslissing was dat niet relevant. Ik schoot uit principe.'

Toen ging het om het pistool dat mijn zoon na de daad vanaf de hooggelegen zuidelijke oever in het Meer van Schwerin had gegooid en waarvan moeder slechts kort en bondig vond: 'Hoe had ik dat ding moeten vinden, meneer de officier? Want mijn Konradchen maakte zijn kamer altijd zelf schoon. Dat wilde hij altijd per se.'

Op een vraag over het corpus delicti zei mijn zoon dat hij het schietijzer – een 7-mm-Tokarjev uit Sovjetrussische legervoorraden overigens – al anderhalf jaar geleden in bezit had. Dat had wel gemoeten, want hij was door rechtsradicale jongeren uit Mecklenburg bedreigd. Nee, namen wilde en zou hij niet noemen. 'Voormalige kameraden verraad ik niet!' De aanleiding voor de bedreiging was een lezing geweest die hij in die tijd op uitnodiging van een nationalistische organisatie had gehouden. Het thema van die lezing, 'Het lot van het KdF-schip Wilhelm Gustloff van de kiellegging tot de ondergang', was waarschijnlijk voor enkele toehoorders – 'onder hen extreem veel drinkende runderen' – te subtiel geweest. Vooral zijn objectieve beoordeling van de militaire prestatie van de Sovjetrussische duikbootcommandant, die het schip vanuit een riskante positie had getorpedeerd, had de kaalkoppen boos gemaakt. Door diverse vechtersbazen was hij later voor 'Russenvriend' uitgescholden en op straat herhaaldelijk bedreigd en ook fysiek aangevallen. 'Vanaf dat moment wist ik zeker dat je deze vulgaire nazi's niet ongewapend tegemoet mag treden. Met argumenten bereikte je bij hen niets.'

De zojuist vermelde lezing, die begin zesennegentig in een weekeinde in een café in Schwerin, de ontmoetingsplek van de bedoelde organisatie, werd gehouden, en nog twee referaten, die niet gehouden mochten worden maar die de rechtbank schriftelijk vastgelegd ter beschikking stonden, speelden in het verdere verloop van het proces een bijzondere rol.

Wat het ene referaat betreft zijn wij beiden tekortgeschoten. Gabi en ik hadden moeten weten wat zich in Mölln heeft afgespeeld. We deden alsof we blind waren. Als pedagoge, ook al was het op een andere school, is zij beslist te weten gekomen waarom haar zoon geen lezing mocht houden over een hoogst actueel thema vanwege een, zoals werd gezegd, 'afwijkende strekking'. Maar ik moet toegeven: ook ik had meer belangstelling voor mijn zoon moeten tonen.

Het zou bijvoorbeeld mogelijk zijn geweest mijn beroepshalve helaas onregelmatige bezoeken in Mölln zo te organiseren dat ik bij oudervergaderingen vragen had kunnen stellen, zelfs wanneer dit ruzie zou hebben opgeleverd met een van die bekrompen schoolfrikken. Ik had 'Vanwaar dat verbod? Waar blijft de tolerantie!' of iets dergelijks kunnen roepen. Mogelijk had Konny's lezing met de ondertitel 'De positieve aspecten van de nationaal-socialistische organisatie "Kraft durch Freude"' een beetje kleur gebracht in het saaie vak maatschappijleer. Maar ik heb geen oudervergadering bezocht en Gabi vond dat ze de toch al moeilijke situatie van haar collega-leraren niet moeilijker mocht maken door subjectieve moederlijke bezwaren, vooral omdat zij zich 'strikt tegen elke bagatellisering van de bruine pseudo-ideologie' had uitgesproken en tegenover haar zoon altijd haar linkse posities had verdedigd, vaak te ongeduldig, zoals ze moest toegeven.

Niets pleit ons vrij. Je kunt niet alles op moeder of op de bekrompen frikkenmoraal afschuiven. En terwijl het proces liep, moesten mijn ex en ik – zij nogal aarzelend en voortdurend naar de grenzen van de pedagogiek verwijzend – ons beider falen toegeven. Ach, was ik, de vaderloze, maar nooit vader geworden!

Soortgelijke verwijten maakten overigens ook de ouders van de arme David zichzelf, wiens voornaam eigenlijk Wolfgang was en wiens filosemitisch optreden onze Konny blijkbaar had geprovoceerd. In elk geval vertelde vader Stremplin me, toen Gabi en ik met het van ver gekomen echtpaar tijdens een procespauze aanvankelijk stroef maar daarna toch tamelijk open aan de praat raakten, dat het waarschijnlijk de puur wetenschappelijke activiteit in een nucleair onderzoekscentrum en zeker ook zijn al te afstandelijke beoordeling van historische gebeurtenissen waren geweest die tot vervreemding en meer nog tot sprakeloosheid tussen hem en zijn zoon hadden geleid. Vooral met zijn relatief koele manier om de periode van de nationaal-socialistische heerschappij te bekijken was hij op weinig begrip gestuit. 'Het resultaat was dus groeiende afstand.'

En mevrouw Stremplin vond dat Wolfgang altijd al een zonderling was geweest. Met leeftijdgenoten had hij hooguit contact gezocht bij het tafeltennissen. Van een meer intieme relatie met een vriendin was zij nooit iets te weten gekomen. Maar al vroeg, in zijn veertiende levensjaar, had hij de voornaam David aangenomen en was hij vanwege de uiteraard genoegzaam bekende oorlogsmisdaden en massamoorden zo in boetedoeningsgedachten opgegaan, dat op het laatst alles wat joods was voor hem op de een of andere manier heilig was geweest. Afgelopen jaar wilde hij uitgerekend voor Kerstmis een zevenarmige kandelaar hebben. En ergens was het wel merkwaardig geweest, zei ze, hem achter zijn alles, de pc op zijn kamer, te zien zitten met zo'n kapje op zoals vrome joden dat dragen. 'Regelmatig eiste hij dat ik alleen nog maar koosjer kookte!' Hooguit zo was het volgens haar te verklaren waarom haar Wolfgang zich tijdens zijn computerspelletjes als een joodse David had voorgedaan. Naar haar aanmaningen dat het toch op zeker moment afgelopen moest zijn met dat eeuwige aanklagen had hij niet geluisterd. 'De laatste tijd was onze knul onbereikbaar.' Daarom wist ze ook niet hoe haar zoon op die vreselijke partijfunctionaris en diens moordenaar, die Frankfurter, was gekomen. 'Zijn we misschien te vroeg opgehouden hem op te voeden?'

Mevrouw Stremplin sprak met horten en stoten. Haar man knikte bevestigend. Wolfgang, zei ze, had die David Frankfurter vereerd. Zijn voortdurende gepraat over David en Goliath was wel zot geweest, maar hij bedoelde het blijkbaar serieus. Zijn jongere broers, Jobst en Tobias, hadden hem gepest met zijn overdreven cultus. Zelfs een foto van de ten tijde van de moord in Davos nog jonge man stond ingelijst op Wolfgangs bureau. Bovendien de vele boeken, krantenknipsels en computeruitdraaien. Dat alles had waarschijnlijk met die Gustloff en het naar hem genoemde schip te maken gehad. 'Het is ergens vreselijk,' zei mevrouw Stremplin, 'wat toen bij die ondergang is gebeurd. Die kinderen allemaal. Daar wisten we helemaal niets van. Zelfs mijn man niet, en diens hobby is nog wel de jongste Duitse geschiedenis. Ook hij wist van dat geval van die Gustloff helaas niets, totdat uiteindelijk...'

Ze huilde. Gabi huilde ook en legde in haar hulpeloosheid een hand op de schouder van mevrouw Stremplin. Ook ik had kunnen huilen, maar de vaders beperkten zich tot een blik die waarschijnlijk wederzijds begrip te kennen gaf. We hebben de ouders van Wolfgang nog vaker ontmoet, ook buiten de rechtbank. Ruimdenkende mensen, die eerder zichzelf verwijten maakten dan ons. Steeds hun best doend, te willen begrijpen. Ik had de indruk dat ze tijdens het proces oplettend naar de meestal te lange betogen van Konny luisterden, alsof ze hoopten dat ze van hem, de moordenaar van hun zoon, iets verhelderends zouden horen.

Ik vond de Stremplins niet onsympathiek. Hij, rond de vijftig, was met zijn bril en zijn verzorgde grijze haar het type dat alles, zelfs concrete feiten, relativeert. Zij, midden veertig maar jonger lijkend, had de neiging alles ergens onverklaarbaar te vinden. Toen moeder ter sprake kwam zei ze: 'De grootmoeder van uw zoon is beslist een opmerkelijke vrouw, maar op mij maakt ze ergens een onheilspellende indruk...'

Over Wolfgangs jongere broers vernamen we dat ze helemaal anders van aard waren. En over de schoolprestaties van haar oudste zoon, diens slechte cijfers voor wis- en natuurkunde, maakte ze zich nog steeds zorgen, alsof Wolfgang 'ergens' nog in leven was en binnenkort toch nog het eindexamen zou halen.

We zaten in een van die nieuw ingerichte cafés op barkrukken om een te hoge ronde tafel. Eensgezind hadden we cappuccino besteld. Niets lekkers erbij. Soms raakten we van ons onderwerp af, bijvoorbeeld toen we vonden dat we de ongeveer even oude Stremplins de redenen voor onze snelle scheiding moesten bekennen. Gabi was, om kort te gaan, van mening dat noodzakelijke scheidingen tegenwoordig normaal waren en niet betekenden dat iemand er schuld aan had. Ik zei niets en liet alles wat enigszins verklaarbaar was over aan mijn ex, maar toen ging ik over op een ander onderwerp en bracht tamelijk verward de spreekbeurten ter sprake die Konny in Mölln en Schwerin niet had kunnen houden. Meteen maakten Gabi en ik ruzie als in asgrauwe huwelijkstijden. Ik beweerde dat de aanleiding voor het ongeluk van onze zoon – en de verschrikkelijke gevolgen daarvan – lag in het feit dat men hem had verboden zijn visie op de 30e januari drieëndertig uiteen te zetten en bovendien over de sociale betekenis van de nationaalsocialistische organisatie 'Kraft durch Freude' te vertellen, maar Gabi onderbrak me: 'Het is heel begrijpelijk dat de leraar dat een halt moest toeroepen. Uiteindelijk ging het, wat die datum betreft, om de machtsovername van Hitler en niet om de toevallig op diezelfde dag gedateerde verjaardag van een bijfiguur, over wiens diepere betekenis onze zoon lang en breed wilde gaan praten, in het bijzonder bij de behandeling van zijn zijthema "Verzuimde monumentenzorg"...'

Tijdens het proces ging dat zo: in de getuigenverklaringen van twee leraren die allebei de goede tot zeer goede schoolprestaties van de aangeklaagde bevestigden, kwamen de in Mölln en Schwerin niet gehouden referaten ter sprake. Eensluidend – en in dit geval Duits-Duits – verklaarden de beide pedagogen dat de niet gehouden spreekbeurten in hevige mate geïnfecteerd waren door nationaal-socialistisch gedachtegoed, hetgeen echter op een achterbaks intelligente manier tot uitdrukking was gekomen, bijvoorbeeld door het propageren van een 'klasseloze volksgemeenschap', maar ook door een handig in de tekst verweven eis van 'ideologievrije monumentenzorg' wat betreft het geëlimineerde grafteken van de voormalige nazi-functionaris Gustloff, die de scholier Konrad Pokriefke in zijn tweede verboden spreekbeurt als 'grote zoon van de stad Schwerin' had willen presenteren. De verspreiding van dergelijke gevaarlijke onzin had men om reden van pedagogische verantwoordelijkheid moeten verhinderen, vooral omdat er – op beide scholen – een groeiend aantal leerlingen was met rechts-radicale neigingen. De Oost-Duitse leraar legde ter afsluiting de nadruk op de 'antifascistische traditie' van zijn school. De West-Duitser kon alleen de tamelijk versleten kreet 'Principiis obsta!' bedenken.

Over het algemeen verliepen de getuigenverhoren zakelijk, als je van moeders erupties afziet en ook van de verklaring van de getuige Rosi, die huilend steeds maar verzekerde dat ze ook in de toekomst trouw zou blijven aan haar 'kameraad Konrad Pokriefke'. Omdat jeugdprocessen niet openbaar zijn, was er voor publieksoptredens geen echo. Maar toen bood de rechter, die zich soms, alsof hij de bloedserieuze achtergrond van het proces luchtiger wilde maken, grapjes veroorloofde, mijn zoon de mogelijkheid het motief van zijn daad toe te lichten, hetgeen Konny uitvoerig en gretig en vrij sprekend deed.

Natuurlijk begon hij bij Adam en Eva, bij de geboorte dus van de latere landelijk voorzitter van de NSDAP. Door diens organisorische prestaties in Zwitserland te accentueren en het genezen van de longziekte tot overwinning 'van de kracht over de zwakte' te verklaren, slaagde hij erin, een natuurgetrouwe held voor zichzelf te knutselen. Op die manier kon hij eindelijk de 'grote zoon van de deelstaathoofdstad Schwerin' vieren. Als er publiek toegelaten was geweest, had op de achterste rijen instemmend geroezemoes kunnen ontstaan.

Toen in zijn voordracht – Konrad liet al snel notities en citeerbaar materiaal los – voorbereiding en uitvoering van de moord in Davos aan de orde kwamen, hechtte hij waarde aan de legale aanschaf van het moordwapen en aan het aantal geloste schoten: 'Net als ik heeft ook David Frankfurter vier keer geraakt.' Ook diens voor de kantonnale rechtbank geformuleerde motivering van de daad, dat hij geschoten had omdat hij jood was, werd door mijn zoon als parallel gebruikt maar vervolgens uitgebreid: 'Ik heb geschoten omdat ik Duitser ben – en omdat uit David de eeuwige jood sprak.'

Bij het proces voor de kantonnale rechtbank in Chur bleef hij niet lang stilstaan, maar hij zei wel dat hij – in tegenstelling tot professor Grimm en partijspreker Diewerge – niet van mening was dat er joodse aanstichters van de daad waren. Het was volgens hem redelijk om te zeggen dat net als hij ook Frankfurter 'helemaal vanuit een innerlijke noodzaak' had gehandeld.

Daarna liet Konrad de in Schwerin gehouden staatsbegrafenis tamelijk aanschouwelijk de revue passeren, hij verstrekte zelfs informatie over het weer, 'lichte sneeuwval', en vergat bij de beschrijving van de rouwstoet geen straatnaam. Vervolgens, na een zelfs voor de geduldige rechter vermoeiende uitweiding over 'Betekenis, taak en prestaties van de nationaal-socialistische gemeenschap "Kraft durch Freude"' kwam hij te spreken over de kiellegging van het schip.

In dit gedeelte van zijn toespraak had mijn zoon duidelijk zin. Met zijn handen pratend gaf hij lengte, breedte en diepgang van het schip aan. En bij de tewaterlating en de doop door de, zoals hij zei, 'weduwe van de bloedgetuige' vond hij een gelegenheid aanklagend uit te roepen: 'Hier, in Schwerin, werd mevrouw Hedwig Gustloff meteen na de ondergang van het Groot-Duitse Rijk wederrechtelijk onteigend en later uit de stad verdreven!'

Vervolgens kwam hij te spreken over het interieur van het gedoopte schip. Hij verstrekte informatie over de feesten eetzalen, het aantal hutten, het zwembad op het E-dek. Ten slotte zei hij samenvattend: ‘Het klasseloos varende motorschip Wilhelm Gustloff was en blijft de levende uitdrukking van het nationale socialisme, tot voorbeeld dienend tot op de dag van vandaag en waarlijk zijn uitwerking hebbend voor nu en altijd!’

Ik had de indruk dat mijn zoon na het laatste uitroepteken naar het applaus van een denkbeeldig publiek luisterde, maar tegelijkertijd zal hij de beknoptheid gebiedende blik van de rechter hebben gezien, die zijn best deed om streng te kijken. Relatief snel, zoals vader Stremplin had kunnen zeggen, kwam hij bij de laatste reis en de torpedering van het schip. Het schrikwekkend hoge aantal bij de ondergang verdronken en bevroren mensen noemde hij ‘grof geschat’ en hij zette het naast de veel lagere aantallen doden bij andere scheepsondergangen. Toen noemde hij het aantal geredden, plaatste onder dankzegging de kapiteins op de voorgrond, negeerde mij, zijn vader, maar vermeldde wel zijn grootmoeder: ‘In de zaal zit de zeventigjarige mevrouw Ursula Pokriefke, in wier naam ik hier en nu getuig,’ waarop moeder ging staan en zich met haar witte haar en de vos om haar hals presenteerde. Ook zij deed alsof ze voor een groot publiek optrad.

Alsof Konny het slechts voor hem hoorbare applaus wilde beëindigen, deed hij nu met nadruk zakelijk, prees het ‘verdienstelijke detailwerk’ van de voormalige assistent-administrateur Heinz Schön en betreurde de tijdens de jaren na de oorlog aanhoudende vernieling van het wrak van de Gustloff door duikende schatzoekers: ‘Maar gelukkig hebben deze barbaren het goud van de Reichsbank noch de legendarische Barnsteenkamer gevonden…’

Bij deze passage meende ik een instemmende knik van de al te geduldige rechter waar te nemen, maar de toespraak van mijn zoon ging al als vanzelf verder. Nu sprak hij over de commandant van de Sovjetrussische onderzeeër S 13. Na een lange gevangenisstraf in Siberië was Alexander Marinesko, zo vertelde hij, dan toch eindelijk gerehabiliteerd en tot 'Held van de Sovjet-Unie' benoemd. 'Helaas heeft hij niet lang plezier gehad van dit verlate eerbetoon. Kort daarna stierf hij aan kanker...'

Geen aanklagende uitspraken. Niets was, zoals eerder op het internet, te horen over de 'inferieure Russische mens'. Veeleer verraste mijn zoon de rechter en de lekenleden van de jeugdrechtbank, waarschijnlijk ook de officier van justitie, met een verzoek aan het slachtoffer Wolfgang Stremplin hem te vergeven. Al te lang had hij op zijn website het tot zinken brengen van de Wilhelm Gustloff uitsluitend als moord op vrouwen en kinderen beschouwd. Maar David had hem tot het inzicht gebracht dat de commandant van de S 13 het voor hem naamloze schip terecht als militair object had beschouwd. 'Als hier al van schuld gesproken kan worden,' riep hij, 'dan moet het opperbevel van de marine, moet de admiraal worden aangeklaagd. Hij stond toe dat behalve de vluchtelingen een enorme hoeveelheid militair personeel werd ingescheept. De misdadiger heet Dönitz!'

Konrad pauzeerde, alsof hij onrust in de rechtszaal en interrupties moest afwachten. Maar misschien zocht hij ook alleen naar afsluitende woorden. Ten slotte zei hij: 'Ik sta achter mijn daad. Maar ik verzoek de geachte rechtbank de door mij voltrokken executie te beoordelen als iets dat alleen in een grotere samenhang kan worden begrepen. Ik weet: Wolfgang Stremplin stond vlak voor zijn eindexamen. Helaas kon ik daar geen rekening mee houden. Het ging en gaat om een grotere zaak. De deelstaathoofdstad Schwerin moet eindelijk haar grote zoon met name eren. Ik roep hierbij op op de zuidelijke oever van het meer, daar waar ik op mijn manier de bloedgetuige heb herdacht, een monument op te richten dat ons en de komende generaties Wilhelm Gustloff in de herinnering roept, die achterbaks door de jood werd vermoord. Net zoals enkele jaren geleden in Sint-Petersburg de duikbootcommandant Alexander Marinesko met een monument werd geëerd, zo moeten wij een man appreciëren die op 4 februari 1936 zijn leven gaf opdat Duitsland eindelijk van het jodenjuk bevrijd kon worden. Ik heb er geen moeite mee te erkennen dat er ook aan joodse zijde redenen zijn om óf in Israël, waar David Frankfurter in tweeëntachtig is overleden, óf in Davos met een standbeeld de student medicijnen te herdenken die zijn volk met vier gerichte schoten een teken gaf. Of alleen maar een bronzen plaquette, dat zou prima in orde zijn.'

Eindelijk vermande de rechter zich: 'Nu is het genoeg!' Daarna stilte in de zaal. De verklaringen van mijn zoon, nee, zijn uitbarsting bleef niet zonder effect. Het vonnis kon zijn voordracht echter niet verzachten noch verzwaren, want de rechtbank zal de in Konny's woordenstroom meedrijvende dwingende waanzin hebben herkend: waanvoorstellingen, die door attesten min of meer overtuigend werden geanalyseerd.

Op zich heb ik niet veel op met dit zich wetenschappelijk voordoend geschrijf. Maar het kan zijn dat een deskundige die zich als psycholoog in desolate gezinslevens had gespecialiseerd er niet helemaal naast zat toen hij Konny's, zoals hij het noemde, 'eenzame daad van een wanhopige' tot de jeugd zonder vader van de aangeklaagde herleidde en mijn vaderloze afkomst en opgroeien daar causaal met de haren bij sleepte. De twee andere attesten betraden soortgelijke platgetreden paden. Louter snipperjachten op familiair terrein. Per saldo was altijd de vader de schuldige. Terwijl het Gabi was die als alleenopvoeder de haar toegewezen zoon er niet van heeft kunnen afhouden van Mölln naar Schwerin te verhuizen, waarna hij definitief in moeders klauwen terechtkwam.

Zij, alleen zij is de schuldige. De heks met het vossenbont om haar nek. Altijd al een dwaallicht, zoals iemand weet die haar van vroeger kent en die vast en zeker iets met haar heeft gehad, want zodra hij over Tulla praat gaat hij dwepen, kletst hij mystieke praat... De een of andere watergeest uit Kasjoebië of de Koschneiderei, Thula, Duller of Tul, schijnt haar peet te zijn geweest.

Met haar hoofdje schuin, zodat haar steengrijze blik parallel stond met de glazen ogen van de vos, fixeerde moeder de vertellende experts. Ze zat daar en luisterde onbewogen hoe mijn vaderlijk falen als leidmotief tussen al het papiergeritsel zat en een muziek maakte die haar wel beviel. Zij kwam in de attesten slechts terloops voor. Want er werd gezegd: 'De op zich welwillende grootmoederlijke zorg kon voor de bedreigde jongeman vader en moeder niet vervangen. Hooguit kan worden vermoed dat het zware lot van zijn grootmoeder, haar overleven als zwangere en de bevalling bij het zien van het zinkende schip, enerzijds een stempel heeft gedrukt op haar kleinzoon Konrad Pokriefke, anderzijds door een intensief ingebeeld medeleven verstorend heeft gewerkt...'

Deze door de experts geslagen kerf probeerde de verdediger te verdiepen. Een ijverige man van mijn leeftijd die mijn ex had besteld maar die er niet in was geslaagd Konny's vertrouwen te winnen. Steeds wanneer hij het over een 'onbezonnen, niet opzettelijke daad' had en probeerde de moord te verzachten tot gewone doodslag, maakte mijn zoon alle pogingen van zijn verdediger met vrijwillige bekentenissen ongedaan: 'Ik nam de tijd en was er heel rustig onder. Nee, haat speelde geen rol. Mijn gedachten waren puur zakelijk van aard. Na het eerste, helaas te diep gerichte buikschot heb ik de drie andere schoten gericht gelost. Helaas met een pistool. Ik had graag, net als Frankfurter, een revolver tot mijn beschikking gehad.'

Konny deed alsof hij verantwoordelijkheid droeg. Te snel gegroeid stond hij daar met zijn bril en zijn krullen als aanklager van zichzelf voor de rechtbank. Hij zag er jonger uit dan zeventien, maar hij praatte zo wijsneuzig alsof hij in spoedcursussen levenservaring had verzameld. Hij wilde bijvoorbeeld geen medeschuld van zijn ouders accepteren. Welwillend glimlachend zei hij: 'Mijn moeder is best in orde, ook al werkte ze me met haar voortdurende geklets over Auschwitz vaak op de zenuwen. En mijn vader moet de rechtbank maar snel vergeten, zoals ik dat al jaren doe, hem gewoon vergeten.'

Haatte mijn zoon me? Was Konny wel in staat tot haat? Dat hij joden haatte heeft hij diverse keren ontkend. Ik heb de neiging te spreken over Konny's verzakelijkte haat. Haat op een klein pitje. Langetermijnhaat. Een zich emotieloos zelfbevruchtende haat.

Of zou het kunnen dat de verdediger het toch bij het rechte eind had toen hij de door moeder veroorzaakte fixatie op Wilhelm Gustloff herinterpreteerde als zoektocht naar een surrogaatvader? Hij gaf te bedenken dat het huwelijk van de Gustloffs kinderloos was geweest. De zoekende Konrad Pokriefke had zo een virtueel te vullen hiaat ontdekt. Tenslotte stond de nieuwe technologie en vooral het internet een dergelijke vlucht uit de jeugdige eenzaamheid toe.

Voor dit vermoeden spreekt dat Konny, zodra de rechter hem op dit punt van het proces het woord gaf, met enthousiasme, meer nog, met warmte over de 'bloedgetuige' sprak. Hij zei: 'Nadat mijn onderzoek had opgeleverd dat het sociale engagement van Wilhelm Gustloff meer door Gregor Strasser dan door de Führer was beïnvloed, zag ik alleen in hem mijn voorbeeld, hetgeen op mijn homepage herhaaldelijk en duidelijk tot uitdrukking is gekomen. Aan de bloedgetuige heb ik mijn innerlijke houding te danken. Hem te wreken was mijn heilige plicht!'

Toen de officier van justitie hem daarop tamelijk vasthoudend naar de redenen voor zijn verachting van de joden ondervroeg, zei hij: 'Dat ziet u helemaal verkeerd! In principe heb ik niets tegen joden. Maar ik ben, net als Wilhelm Gustloff, de mening toegedaan dat de jood binnen de Arische volkeren een vreemd element is. Laten ze maar allemaal naar Israël gaan, waar ze thuishoren. Hier zijn ze niet te dulden, daar zijn ze dringend nodig in hun strijd tegen een vijandige omgeving. David Frankfurter had helemaal gelijk met zijn beslissing meteen na de vrijlating uit de gevangenis naar Palestina te gaan. Het was een uitstekende zaak dat hij later op het Israëlische ministerie van Defensie werk heeft gevonden.'

In de loop van het proces kon je de indruk krijgen dat van iedereen die aan het woord kwam alleen mijn zoon duidelijke taal sprak. Snel kwam hij ter zake, hij hield het overzicht, had voor alles een oplossing paraat en raakte de kern van zijn zaak, terwijl de officier van justitie en de verdediger, de attesterende drie-eenheid en ook de rechter inclusief bijzitters en lekenrechters hulpeloos ronddwaalden op hun zoektocht naar het motief van de daad, waarbij ze God en Freud als wegwijzers gebruikten. Voortdurend deden ze hun best de, zoals de verdediger zei, 'arme jongen' tot slachtoffer te maken van maatschappelijke verhoudingen, een gestrand huwelijk, eenzijdig georiënteerde leerdoelen op school en een goddeloze wereld, ten slotte zelfs, zoals mijn ex zich verstoutte, 'de door de grootmoeder via de zoon aan Konrad doorgegeven genen' tot schuldigen te verklaren.

Over het eigenlijke slachtoffer van de daad, de eindexamenkandidaat Wolfgang Stremplin, die zichzelf online tot joodse David had gepromoveerd, werd tijdens het proces nauwelijks gesproken. Beschaamd sloegen ze hem over, hij kwam alleen als doelwit voor. De verdediger bijvoorbeeld vond dat hij hem het provocerende simuleren van onjuiste feiten kon verwijten. De diagnose 'eigen schuld' bleef weliswaar onuitgesproken, maar ze nestelde in bijzinnen als deze: 'Het slachtoffer drong zichzelf als het ware op.' Of: 'Het was meer dan nalatig de internetruzie naar de werkelijkheid te verplaatsen.'

In elk geval vielen de dader grotere porties medeleven ten deel. Dat was waarschijnlijk de reden dat het echtpaar Stremplin nog vóór het wijzen van het vonnis vertrok. Dat deden ze niet voordat ze Gabi en mij in een café tegenover de rechtbank hadden verzekerd dat een te harde bestraffing van onze zoon niet in hun en zeker niet in Wolfgangs geest kon zijn. 'Wij zijn vrij van welk soort van wraakgevoelens dan ook,' zei mevrouw Stremplin.

Als ik puur beroepsmatig, dat wil zeggen als journalist aanwezig was geweest, dan had ik het tot doodslag afgezwakte vonnis als een 'te lage straf', misschien zelfs als 'justitieel schandaal' bekritiseerd. Maar nu, ver van elke journalistieke plicht en helemaal op mijn zoon geconcentreerd, die de zeven jaar jeugddetentie onbewogen accepteerde, was ik geschokt. Verloren jaren! Hij zal vierentwintig zijn als hij de straf helemaal moet uitzitten! Door zijn dagelijkse omgang met criminelen en echte rechts-radicalen ongevoelig gemaakt, zal hij dan weliswaar vrij zijn maar naar alle waarschijnlijkheid opnieuw strafbare feiten plegen en weer in de gevangenis terechtkomen. Nee! Dit vonnis is onacceptabel.

Maar Konny weigerde de door de verdediger aangegeven mogelijkheid te benutten met een hoger beroep te proberen een revisie van het vonnis te bereiken. Ik kan slechts weergeven wat hij tegen Gabi gezegd schijnt te hebben: 'Het is gewoon moeilijk te vatten dat ik maar zeven jaar heb gekregen. De jood Frankfurter hebben ze indertijd met achttien jaar opgezadeld, waarvan hij er echter maar negenenhalf heeft uitgezeten...'

Mij wilde hij niet zien voordat hij werd weggebracht. En nog in de rechtszaal omarmde hij niet zijn moeder maar zijn grootmoeder, die, ondanks haar schoenen met hoge hakken, slechts tot zijn borst kwam. Toen hij moest vertrekken keek hij nog één keer om. Het kan zijn dat hij Davids ouders zocht en miste.

Toen wij even later voor het gebouw van de arrondissementsrechtbank op het Demmlerplatz stonden en ik eindelijk een sigaret in mijn mond kon stoppen, maakten we een razende moeder mee. Ze had het vossenbont, haar halssieraad voor officiële gelegenheden, afgelegd en daarmee haar hoogdravende Hoogduits: 'Dat is toch geen gerechtigheid!' Woedend trok ze de sigaret uit mijn mondhoek, vertrapte haar plaatsvervangend voor iets anders dat vernietigd moest worden, schreeuwde eerst en ging toen helemaal door het lint: ''n Schoftenstreek is 't! D'r is geen gerechtigheid meer. Niet die knul, mij hadden ze moeten opsluiten. Maar natuurlijk, ik was 't die 'm dat computerding en toen afgelopen Pasen dat schietijzer cadeau heeft gedaan, want ze hebben mijn Konradchen persoonlijk bedreigd, die kaalkoppen. Eén keer kwam-ie echt tot bloedens toe geslagen thuis. Maar huilen deed-ie niet, absoluut niet. Maar nee! Dat ding lag al bij mij in de commode. Dat heb ik meteen na de *Wende* op de Russenmarkt gekocht. Heel goedkoop. Maar tijdens 't proces heeft niemand gevraagd waar 't vandaan kwam, dat ding...'

9

Een verbodsbord dat van meet af aan gold. Strikt heeft hij mij verboden om met Konny's gedachten te speculeren, om bijvoorbeeld dat wat hij mogelijk dacht als denkspel in scène te zetten, om eventueel op te schrijven wat in het hoofd van mijn zoon zou kunnen worden geformuleerd en citeerbaar zou kunnen worden.

Hij zegt: 'Niemand weet wat hij dacht en nu nog denkt. Elk hoofd blijft dicht, niet alleen het zijne. Verboden gebied. Niemandsland voor woordjagers. Het lichten van het scheldak: nutteloos. Bovendien zegt niemand hardop wat hij denkt. En wie het probeert, liegt met de eerste halve zin. Zinnen die zo beginnen: Hij dacht op dat moment… of: In gedachten zei hij… zijn altijd al krukken geweest. Niets is geslotener dan een hoofd. Zelfs opgevoerde marteling levert geen waterdichte bekentenissen op. Zelfs op het moment van de dood kan met de gedachten worden gesjoemeld. Daarom kunnen we ook niet weten wat Wolfgang Stremplin dacht toen in hem het besluit opkwam, op het internet als joodse David een rol te spelen, of wat er zich letterlijk in zijn hoofd afspeelde toen hij staand voor de jeugdherberg "Kurt Bürger" zag hoe zijn vriendvijand, die zichzelf online

Wilhelm had genoemd, nu als Konrad Pokriefke het pistool uit de rechterzak van zijn parka haalde en na het eerste, het buikschot, met nog drie schoten zijn hoofd en de daarin opgesloten gedachten raakte. We zien alleen wat we zien. De oppervlakte zegt niet alles, maar genoeg. Geen gedachten dus, ook geen achteraf bedachte. Op deze manier, zuinig met woorden, komen we sneller waar we zijn moeten.'

Het is goed dat hij niet weet wat voor gedachten er geheel tegen mijn wil uit linker- en rechterhersenkronkels kruipen, ontzettend overtuigend zijn, angstvallig bewaarde geheimen prijsgeven, mij voor schut zetten, zodat ik schrik en snel probeer iets anders te denken. Ik dacht bijvoorbeeld aan een cadeau voor Neustrelitz, aan iets dat ik voor mijn zoon probeerde te bedenken, een kleine attentie, geschikt voor het eerste bezoek.

Omdat ik alle krantenberichten met commentaar op het proces via een knipseldienst toegestuurd had gekregen, beschikte ik over een foto van Wolfgang Stremplin uit de *Badische Zeitung*. Daarop zag hij er aardig uit, maar niet speciaal. Een eindexamenkandidaat misschien, een dienstplichtig iemand zeker. Hij glimlachte met zijn mond en had een droevige trek om zijn ogen. Zijn donkerblonde haar droeg hij zonder scheiding en licht golvend. Een jongeman die vanuit een open hemdskraag zijn hoofd naar links hield. Mogelijk een idealist die ik weet niet wat dacht.

Voor de rest was het commentaar op het proces tegen mijn zoon wat de omvang betreft teleurstellend matig uitgevallen. Ten tijde van het proces was er in beide delen van het nu verenigde Duitsland een reeks rechts-radicale misdrijven geweest, onder andere de poging tot doodslag met honkbalknuppels op een Hongaar in Potsdam en het neerknuppelen van een gepensioneerde man in Bochum met de dood tot gevolg. Onophoudelijk en overal sloegen skinheads toe. Politiek gemotiveerd geweld was intussen dagelijkse kost, net als oproepen tegen rechts. En net als de spijtbetuigingen van politici, die de geweldplegers in bijzinnen verpakt explosief materiaal aanreikten. Maar het kan ook zijn dat de onbetwistbare feiten, volgens welke Wolfgang Stremplin niet joods was, de belangstelling voor het lopende proces verminderden, want aanvankelijk, meteen na de daad, waren er in het hele land vette koppen geweest: 'Joodse medeburger doodgeschoten!' en 'Laffe moord uit jodenhaat!' En ook het bijschrift onder de foto – 'Het slachtoffer van het jongste antisemitische geweld' –, dat ik eronder heb weggeknipt.

En dus bevond zich bij mijn eerste bezoek in de jeugdgevangenis – een tamelijk aftands gebouw dat rijp was voor de sloop – als kleinigheid in mijn borstzak de krantenfoto van Wolfgang Stremplin. Konny zei zelfs dankjewel toen ik hem de slechts één keer gevouwen opname toeschoof. Hij streek haar glad, glimlachte. Ons gesprek verliep stroef, maar hij praatte toch met me. In de bezoekersruimte zaten we tegenover elkaar. Aan andere tafels hadden andere criminele jongeren ook bezoek.

Omdat mij verboden is gedachten af te lezen van het voorhoofd van mijn zoon, rest mij alleen nog te zeggen dat hij, met zijn vader geconfronteerd, zoals gewoonlijk gesloten maar niet afwijzend deed. Zelfs een vraag naar mijn journalistieke werk kon eraf. Toen ik hem vertelde van een reportage over het in Schotland gekloonde wonderschaap Dolly en de uitvinders ervan, zag ik hem glimlachen. 'Dat zal mama beslist interessant vinden, want zij heeft iets met genen, vooral met de mijne.'

Toen hoorde ik dat het mogelijk was in de ontspanningsruimte van de gevangenis te tafeltennissen en ik vernam dat hij met drie andere jongemannen een cel deelde, 'rare snuiters, maar ongevaarlijk'. Hij had, zei hij, zijn eigen hoek inclusief tafel en boekenplank. Bovendien kon je schriftelijk onderwijs volgen. 'Dat is weer eens wat anders!' riep hij. 'Ik zal mijn eindexamen in de gevangenis halen, in mijn eigen studiecel als het ware.' Het beviel me helemaal niet dat Konny probeerde grappig te zijn.

Toen ik vertrok, loste zijn vriendin Rosi me af, die er al behuild uitzag toen ze, alsof ze in rouw was, helemaal in het zwart binnenkwam. Een algemeen komen en gaan bepaalde de bezoekdag: snikkende moeders, verlegen vaders. De toezichthouder, die de geschenken nogal nonchalant controleerde, liet de foto van Wolfgang als David passeren. Vóór mij was moeder beslist bij hem geweest, mogelijk samen met Gabi. Of hebben de twee kort na elkaar Konny bezocht?

Tijd verging. Ik voerde niet langer het wonderschaap Dolly met houthoudend papier, maar trapte andere sensaties op de hielen. En in het voorbijgaan ging een van mijn eendagsrelaties – deze keer was het een fotografe die zich had gespecialiseerd in wolkenformaties – tamelijk geruisloos ten einde. Toen stond er weer een bezoekdag op de kalender.

Zodra we tegenover elkaar zaten vertelde mijn zoon me dat hij in de werkplaats van de inrichting een paar foto's achter glas had ingelijst en onder zijn boekenplank opgehangen: 'Tuurlijk, ook die van David.' Bovendien zaten er nu twee foto's achter glas die deel hadden uitgemaakt van zijn websitemateriaal en die hij waarschijnlijk op verzoek van moeder gekregen heeft. Het ging om opnamen die allebei de kapitein derde klasse Alexander Marinesko tot onderwerp hadden, die echter, zoals mijn zoon zei, niet minder op elkaar hadden kunnen lijken. Hij had de plaatjes van internet gehaald. Twee Marinesko-fans hadden beweerd dat zij het echte portret in hun frame hadden. 'Een merkwaardige ruzie,' zei Konny en haalde de als familiefoto's ingelijste afbeeldingen onder zijn eeuwig houdbare Noorse trui tevoorschijn.

Zakelijk werd ik onderwezen: 'Die met het ronde gezicht naast de periscoop wordt tentoongesteld in het marinemuseum van Sint-Petersburg. En deze hier, die met zijn vierkante gezicht op de toren van zijn boot staat, schijnt het echt te zijn. In elk geval zijn er schriftelijke bewijzen voor het feit dat hij deze foto als origineel aan een Finse hoer heeft geschonken die Marinesko regelmatig heeft bediend. Want de commandant van de S 13 had iets met vrouwen. Interessant wat er van zo iemand overblijft...'

Mijn zoon praatte nog lang over zijn kleine portrettengalerij, waarvan een vroege en een late opname van David Frankfurter deel uitmaakten. De late liet hem oud en weer als roker zien. Een portret ontbrak. Ik wilde al een beetje hoop koesteren, toen Konny, alsof hij de gedachten van zijn vader kon lezen, me te verstaan gaf dat de leiding van de gevangenis hem had verboden 'een echt haarscherpe opname van de bloedgetuige in uniform' als celversiering te gebruiken.

Het vaakst zocht moeder hem op, ze was er in elk geval vaker dan ik. Gabi was meestal verhinderd vanwege haar 'vakbondsgedoe': ze matte zichzelf onbezoldigd af in de onderwijsbond. En ik moet Rosi niet vergeten: zij kwam tamelijk regelmatig, al snel niet meer betraand.

In het lopende jaar had ik het druk met het vroeg en in het hele land uitbrekende verkiezingsgebrul, dat wil zeggen: net als het hele journaille probeerde ik het koffiedik van permanente kiezersenquêtes te lezen. Inhoudelijk leverde het getier weinig op. Hooguit was te voorspellen dat die dominee Hintze met zijn 'rode-sokken-campagne' de PDS zou vetmesten maar de dikke, die vervolgens inderdaad door de kiezers werd weggestuurd, niet kon redden. Ik was veel onderweg, interviewde Bondsdag-afgevaardigden, middelhoge bonzen uit het bedrijfsleven, zelfs een paar rechts-radicalen, want hun werd meer dan vijf procent voorspeld. In Mecklenburg-Vorpommern waren ze vooral actief, hoewel met slechts matig succes.

In Neustrelitz kwam ik niet, maar per telefoon was van moeder te vernemen dat het goed ging met haar 'Konradchen'. Hij was zelfs 'een paar pond' aangekomen. Bovendien was hij tot instructeur van een computercursus voor jonge criminelen, zoals zij zegt, 'gepromoveerd'. 'Want je weet wel dat-ie op dat gebied altijd al van wanten wist...'

Dus stelde ik me mijn zoon voor hoe hij, intussen met bolle wangen, zijn medegevangenen het abc volgens de allernieuwste gebruiksaanwijzing leerde, maar ik veronderstelde wel dat de bewoners van de jeugdgevangenis de toegang tot het internet ontzegd zou zijn. Enkele criminelen hadden dan immers, geïnstrueerd door de webmaster Konrad Pokriefke, een virtuele vluchtroute kunnen vinden: de collectieve ontsnapping naar Cyberspace.

Bovendien hoorde ik dat een tafeltennisteam uit Neustrelitz, waar mijn zoon deel van uitmaakte, tegen een selectie van de jeugdgevangenis Plötzensee had gespeeld en gewonnen. Samenvattend: de volgens het vonnis als doodslager aan te duiden en intussen meerderjarige zoon van een drukbezette journalist was vierentwintig uur per dag in de weer. Vlak na de zomer haalde hij zijn schriftelijk afgelegde eindexamen met een dikke acht gemiddeld. Ik stuurde een telegram: 'Gefeliciteerd, Konny!'

En toen kreeg ik bericht van moeder: ze was meer dan een week in het Poolse Gdańsk geweest. Nu was ze weer in Schwerin, waar ik haar opzocht en te horen kreeg: 'In Danzig heb ik natuurlijk ook rondgelopen, maar meestal was ik in Langfuhr onderweg. Alles is daar veranderd. Maar het huis in de Elsenstraße staat d'r nog. Zelfs de balkons met de bloembakken zijn d'r nog allemaal...'

Met een touringcar had ze de reis gemaakt. 'Het was

heel goedkoop voor ons!' Een groep verdrevenen, vrouwen en mannen van moeders leeftijd en ouder, hadden van de aanbieding van een reisbureau geprofiteerd dat zogenoemde 'heimweetochten' organiseerde. Moeder zei: 'Mooi was 't daar. Dat moet je die polakken nageven, ze hebben veel weer opgebouwd, al die kerken en zo. Alleen 't standbeeld van die Gutenberg, die wij als kinderen "Kuttenpäch" noemden en die in 't Jäschkentaler Wald vlak achter de Erbsberg stond, dat is d'r niet meer. Maar in Breesen, daar was ik toen 't mooi weer was, hebben ze weer 'n echt zwembad zoals vroeger...'

Daarna weer haar ik-ben-niet-thuis-blik. Maar toen draaide de plaat met de tik weer: hoe het vroeger, nog vroeger, heel vroeger was geweest op de binnenplaats van de meubelmakerij, of hoe ze een sneeuwman in het bos hadden gemaakt of wat een drukte er tijdens de zomervakantie op het Oostzeestrand heerste, 'toen ik zo'n plank was...' Met een groep jongens was ze naar een scheepswrak gezwommen, waarvan de opbouw sinds het begin van de oorlog uit het water stak. 'Heel diep doken we dat verroeste ding in. En een van die jongens, die ging d'r 't diepst in, Jochen heette die...'

Ik vergat moeder te vragen of ze tijdens de heimweetocht, ondanks het zomerse weer, de vervloekte vossenpels in haar bagage had gehad. Maar ik wilde alleen maar weten of tante Jenny mee was geweest naar Danzig-Langfuhr en waar nog overal heen. 'Nee,' zei moeder, 'die wilde niet mee. Vanwege d'r benen en ook voor de rest niet. 't Zou d'r te veel pijn doen, zei ze. Maar de weg naar school, die ik altijd met m'n vriendin liep, die ben ik 'n paar keer op en neer gelopen. Het leek nu veel korter...'

Nog meer reisindrukken heeft moeder ongetwijfeld meteen na haar terugkeer heet van de naald aan mijn zoon opgedist, alle details van de ook mij toegefluisterde bekentenis: ‘In Gotenhafen was ik ook, alleen. Ongeveer daar waar we aan boord moesten. In gedachten heb ik me alles voorgesteld, ook al die kindertjes met d’r hoofden naar beneden in ’t ijskoude water. Ik moest huilen, maar ’t lukte niet...’ Weer haar ik-ben-niet-thuis-blik. Toen had ze het alleen nog maar over ‘Ka-dé-ef’: ‘Eigenlijk was ’t ’n mooi schip.’

Daarom was het niet verbazingwekkend dat ik bij mijn volgende bezoek in Neustrelitz – meteen na de Bondsdagverkiezingen – met een product van de betere knutselkunst werd geconfronteerd. De bouwdoos waaruit mijn zoon had geput was een cadeau dat vast en zeker uit moeders portemonnee was betaald.

Zulke dingen vind je op de speelgoedafdelingen van de warenhuizen daar waar in rekken in goed gesorteerde stapels bouwdozen liggen van beroemde exemplaren die kunnen vliegen, rijden, drijven. Ik denk niet dat ze in Schwerin inkopen heeft gedaan. Ze heeft óf in het Alsterhaus in Hamburg óf in het KaDeWe in Berlijn gezocht en gevonden. In Berlijn was ze vaak. De laatste tijd reed ze in een Golf en was ze eigenlijk veel en – wat haar rijstijl betreft – gewaagd onderweg. Moeder haalt uit principe in.

Wanneer ze naar Berlijn kwam, dan was dat niet om mij in mijn Kreuzbergse vrijgezellenchaos op te zoeken, maar om in Schmargendorf met haar vriendin Jenny ‘over vroeger te klessebessen’ en daarbij zandtaart met Rotkäppchensekt te drinken. Sinds de *Wende* zagen de twee elkaar heel vaak, alsof er iets moest worden ingehaald, als was het zaak de verloren jaren van de Muurtijd te compenseren. Ze waren een bijzonder stel.

Wanneer moeder tante Jenny opzocht – en ik er getuige van mocht zijn –, maakte ze een verlegen indruk en deed ze alsof ze een klein meisje was dat haar vriendin kortgeleden nog iets onaardigs had aangedaan. Nu wilde ze het weer goedmaken. Tante Jenny daarentegen leek alles wat jaren geleden aan ergs was gebeurd te hebben vergeven. Ik zag hoe ze moeder in het voorbijstrompelen aanhaalde. Daarbij lispelde ze: 'Het is al goed, Tulla, het is al goed.' Vervolgens zwegen ze allebei. En tante Jenny dronk haar hete citroendrank. Als moeder, behalve van de bij het zwemmen verdronken Konrad en de crimineel geworden Konny, al van iemand hield, dan was het van haar schoolvriendin.

Sinds ik begin jaren zeventig een kamertje in de zolderwoning in Schmargendorf had bewoond, is daar geen meubelstuk verplaatst. Alles wat er aan prullaria staat en desondanks niet verstoft, ziet eruit alsof het van eergisteren is. En zoals bij tante Jenny elke muur, ook de schuine, met balletfoto's is behangen – zij die onder de artiestennaam Angustri bekend werd als Giselle, in het *Zwanenmeer* en in *Coppélia* rank solo of naast haar eveneens graciele ballerino –, zo is moeder vanbinnen en vanbuiten met herinneringen beplakt. En als je, zoals men zegt, herinneringen kunt uitwisselen, was en is in de Karlsbader Straße de overslagplaats voor zulke houdbare waar.

Dus zal ze tijdens een reis naar Berlijn – vóór of na haar bezoek bij tante Jenny – in het KaDeWe uit het aanbod aan bouwdozen voor knutselaars een bepaald model hebben uitgezocht. Niet het Dornier-watervliegtuig Do x, geen Königstiger-tankmodel, niet het slagschip Bismarck, dat al in eenenveertig tot zinken was gebracht, en ook niet de zware kruiser Admiral Hipper, die na afloop van de oorlog is gesloopt, leken haar als geschenk geschikt. Niets militairs koos ze uit: haar voorkeur ging uit naar het passagiersschip Wilhelm Gustloff. Waarschijnlijk heeft ze zich door niemand laten adviseren, want moeder wist altijd al wat ze wilde.

Waarschijnlijk had mijn zoon na een verzoek daartoe toestemming gekregen het bijzondere voorwerp in de bezoekersruimte te laten zien. In elk geval knikte de toezichthouder welwillend toen de gevangene Konrad Pokriefke beladen met het modelschip binnenkwam. Wat ik zag liet gedachten ontrollen die in een kluwen in de war raakten. Houdt dat nou niet op? Begint dit verhaal steeds opnieuw? Kan moeder geen eindpunt vinden? Wat dacht ze toen ze het geschenk kocht?

Tegen Konny, de intussen meerderjarige, zei ik: 'Leuk. Maar eigenlijk ben je toch te oud voor dit soort dingen?' En hij gaf me zelfs gelijk: 'Weet ik. Maar als je mij, toen ik dertien of veertien was, de Gustloff voor mijn verjaardag cadeau had gedaan, dan zou ik dit kindergedoe nu niet hoeven in te halen. Maar ik vond het leuk. Ik heb tijd genoeg, toch?'

Het verwijt kwam hard aan. En terwijl ik er nog tegen aanhikte en me afvroeg of bijtijdse belangstelling voor het vervloekte schip als model, bovendien onder vaderlijke begeleiding, mijn zoon mogelijk van het allerergste had afgehouden, zei hij: 'Ik wilde dit graag hebben van oma Tulla. Ik wilde eens plastisch voor ogen hebben hoe het schip eruitzag. Het ziet er tof uit, toch?'

Van de boeg tot de achtersteven pronkte het 'Kraft durch Freude'-schip met zijn schoonheid. Uit heel veel onderdelen had mijn zoon de klassieke vakantiegangersdroom in elkaar gezet. Wat was het zonnedek ruim, zo zonder opbouwsels! Wat was de enige schoorsteen midscheeps elegant, licht achteroverhellend in de richting van de achtersteven! Duidelijk zichtbaar het beglaasde promenadedek! Onder de commandobrug de wintertuin, 'prieel' genoemd. Ik vroeg me af waar binnen in het schip het E-dek met het zwembad zou kunnen zijn en telde de reddingsboten: ze waren er allemaal.

Konny had het witglanzende scheepsmodel in een speciaal door hem gemaakte draadconstructie gezet. Tot aan de kiel was de romp zichtbaar. Ik formuleerde nu toch, hoewel met een ironische ondertoon, mijn bewondering voor de ijverige knutselaar. Hij reageerde op mijn pluim met een giechelende lach, toverde een pastilledoosje uit zijn zak waarin hij, zoals zou blijken, drie rode stickers ter grootte van ongeveer een Pfennig bewaarde. En met de rode stippen markeerde hij de romp daar waar de torpedo's hun doel hadden gevonden: één stip aan de bakboordzijde van het voorschip, de volgende daar waar ook ik binnen in het schip het zwembad zou hebben vermoed, de derde stip was bestemd voor de machinekamer. Konrad deed dat plechtig. Hij stigmatiseerde de scheepsromp, bekeek zijn werk, was blijkbaar tevreden, zei: 'Dat was maatwerk' en ging toen abrupt over op een ander thema.

Mijn zoon wilde weten wat ik bij de Bondsdag-verkiezingen had gestemd. Ik zei: 'De Republikaner zeker niet' en gaf toen toe dat mij al jaren geen stembureau had kunnen lokken. 'Dat is nou weer typisch voor jou, dat je volstrekt geen eigen overtuiging hebt,' zei hij, maar hij wilde niet verraden wat hij als nieuwe kiezer schriftelijk had aangekruist. Ik gokte, moeders invloed vermoedend, op de PDS. Maar hij glimlachte alleen maar en begon toen kleine, blijkbaar zelfgemaakte vlaggetjes, die daar in een ander doosje op hadden liggen wachten, op de boeg, de achtersteven en de toppen van de twee masten van het scheepsmodel te zetten. Zelfs het KdF-logo en de vlag van het Deutsche Arbeitsfront had hij in miniatuur nagemaakt, en ook die met het hakenkruis ontbrak niet. Het gepavoiseerde schip. Alles klopte, alleen bij hem was het weer eens helemaal mis.

Wat te doen wanneer de zoon de verboden, sinds jaren onder huisarrest lijdende gedachten van de vader leest, in één klap in bezit neemt en zelfs in daden omzet? Steeds deed ik mijn best om op zijn minst politiek correct te zijn, niets verkeerds te zeggen, naar buiten toe fatsoenlijk te lijken. Zelfdiscipline noemt men dat. Of het nu in de Springer-kranten of bij de *Tageszeitung* was, altijd heb ik de tekst gezongen die ze me voorhielden. Ik was zelfs tamelijk overtuigd van wat ik zelf opschreef. Haat opkloppen en cynisch er net tussendoor glippen, twee activiteiten die mij afwisselend gemakkelijk afgingen. Maar ik was nooit een speerpunt, zette nooit met hoofdartikelen de koers uit. Het thema bepaalden anderen. Zo hield ik het midden, gleed nooit helemaal af naar links of naar rechts, trapte niemand op de tenen, dreef met de stroom mee, liet me drijven, moest het hoofd boven water houden. Dat zal wel met de omstandigheden van mijn geboorte te maken hebben. Daarmee was bijna alles te verklaren.

Maar toen tapte mijn zoon een vat aan. Het was eigenlijk geen verrassing. Het moest wel zo gaan. Want na alles wat Konny op internet had gezet, in de chatbox had gekletst, op zijn homepage had geproclameerd, waren de schoten, gericht gelost op de zuidelijke oever van het Meer van Schwerin, de uiterste consequentie. Nu zat hij in jeugddetentie, had met zijn overwinningen bij het tafeltennis en als instructeur van de computercursus aanzien verworven, kon prat gaan op zijn behaalde eindexamen, kreeg zelfs, zoals moeder me toefluisterde, nu al uit het bedrijfsleven aanbiedingen voor later: de nieuwe technologieën! Hij leek in de binnenkort nieuwe eeuw toekomst te hebben, maakte een opgewekte indruk, zag er weldoorvoed uit, praatte tamelijk verstandig maar hield niet op de vlag als vlaggetje op te houden. Dat kan alleen maar verkeerd aflopen, dacht ik vaag en zocht raad.

Aanvankelijk, omdat ik niet wist wat ik moest doen, zelfs bij tante Jenny. De oude dame in haar poppenkamer luisterde met een lichte trilling van het hoofd naar alles wat ik min of meer eerlijk vertelde. Bij haar kon je je hart uitstorten. Dat was ze gewend, vermoedelijk al sinds haar jeugd. Nadat ik het meeste kwijt was toonde ze me haar bevroren glimlach en zei: 'Dat is het kwaad, dat naar buiten wil. Mijn jeugdvriendin Tulla, jouw lieve moeder, kent dat probleem. Ach, hoe vaak heb ik niet als kind onder haar uitbarstingen moeten lijden. En ook mijn adoptievader – ik schijn immers, wat indertijd geheimgehouden moest worden, van echte zigeuners af te stammen –, nou ja, die enigszins zonderlinge leraar, wiens naam, Brunies, ik mocht dragen, heeft Tulla van haar slechte kant moeten leren kennen. Dat was pure moedwil van haar. Maar het liep slecht af. Na de aangifte werd papa Brunies opgehaald... Hij werd in Stutthof opgesloten... Maar op het eind is bijna alles in orde gekomen. Je zou met haar over je zorgen moeten praten. Tulla heeft aan zichzelf ervaren hoe grondig een mens kan veranderen...'

Dus scheurde ik vanuit Berlijn over de A24 en nam de afslag naar Schwerin. Zeker, ik sprak met moeder, voorzover je met haar over mijn steeds dwars lopende gedachten kon spreken. We zaten op de tiende verdieping van de gerenoveerde systeembouwflat in de Gagarinstraße op het balkon met uitzicht op de televisietoren. Beneden stond nog steeds Lenin in brons naar het Westen te kijken. Haar flat leek onveranderd, maar moeder had de laatste tijd het geloof van haar kindertijd herontdekt. Ze deed katholiek en had in een hoek van haar woonkamer een soort huisaltaar ingericht, waarop tussen kaarsen en plastic bloemen – witte lelies – een portretje van Maria stond opgesteld. Maar daarnaast was de foto van de in een wit kostuum geklede en gemoedelijk een pijp rokende Stalin een vreemd gezicht. Naar dit altaar te staren en niets te zeggen was moeilijk.

Ik had – moeder at dat graag – Bienenstich en maanzaadcake meegenomen. Zodra ik tamelijk uitgeput zat, zei ze: 'Om ons Konradchen hoef je je geen overdreven zorgen te maken. Die zit nu uit wat-ie zichzelf heeft aangedaan. En als-ie dan weer vrij is, zal-ie beslist 'n echte radicaal zijn, zoals ik dat vroeger was toen m'n eigen kameraden me uitscholden voor de laatste getrouwe van Stalin. Nee, hem overkomt niets ergs meer. Ons Konradchen heeft altijd al 'n beschermengel gehad...'

Ze had haar 'ingeslagen ruitjes', keek toen normaal en gaf haar vriendin Jenny gelijk, die weer eens een goede neus had gehad: 'Wat er binnen in ons zit, in ons hoofd en overal, dat kwaad moet d'ruit...'

Nee, van moeder was geen advies te krijgen. Haar witharige gedachten bleven luciferlang. Maar waar kon ik nog aankloppen? Bij Gabi misschien?

Opnieuw reed ik op de intussen ingereden route van Schwerin naar Mölln en was, zoals altijd bij mijn aankomst, verbaasd over de bescheiden aandoende schoonheid van dit stadje, dat zichzelf, historisch terugrekenend, op Tijl Uilenspiegel beroept, maar diens grollen nauwelijks zou verdragen. Omdat mijn ex sinds kort een huisvriend had, een, zoals zij zei, 'heel lieve, zachte en kwetsbare man...', ontmoetten we elkaar in het nabijgelegen Ratzeburg en aten – zij vegetarisch, ik een schnitzel – in de Seehof met uitzicht op zwanen, eenden en een onvermoeibare fuut.

Nadat ze me ter inleiding met de kernspreuk 'Ik wil je zeker niet kwetsen' verantwoordelijk had gesteld voor alles wat onze zoon betrof, zei ze: 'Je weet dat ik die jongen al heel lang niet meer aankan. Hij verzet zich. Hij is niet toegankelijk voor liefde en soortgelijke aandacht. Intussen ben ik ervan overtuigd geraakt dat diep in hem, en wel tot in zijn diepste gedachten, alles zeer beschadigd is. Maar als ik me jouw moeder voor de geest haal, dan heb ik zo'n vermoeden wat er van haar via haar zoon op Konrad is overgegaan. Dat zal niet meer te veranderen zijn. Je zoon heeft overigens bij mijn laatste bezoek met mij gebroken.'

Vervolgens gaf ze te verstaan dat ze met haar 'hartelijke, bovendien verstandige en wereldwijze' partner een nieuw leven wilde beginnen. Deze 'kleine kans' had ze verdiend na alles wat ze had meegemaakt. 'En stel je voor, Paul, eindelijk heb ik de kracht om met roken te stoppen.' We hoefden geen nagerecht. Ik zag, uit consideratie, af van nog een sigaret. Mijn ex stond erop voor zichzelf te betalen.

Mijn poging raad te vinden bij Rosi, de aanhankelijke vriendin van mijn zoon, vind ik achteraf weliswaar belachelijk maar ook verhelderend, naar de toekomst wijzend. De volgende dag al, een bezoekdag, ontmoetten we elkaar in een café in Neustrelitz, vlak nadat ze Konny had gezien. Haar ogen waren niet meer betraand. Haar anders los vallende haar zat in een knot. Haar permanent offervaardige lichaamshouding recht. Zelfs haar nerveuze, steeds weer vergeefs bij zichzelf houvast zoekende handen lagen nu gebald op tafel. Ze verzekerde me: 'Hoe u zich als vader heeft gedragen, is uw zaak. Wat mij betreft: ik zal altijd in het goede in Konny geloven, wat er verder ook gebeurt. Hij is zo sterk, zo voorbeeldig sterk. En ik ben niet de enige die vast, heel vast in hem gelooft – en niet alleen in gedachten.'

Ik zei dat dat van die goede kern klopte. Dat ik dat in principe ook vond. Ik wilde nog meer zeggen, maar ik kreeg als een soort afsluiting te horen: 'Niet hij, de wereld is slecht.' Het werd tijd dat ik me voor mijn bezoek in de jeugdgevangenis aanmeldde.

Voor het eerst mocht ik hem in zijn cel opzoeken. Er werd gezegd dat Konrad Pokriefke door zijn goede houding en zijn voorbeeldige sociale gedrag deze eenmalige speciale toestemming had gekregen. Zijn medegevangenen waren, zoals ik hoorde, buiten bezig, deden tuinwerk. Konny wachtte op me in de hoek die hij had betrokken.

Een gammele kast, deze gevangenis, maar men zei dat

een moderne nieuwbouw in de planning zat. Enerzijds dacht ik dat ik intussen op verrassingen was voorbereid, anderzijds was ik bang voor de plotselinge invallen van mijn zoon.

Toen ik binnenkwam en eerst alleen maar vlekkerige muren zag, zat hij in zijn Noorse trui aan een tegen de muur gezette tafel en zei, zonder op te kijken: 'En, papa?'

Met een vaag gebaar wees mijn zoon, die onverhoopt 'papa' tegen mij had gezegd, naar de boekenplank, waaronder, zoals met één blik niet te overzien was, alle ingelijste foto's – die van David als Wolfgang, Frankfurter jong en oud, de twee de duikbootcommandant Marinesko voorstellende – waren weggehaald, verdwenen. Niets nieuws hing op de plek van de foto's. Ik bekeek de ruggen op de boekenplank: zoals te verwachten was veel historische titels, een paar over nieuwe technologieën, ertussenin twee delen Kafka.

Over de verdwenen foto's zei ik niets. En hij leek ook geen commentaar verwacht te hebben. Wat toen gebeurde, ging snel. Konrad stond op, tilde het naar Wilhelm Gustloff genoemde en met drie rode stippen gemarkeerde scheepsmodel uit de draadconstructie, die centraal op het tafelblad stond, legde de scheepsromp vóór de draadconstructie zodat hij er met bakboord naar boven bij lag alsof hij slagzij maakte, en begon toen, niet gehaast of woedend, maar als met voorbedachten rade zijn knutselaarsproduct met zijn blote vuist kapot te slaan.

Dat was ongetwijfeld pijnlijk. Na vier, vijf slagen bloedde de zijkant van zijn rechtervuist. Vermoedelijk had hij zich aan de schoorsteen, de reddingsboten, de twee masten verwond. Desondanks ging hij verder met slaan. Toen de scheepsromp niet definitief wilde toegeven aan zijn slagen, tilde hij het wrak met beide handen op, zwaaide het zijwaarts, hield het op ooghoogte vast en liet het toen op de vloer van de cel vallen, die uit geoliede planken bestond. Waarna hij kapot trapte wat er van de Wilhelm Gustloff als model over was, het laatst de uit de davits gesprongen reddingsboten.

'Ben je nu tevreden, papa?' Daarna geen woord meer. Zijn blik zocht het getraliede raam, bleef eraan hangen. Ik zei iets maar weet niet meer wat. Iets positiefs. 'Je moet nooit opgeven' of 'Laten we samen helemaal opnieuw beginnen' of de een of andere onzin, nagepraat van Amerikaanse films: 'Ik ben trots op je.' Ook toen ik ging zei mijn zoon niets meer.

Een paar dagen later, nee, de dag erna gaf iemand – degene in wiens naam ik in krabbengang vooruitkwam – mij het dringende advies het net op te gaan. Hij zei dat een passend slotwoord misschien per muisklik te vinden was. Tot op dat moment had ik sober geleefd: alleen wat voor mijn beroep noodzakelijk was, af en toe wat porno, meer niet. Sinds Konny vastzat, was er immers radiostilte. Ook was er geen David meer.

Ik moest lang surfen. Ik had weliswaar vaak de naam van het schip op mijn scherm, maar niets nieuws of afrondend definitiefs. Maar toen was het erger dan ik gevreesd had. Onder een bepaald adres presenteerde zich in het Duits en het Engels een website die als 'www.kameradschaft-konrad-pokriefke.de' voor iemand reclame maakte wiens houding en gedachtegoed voorbeeldig waren en die daarom door het gehate systeem in de kerker was gegooid. 'Wij geloven in je, wij wachten op je, wij volgen je…' Enzovoorts, enzovoorts.

Het houdt niet op. Nooit houdt dat op.